KB253225

무림공적

지천우 新무협 판타지 소설

武林公敵

무림 풍적 4

지천우 新무협 판타지 소설

초판 1쇄 찍은 날 § 2006년 8월 14일
초판 1쇄 펴낸 날 § 2006년 8월 24일

지은이 § 지천우
펴낸이 § 서경석

편집장 § 문혜영
편집책임 § 최하나
편집 § 장상수 · 문정흠

펴낸곳 § 도서출판 청어람
등록번호 § 제1081-1-89호
등록일자 § 1999. 5. 31
어람번호 § 제2-0980호

주소 § 경기도 부천시 원미구 심곡1동 350-1 남성B/D 3F (우) 420-011
전화 § 032-656-4452 팩스 § 032-656-4453
http://www.chungeoram.com
E-mail § eoram99@chollian.net

ⓒ 지천우, 2006

ISBN 89-251-0262-5 04810
ISBN 89-251-0131-9 (세트)

Fantastic Oriental Heroes

무림공적

지천우 新무협 판타지 소설

武林公敵

도서출판 청어람

목 차

제1장

일사천리(一瀉千里)

남(南) 천라지망은 위치를 고수하고 있었다. 천라지망의 표적이 이 방향으로 오고 있기 때문에 남 천라지망을 제외한 동서북의 천라지망만이 천천히 무림공적을 향해 거리를 좁히고 있었다. 남 천라지망의 시야에 닿는 그때, 무림공적은 사방의 천라지망에 의해 둘러싸인 자신의 모습을 보게 되리라.

파천도는 벅차오르는 감정을 주체하기 힘들었다.

무림공적!

그는 어느새 무림의 식지 않는 화두가 되었다. 이십 년간이나 무림의 평화를 깨뜨린 당사자에게 얼마나 관심이 많은지, 무림인이라면 입에 담는 말의 팔 할이 바로 무림공적에 관련된 이야기였다. 그렇게 뜨거운 관심을 받는 무인. 그것 때문에 파천도가 이렇게 긴장을 하고 있는 것은 아니었다.

딱히 그 원인을 규명하기 힘들었다.

그냥 심장이 두근두근거렸다.

식은땀이 흘렀고, 손가락 끝이 떨렸나.

무림공적, 그리고 암천마수를 떠올릴 때면 그 정도가 더해졌다.

'한 번쯤 겨루고 싶다.'

지난번 휘인의 무심한 눈빛을 잊을 수 없었다. 당시에는 그때의 감정을 규명하기 힘들었지만 지금은 알 수 있었다. 상대에 대한 끝없는 호승심. 자신의 무공에 자신감을 가지고 있는 무인이라면 누구나 가지고 있는 호승심이 일었다.

주인의 흥분을 읽어서였을까?

부르르.

그의 도가 울었다. 허리춤에서 전해지는 그 미세한 진동이 그의 흥분을 더욱 강하게 만들어주었다.

'과연 기회가 있을까?'

천라지망의 기능은 단 한 가지였다. 상대의 숨통을 죄이는 것. 인간 그물을 형성함으로써 절대 빠져나갈 틈을 만들어주지 않는다. 그리고 심적으로나 육체적으로나 피로에 절어 있는 상대는 천라지망의 그물이 아닌, 천라지망을 이루고 있지 않은 절대고수들이 사로잡는다.

　파천도는 천라지망을 이끄는 동시에 직접 무림공적을 생포하는 임무 역시 수행하고 있었다. 자신뿐만 아니라 이 자리에 모인 실세들이 작은 천라지망을 이루어 무림공적을 포획한다. 당연히 무림공적이 순순히 잡힐 리가 없으니 불가피한 무력의 행사가 필요할 터이고, 그때 그와 겨뤄볼 수 있는 기회가 올 것이다.

　'그는 나보다 강하다.'

　그의 수하인 암천마수도, 임홍도 자신보다 강했다.

　하지만 그들보다는 그들의 우두머리가 유혹적이었다.

　절대적인 힘을 가진 상대와 한 번쯤은 겨뤄보고 싶었다. 멍청한 짓이라고 비난을 받아도 상관없었다. 자신은 무인이었고, 진정한 무인이라면 자신의 뜻을 알아줄 것이다.

　겨루다가 죽어도 그건 개죽음이 아니다.

　숭고한 죽음이다.

　무인으로서의 긍지를 잃지 않은 숭고한 죽음.

　게다가 자신 하나가 죽는다고 해서 천라지망에 큰 영향을 끼치는 것도 아니었다. 비록 남 천라지망을 위임받은 것은 자신이었지만, 이 천라지망의 정신적인 지주는 자신이 아닌, 저 뒤에서 편하게 잠을 자고 있는 태상검 전휘였다.

　'그분이라면 무림공적 역시 문제가 아니겠지?'

　자신이 태어났을 무렵부터 무림에 이름을 떨치고 있던 인물. 정작 무림이라는 사회를 알고, 거기에서의 꿈을 키워 나가던 시절에 그는 이미 은거에 들어갔었다. 그야말로 신비의 절대고수. 감히 자신이 함부로 대할 수 없는 분이었다.

그런 무인과 함께 있었기에 파천도는 한없이 든든했다.

자신이 실수를 해도 그 실수를 태상검이 만회해 줄 것이다. 대비책이 있다는 것은 그만큼 위안이 되었나.

"서(西) 천라지망에서 연락이 왔습니다."

천라지망 너머의 지평선을 바라보며 부푼 가슴을 품고 있던 파천도를 일깨운 것은 제이(第二) 순찰대장이었다. 천라지망의 동태를 살피는 임무를 지닌바, 외부에서 들어오는 정보 역시 그들이 먼저 입수했다. 전서구가 천라지망의 내부에 들어오는 건 규정상 금지되어 있었다. 상대에게 천라지망의 정확한 위치를 가르쳐 주기도 했고, 상대와 내통을 하고 있는 자가 정보를 전서구로 빼돌리는 수가 있었기에 천라지망 근처에 전서구가 뜨면 무조건 죽였다. 자신들에게 들어오는 전서구들은 천라지망의 바깥 부분을 도는 순찰대장이 가지고 있는 특수한 향을 맡고는 내려와 제 임무를 한다.

순찰대장이 가져오는 정보는 개방의 장로가 먼저 검토한 후 자신에게 보고가 올라오는데, 순찰대장이 바로 자신에게 왔다는 것은 그만큼 중요한 정보란 뜻이었다.

파천도는 황급히 전서를 받아 들었다.

─서(西) 천라지망이 무림공적에 의해 삼 할의 힘을 손실.

급작스런 진로 변경에 늦은 대처가 요인.

무림공적 일행은 다시 광안을 향하는 중.

"……."

파천도는 말문이 막혔다.

사고(思考)가 불가능했다.

서 천라지망에만 전대 고수가 배치되어 있지 않았다. 다섯의 전대 고수가 남 천라지망에 둘, 북 천라지망에 둘, 동 천라지망에 하나가 배치되어 있었지만, 서 천라지망에는 단 한 명의 전대 고수도 맡지 않고 있었다. 둘씩 파견된 전대 고수들은 같은 문파 소속이었기에 떨어지려 하지 않았다. 게다가 서쪽이라면 사천당가, 아미파가 위치한 쪽. 제아무리 무림공적이라지만 서쪽으로 위치를 잡을 리가 없었다.

그랬기에 그쪽의 방비가 조금 더 허술했다.

아니, 실상 그쪽도 많은 실세들이 배치되어 있었다. 일파의 장문인이라도 감히 그들을 통과할 엄두조차 내지 못할 정도로 쟁쟁한 실력자들이 길목을 막아서고 있었다.

문득 떠오른 게 있는 파천도는 다시 전서를 읽었다.

하지만 자신이 원하는 부분은 없었다.

"무림공적 일행에게는 아무런 피해도 없다는 건가?"

전서가 시간을 다투는 것이라 짧다고는 하지만, 무림공적의 일행 중 하나가 죽었다거나 부상을 당했다는 정보 정도는 기입한다. 그만큼 중요한 부분이기 때문이다. 완성되지 못한 천라지망이라고는 하나, 구색을 갖췄던 천라지망이 두 번 깨진 이후 각 천라지망을 이루는 이들의 사기는 이루 말할 수 없을 정도로 저하되어 있었다.

확신이 없는 이들로 구성된 천라지망은 제 역할을 못해내기 마련이었다.

그런 와중에 무림공적의 부상이나 일행의 죽음은 사기를 올려줄 좋은 건수였다.

하지만 그런 내용은 전혀 기입되어 있지 않았다.

"저는 전서의 내용을 확인해 보지 못해서……."

자문이었지만, 마치 자신에게 질문한 줄로 착각한 정찰대장은 식은땀을 흘렸다.

파천도는 상관하지 말라며 그를 물러가게 했다.

그가 아니더라도 머리가 상당히 지끈거리는 상황이었다.

'타향에서 이게 무슨 고생인가.'

파천도가 방금 느꼈던 호승심은 이미 저만치 날아가고 없었다.

도대체 천라지망의 삼 할을 아무렇지 않게 상대하는 자를 어떻게 정의해야 한단 말인가. 비록 셋이라고는 했지만 천라지망 대 셋이었다. 한 천라지망을 이루고 있는 인원만 사천을 육박했다. 절정 이상의 고수는 최소 백 단위일 텐데, 그런 천라지망을 마치 제집 드나들 듯 치고 빠졌다는 건…….

‘이 무림에서 사라져야 할 인물.’

꿀꺽.

파천도는 자신도 모르는 새에 마른침을 삼켰다.

긴장은 공포로 변모하기 시작했다.

‘무림맹주를 죽였다.’

잊고 있었던 사실.

자신이 직접 천라지망 하나의 책임을 맡은 것도 모두 자신의 우상을 죽인 상대에 대한 복수심이 불타올랐기 때문이었다. 그 복수심 때문에 눈이 멀었는지는 몰라도 자신의 우상은 호락호락한 인물이 아니었다.

상대에게 상처 하나 못 입히고 허무하게 죽을 인물 역시 절대 아니었다.

그런데 눈앞에 드러난 결과는 자신이 믿기 힘든 사실들뿐이었다.

‘어쩌면 남 천라지망이 허무하게 당하는 게 당연한 것일지도.’

파천도는 이미 홍건하게 젖은 이마를 닦아내었다.

이게 무슨 추태인가.

보이지도 않는 상대를 떠올리며 긴장을 하고 있다.

자조적인 미소가 지어졌다.

자신에 대한 비웃음이었다.

‘호남의 패왕이라고는 하지만…… 그건 오로지 우물 안에

서의 이야기였다.'

몇 주 전만 해도 자신의 자존심은 하늘을 찔렀다.

하지만 그 자신감은 이미 산산조각이 나 흩어졌다. 어차피 허황된 자신감이었다.

휘인의 당당한 풍채가 떠올랐다.

무표정에 꼿꼿한 자세. 누구의 앞이든 그 자세를 유지했다. 누구의 입장에서 봤을 때는 천하의 무뢰배가 따로 없었다. 이제 보니 그는 그만한 자격을 지닌 자였다. 그 어떤 것에도 굽히지 않고, 오로지 자신의 신념대로 행동할 자격이 그에게는 있었다. 그의 당당함은 오히려 남을 굽히게 만드는 힘이었다.

"제기랄."

그를 우상화하는 자신이 원망스러웠다.

그를 우러러 봐야 하는 자신의 약함도 원망스러웠다.

파천도는 순간 눈을 돌렸다.

그의 시선은 화산파 일행에 닿아 있었다.

아니, 정확하게는 큰 바위 위에서 잠을 청하고 있는 노인을 쳐다보고 있었다.

'저분이라면……'

이제 휘인과 가장 먼저 충돌하게 되는 건 남 천라지망이었다. 어차피 그는 이쪽으로 향하던 중이었고, 사방은 막혀 있었다. 그는 자신들을 거칠 수밖에 없었다.

문득 의문이 하나 생겼다.

'그가 도망을 작정한다면 과연 누가 그를 가로막아 설 수 있지?'

확실하지는 않지만 거의 없을 것이다. 전대의 고수라고 해도 작정하고 도망을 가는 상대는 추적하는 게 수월하지 않을 것이다. 누가 뭐라고 해도 무림공적은 세인들을 놀라게 하는 재주가 있으니, 그 어떤 자의 추적을 뿌리치고 도망을 가도 놀랍지 않으리라.

'그렇다면 그의 목적은?'

천라지망에 정면으로 맞서는 그의 목적은 무엇인가?

무림맹주를 죽인 그의 목적은 무엇인가?

파천도는 전율에 몸을 부르르 떨었다.

'성공했어.'

파천도를 멀리서 주시하고 있던 제갈손은 기분이 상당히 좋았다. 정확히는 파천도의 손에 들린 전서의 내용을 훑고서 부터 그는 상기되어 있었다.

서 천라지망에는 전대 고수가 배치되어 있지 않다는 사실을 사부인 진효랑이 얼핏 언급했던 적이 있었다. 그리고 전서의 내용에서는 무림공적 일행이 서 천라지망에 삼 할의 손실을 일으켰다는 사실이 적혀 있었다. 아마 전대 고수가 없었기에 무림공적 일행이 서 천라지망을 쉽게 뒤흔들 수 있었던 것이라고 제갈손은 생각했다.

제갈손은 다시 남 천라지망의 곳곳을 돌아다니기 시작했다.

마치 천라지망을 세세히 뜯어보는 것 같기도 했다.

기관과 진법에 일가견이 있는 재길세가의 일인으로서 생각해 본다면 이해가 가는 일이었다. 그렇기에 비록 눈에 거슬려도 무인들은 묵인했다.

하지만 한 사람만은 예외였다.

꽁!

눈에 불똥이 튀었다.

제갈손은 억울하다는 듯이 상대의 얼굴을 노려봤다.

"사, 사부님."

진효랑이었다.

아무리 화가 난다고 해도 그의 사부는 자신이 대들 수 있는 위치의 인물이 아니었다.

"이놈, 정신 사납게 싸돌아다니고 있느냐!"

"천라지망에 스며든 진법의 묘리를 파헤치고 있었습니다!"

자신이 왜 맞았는지 전혀 모르겠다는 얼굴로 대드는 제자의 모습을 '흠흠, 이제 다 컸구나' 하고 넘어갈 리가 없는 진효랑이었다. 실세들 사이에서도 단연코 다혈질의 일좌로 뽑히는, 이 세상에서 꼭 피해야 할 사람 중 하나로 유명한 자가 아니던가.

"어쭈? 대들어? 이제 머리 좀 컸다 이거냐?"

꽁!

"컥! 무슨 말씀을 그렇게 하십니까? 하늘 같으신 사부님께 대드는 게 말이나 됩니까?"

억울하다는 듯이 하소연하는 제갈손을 진효랑은 의미심장하게 노려봤다.

진효랑의 눈빛을 받으며 제갈손은 식은땀을 흘렸다.

'알아챘나?'

그랬을 리가 없다며 놀란 자신의 가슴을 쓸어 내렸다.

아니나 다를까.

"어디 아프냐?"

자상하시게도 손으로 자신의 이마를 짚으시는 사부.

"열이 있는 건 아닌데? 아니면 드디어 철이 들었나?"

조금은 과장되게 행동한 자신이었는데, 그 과장이 진효랑에게 옮겨 간 듯했다.

"제가 무슨 이상한 행동을 하기라도 했습니까?"

"평소라면 하지 않았을 말들을 했다고 할 수 있지만, 전부 사실이니……. 드디어 네게도 사물의 진면목을 꿰뚫어 보는 안목이 생긴 모양이구나! 이 사부는 네가 자랑스럽도다."

"……."

제갈손이 무슨 말을 할 수 있겠는가.

그냥 묵묵히 고개를 끄덕이는 수밖에.

세인들은 그가 다혈질이라고 했는데 이제 보니까 단순무식을 잘못 본 모양이었다.

갑자기 진효랑이 다시 진지한 눈빛으로 자신을 쳐다보자 소스라치게 놀라는 제갈손이었다.

'들킨 건 아니다. 아니다. 아니다.'

제갈손은 자신을 세뇌하듯 되뇌었다.

비록 확실치 않더라도 자신에게 한없이 되뇌면 그게 곧 진리가 된다. 그만큼 자기 암시란 큰 힘을 발휘하는 것이었다.

자기 암시는 먹혔다.

제갈손은 무심한 얼굴로 진효랑의 얼굴을 마주 봤다.

그제야 진효랑이 입을 열었다.

"분명히 아픈 건 아니구나. 소중한 제자가 혹여나 아파서 순간적으로 진리를 꿰뚫는 눈을 얻었나 의심했었다. 다행히 그 안목은 영원히 존재할 것 같구나."

"…모두 사부님의 가르침 덕분이죠."

제갈손은 못마땅한 듯이 바닥을 내려보며 힘없이 읊었다.

문득 무엇이 생각났는지 진효랑이 외쳤다.

"스승님께서 너를 보자고 하시는구나."

제갈손은 지금껏 단 한 번도 그의 사조를 뵌 적이 없었다. 무림의 눈만을 피한 게 아니라 화산파에서도 외부의 이목을 피한 그였기에 당연했다.

"사조님은 저를 본 적이 있으신가요?"

걱정이 가득한 눈으로 진효랑이 자신을 쳐다봤다.

"역시 머리를 다친 모양이구나. 기억이 잘 안 나는 모양이야. 기억을 되살리는 법은 내가 잘 알고 있단다."

무시무시한 눈으로 주먹을 움켜쥐는 진효랑을 보며 제갈손은 필요 이상으로 과장된 몸짓으로 머리를 두 팔로 감쌌다.

"저, 저를 보신 적이 있었어요?"

꽁!

"당연히 없었지, 이 녀석아. 이 사부도 스승님을 오랜만에 뵙는구나."

아직 의심의 눈초리는 거둬들여지지 않았다.

제갈손은 확실히 쐐기를 박았다.

"어쩌면 제가 사부님에게 가르침을 받고 있는 모습을 얼핏 보셨을 수도 있죠."

꽁!

"스승님이 그렇게 한가하신 줄 아느냐? 그분은 무의 끝을 찾기에 바쁘신 분이다."

진효랑의 눈은 한층 누그러졌다.

혹시나 정말 자신의 제자가 어디 아픈 건 아닌지 의심하는 그였다. 하지만 원래가 조금은 모자란 아이였을 뿐이다. 요즘 워낙에 총명하여 이전의 그를 잊었던 모양이다.

진효랑은 자신의 노파심을 떨치고는 제갈손과 함께 다시

화산파의 진영에 돌아왔다.

여전히 주위를 둘러보며 무게를 잡고 있는 광휘검 강백.

진효랑이 제갈손을 붙잡고는 강백의 앞으로 그를 이끌고 갔다.

"스승님, 일전에 말씀드린 제 제자입니다."

제갈손은 두 손으로 눈을 비볐다.

'진효랑이 맞아?'

그런 생각이 들 정도로 진효랑은 그 특유의 다혈질을 버리고 깍듯하게 예를 차렸다. 그 모습이 너무도 정중하여 제갈손도 얼떨결에 고개를 숙였다.

"사조님을 뵙습니다. 제갈손이라고 합니다."

인사를 하면 보통 상대가 받아주는 말을 하게 마련이다. 아니, 적어도 어떤 반응을 보이게 마련이다.

호기심에 제갈손은 얼핏 고개를 들었다.

'……!'

강백의 눈빛에서 살벌한 안광이 번뜩이고 있었다. 살기가 담겨 있지는 않았지만 상대를 위축하게끔 하는 그런 위력이 있었다.

'역시 전대 고수란 말인가.'

제갈손은 몸을 부르르 떨었다.

뜻밖이라 조금 놀라기는 했지만, 얼굴에는 그 빛깔이 떠오르지 않았다. 강백의 눈에는 비쳐지지 않았겠지만, 그 무덤덤

한 얼굴과 부르르 떠는 몸은 상당히 대조적이었다.

"이야기는 들었다. 근골이 좋구나. 기본도 잘되어 있고."

분위기를 잡는 모습치고는 자상한 어조였다.

하지만 진효랑에서 알 수 있듯이 부분적으로 드러나는 모습은 믿을 것이 못 되었다. 기분이 좋을 때는 문제가 없었는데, 그 이외의 상황에서는 주먹이 날아다니는 진효랑이었다.

제갈손은 송구하다는 얼굴로 고개를 숙였다.

그 모습을 본 강백의 얼굴에 만족감이 스치고 지나갔다.

찰나였지만 제갈손은 볼 수 있었다.

"과찬이십니다. 아직은 많이 부족합니다."

"그렇다. 비록 요즘의 젊은 아이들에 비해서는 대단하다고 할 수 있으나 무학이라는 넓은 바다의 관점에서 볼 때 너는 이제 겨우 걸음마를 뗀 코흘리개에 불과하다."

강백은 제갈손이 마음에 들었는지 깨우침을 주려 하고 있었다.

제갈손은 그런 강백의 말에 경청하는 모습을 보였다. 아니, 적어도 강백이 그렇게 생각할 수 있도록 노력했다.

"경청하겠습니다."

강백의 입가에 흡족한 미소가 서렸다.

정말 마음에 드는 아이였다.

강백이 다시 무학의 일부를 일러주려는 그때였다.

"그리고……."

드르렁!

뜻밖의 소리가 들렸다.

지금까지 새근새근 아기처럼 조용히 잘만 자고 있던 노인이 지독하게 코를 골았다.

드르렁, 쿨쿨.

그 소리가 보통 큰 게 아니었다. 청력이 예민한 무인에게 있어 그만한 고문도 없었다.

진효랑의 성질을 고려해 보건대 분명 욕지거리가 쏟아져 나오거나 발로 상대를 찰 법도 한데, 진효랑은 용케 웃는 얼굴을 유지하고 있었다.

역시 상대에 따라 사람의 행동은 변하게 되어 있다.

만고불변의 진리였다.

그의 스승과 사백조 앞에서 진효랑은 주인 앞의 노예보다 더 깍듯하고 선한 모습이었다. 그의 불같은 성질머리도 그들 앞에서는 성인군자의 것으로 변했다.

그 어떤 약으로도 고쳐지지 않는 불치병이 이렇게 순간적으로는 치유가 가능했다.

역시 오래 살고 볼 일이었다.

드르렁, 쾅쾅!

이젠 어디서 천둥이라도 치는지 의아심이 들 정도였다.

반쯤 열린 강백의 입은 무안한지, 그래도 했던 이야기는 마저 하려는 듯했다.

"세인들에게는 기재의 소리를 듣겠지만, 무학의 넓은 바다에서 보면 이제 겨우 걸음마를 뗀 수준! 절대 경거망동하지 말고 네 사부의 가르침을 뼈에 새겨 나날이 정진할 수 있기를 바란다."

"끌끌끌."

셋의 눈이 일제히 웃음소리의 근원으로 쏠렸다.

그 시선의 끝에는 누워서 잠을 자고 있던, 머리가 희끗한 노인이 닿아 있었다.

"사백님, 일어나셨습니까."

강백에게 전휘는 사백이고 진효랑에게는 사백조였다.

비웃는 듯한 웃음소리에도 강백은 눈썹 하나 꿈틀거리지 않는 인내를 보여주었다. 그를 비웃는 게 명명백백했지만 강백은 담담한 표정을 지켰다. 사백조인 전휘도 자신에 지지 않는 괴팍한 성격을 지녔다.

"오냐, 네 헛소리에 귀가 간지러워 일어났다."

자신에 대한 비웃음은 묵인할 수 있었지만, 그 누구라도 자신의 무학을 비웃을 수는 없었다. 자신이 깨우친 무학에 강한 자부심을 가진 강백이었기에 그보다 높은 경지를 이룬 사백의 말이어도 수긍할 수 없었다.

"그게 무슨 말씀이십니까?"

강백의 시건방진 태도에 전휘는 그냥 웃었다.

여전히 비웃음이었다.

"재주를 부려도 상대를 알고 부려라."

강백의 미간에 주름살이 잡혔다.

"저를 모욕하시는 겁니까?"

그 특유의 다혈질이 발동했다. 강백은 사백이 자신을 모욕하려 든다고 생각했다. 재주를 부려도 상대를 알고 부리라는 말인즉, 상대가 더욱 뛰어난 자인데 어찌 자신이 감히 그에게 무학의 일부를 사사해 주려는 게냐고 꾸짖는 말이나 다름없었다. 겨우 후기지수인 제갈손을 상대로 훈화(薰化)해 주다가 들을 소리는 아니었다. 지금은 명성이 희미했지만, 그래도 이전 세대를 겪은 인물이라면 누구나 우러러 볼 광휘검이 들을 소리는 절대 아니었다.

"끌끌끌. 만약 저 아이가 이제 갓 걸음마를 뗐다면 너는 이제 겨우 기어다니기 시작했겠구나."

"사백님!"

강백이 언성을 높였다.

그의 눈에서 분노가 활활 타올랐다.

그와 함께 천라지망의 이목이 전부 강백에게 쏠렸다. 사천여 명이 그물 모양을 형성하면서 각 인원이 조금씩 떨어져 있기에 천라지망의 끝에서 끝은 한눈에 잡히지 않을 정도로 길고 넓었다. 하지만 강백이 일으킨 기도는 저 멀리에서도 확연히 느껴질 정도로 강맹했다.

천라지망의 사람들은 서늘해진 간담을 부여잡고 강백을

주시하고 있었다.

전대의 고수는 아직도 녹록치 않았다.

살기는 담기지 않은, 그렇지만 상대로 하여금 식은땀을 흘리게 하는 기도에 전휘는 웃었다.

그의 가벼운 웃음과 함께 강백의 기세는 마치 썰물이 밀려가듯 사라졌다.

"또 한 번 노부에게 눈을 부라리면…… 이 노부도 장담할 수 없다."

강백은 한풀 꺾인 얼굴로 고개를 숙였다.

하지만 그래도 사백의 행동에 대한 대답은 들어야 했다.

강백의 심중을 알아차렸는지 전휘가 입을 열었다.

"내 생애에 저 아이만큼 뛰어난 자를 본 적이 없다."

진효랑은 자신을 칭찬하는 줄 알고 고개를 숙이며 감사를 드렸다.

"과찬이십니다."

제자를 칭찬한다는 건 스승의 가르침을 칭찬하는 것이나 다름없었다. 스승의 가르침이 있었으니 제자의 오늘날이 있었다고 할 수 있지 않겠는가.

진효랑의 모습에 전휘가 다시 한 번 웃었다.

"끌끌끌. 네 수고가 참으로 크다. 저런 훌륭한 성취를 이끄는 데 네 도움이 컸겠지?"

"아이가 워낙에 뛰어나서…… 하나를 가르쳐 주면 열을 아는 총명한 아이입니다.”

진효랑은 사백조에게 칭찬받았다는 황홀감에 빠져 주위를 감도는 묘한 위화감을 느끼지 못했다. 그 위화감은 사백조의 장난기 어린 눈빛과 칭찬을 받고 있음에도 불구하고 굳어 있는 제갈손의 얼굴이 상충히여 일궈낸 것이었다.

“아무리 청출어람이라 해도 저 정도는 아닐 텐데 말이야. 특별한 비결이 있나?”

황홀한 심경에 막 대답을 하려던 진효랑은 문득 사백조의 말에서 이상한 점을 찾을 수 있었다.

‘청출어람? 사부보다 제자가 낫다는 말인데……’

전휘는 진효랑의 의문을 풀어주지 않았다.

대신 제갈손을 응시했다.

제갈손은 전휘의 비웃음소리를 들은 그 즉시 얼어붙었다. 그렇게 빠르게 회전하던 두뇌도 제 기능을 하지 못하고 멈춰 버렸다. 그렇게 백지가 된 머릿속을 채우는 건 온몸을 벌벌 떨게 하는 불안감이었다.

‘사백조. 역시나 그 나잇값을 하는구나!’

이런 변수는 고려해 본 적이 없었다.

“내 말이 옳다고 생각하지 않느냐?”

전휘가 미소를 지으며 제갈손에게 물었다.

‘역시 때가 아니었던가……’

제갈손의 마음은 착잡해졌다.

'휘인이 나를 알아본 건 일전에 내 모습을 보여주었기 때문이지만, 이 노인은 다르다!'

청운.

제갈손이 아니라 청운이었다. 오로지 제갈손의 얼굴, 기도, 음성을 그대로 베낀 청운이었다. 제일 수색대원 십이호 역시 청운이었다. 현재 십이호는 아직도 파중에 위치한 객잔의 뒷간에 빠진 채 똥 독 때문에 고생하고 있을 테고, 제갈손은 현재 천라지망 임시 뒷간 중 하나에 빠져 똥 냄새를 이겨내는 데 주력하고 있을 것이다.

천변만화(千變萬化)의 얼굴, 기도, 음성을 지닌 청운을 전휘가 단숨에 알아봤다. 자신의 경지를 한눈에 알아봤다면 자신보다 경지가 높다는 것을 의미했다. 적어도 자신은 전휘의 경지를 감지할 수 없었으니까.

'이제 겨우 비상(飛上)을 하나 했더니만…….'

아직도 상황 파악이 되지 않는 진효랑에게 전휘가 말했다.

"네 수고가 참 크다. 현경의 제자를 키우느라……."

전휘는 알고 있었다.

잠을 자고 있었지만, 주위의 환경이 변경되었다는 것쯤은 쉽게 알 수 있었다.

한 청년이 뒷간에 갔다 오더니 경지가 바뀌었다. 의아했지만 일이 어떻게 되어가는지 알아보려고 잠자코 누워 있으니, 정말 사람은 똑같은데 경지가 높아져 있었다. 그것도 한참이

나. 화경을 바라보는 애송이에서 현경의 초입을 넘어선 고수로 탈바꿈했다. 얼굴이나 목소리, 기도가 바뀌지 않았는데 경지가 바뀌다니!

전휘는 그 수상한 냄새를 그냥 지나칠 리가 없었다.

"그래, 아이야. 너는 어디에서 왔는고?"

이제 갓 활개를 치려고 하는 청운.

그는 벌써 거부할 수 없는 위기를 맞았다.

오로지 해만 중천(中天)에 떠 있는 맑은 날이었다.

지독하게도 맑은 날…….

제2장

은거기인(隱居奇人)

이 세상에서 인간의 머리로 이해할 수 있는 부분은 극히 일부에 불과했다. 인간사나 자연사나 이해하지 못하는 부분이 많았다. 상식이라고 생각했던 일들이 어느 날 새로운 개념으로 다가온다.

무공에서도 예외는 아니었다. 무공이라면 으레 대문파나 커다란 세가에서 배워야 한다고 생각한다. 그런 곳들이 전통이 깊어 무공 또한 오랜 세월을 거쳐 보완되어 왔고, 기재들이 항상 들끓는 곳이기에 앞으로의 잠재성도 높았기 때문이다. 이러한 점들 때문에 세인들은 구파일방이나 팔대세가, 사벌이궁의 무공을 으뜸으로 놓는 데 주저하지 않았다.

하지만 그런 대문파들에서 천하제일고수가 나온 적은 생각 외로 많지 않았다. 마교의 교주들이나 소림사의 고승이 간간이 천하제일고수의 계보를 이었지, 대부분은 어느 이름없는 산의 출신들이 많았다. 특히나 동굴 출신들이 많았다. 동굴도 특정을 짓자면 절벽에 기생하고 있는 그런 동굴에서 은거를 깨고 나오는 절대고수들이 많았다.

알려진 인재는 모두 대문파에 모여들어 무공을 배우고, 각자 그 무공을 발전해 가는데, 이상하게도 출처 모르는 사람이 독특한 무공을 들고 무림에 들어서면 지금껏 무림을 나눠서 주름잡았던 거대한 세력이라도 그의 발아래 무릎을 꿇어야 했다. 상식적으로는 불가능했지만, 그게 현실이었다.

이렇다 보니 당연히 대문파는 숨은 은거기인에 이목을 두게 되었다. 언제, 어디에서, 어떻게 튀어나올지 전혀 알 수 없기에 항상 긴장을 해야 했다.

물론 모든 은거기인이 천하제일의 자리를 바라볼 만큼의 경지를 지닌 것은 아니었고, 각각 무림에 모습을 나타내는 그들 모두가 대문파의 장로나 장문인급을 넘어선 것도 아니었다. 실제로는 꿈꿔왔던 무림과는 너무나 달라 이름도 못 남긴 채 차가운 현실에 적응을 못한 이들이 많았다.

그런데도 불구하고 대문파가 긴장을 놓을 수 없는 게, 정말 감당할 수 없는 고수들이 간혹 튀어나오기 때문이었다. 무림이 시끄러울 때면 항상 그들이 모습을 비추고는 했다.

어느 정도 도를 이룬 무림인이라고 해도 일단 소문을 전해 듣게 되면 흔들리게 되어 있다. 그들이 너무도 은밀한 곳에 처박혀 있어서 무림의 소문을 들을 가능성이 낮았기 때문에 은거를 유지하는 것이었지, 모두의 관심을 사로잡는 소문을 일단 들으면 그들도 호기심을 느끼게 마련이다.

은거의 기간이 길어질수록 세상에 대한 호기심은 깊어져만 간다. 무림을 겪었던 사부 아래서 무림에 단 한 번도 발을 디딘 적이 없고, 단지 이야기로만 전해 들은 제자일수록 그 호기심은 점점 빠르게 확산되게 마련. 아무리 사부가 신신당부를 했어도 금지된 열매는 더욱 달콤해 보인다.

그런 그들의 마지막 인내심을 끊는 것은 역시나 전 무림을 진동시키는 소문들이었다. 정사대전, 항마대전, 새외대전 등은 이미 내정된 은거기인들의 무림행을 재촉하는 촉매였다.

'무림이 어려운데 나만 이렇게 평화롭게 살 수야 없지!' 라고 자신을 설득하며, 이미 돌아가신 사부에게 용서를 얻고는 어쩔 수 없다는 얼굴로 무림에 나선다.

그렇게 대이동을 시작하는 은거기인 중에서 무림인들에게 기억되는 은거기인은 많지 않았다. 천하제일고수의 자리를 꿰찬 은거기인들을 떠올려 보면 분명 그들은 강했다. 상식의 선을 벗어나는 게 바로 은거기인들이었다. 그렇듯 상식의 선 밖에서 노는 고수들이 있었다면, 상식의 선 안에서 노는 은거기인들도 있었다. 그들은 예상대로 같잖은 실력으로 감히 무림을 꾀하려 들어온다. 그들의 사부가 무림에 대한 정확한 정보를 일러준 적이 없고, 단지 지나가던 사람 몇몇에게서 그 세상을 전해 들었기에 헛된 망상은 날로 깊어져만 갔던 것이다.

진천악(振天岳)은 사부에게서 이미 그러한 부분을 많이 들어 은거기인들의 특성을 잘 알고 있는 무인이었다. 자신 역시 은거기인 중 하나였다.

흔히 은거기인은 무림을 떠난 무림인들을 지칭하는 호칭이었지만, 굳이 자신의 모습을 드러내려 하지 않는 무림인들 역시 은거기인에 포함되었다.

진천악은 신선의 풍모를 지닌 노인에게 흠뻑 취해 그를 쫓아가 정말 죽도록 청소, 빨래, 밥, 기타 '무늬만 신선' 의 수발을 다 들어주면서 하루에 쥐꼬리만큼 무공을 수련하는 은거기인 제자의 대표적인 유형에 속했다. 가끔 교류를 하는 옆산 은거기인의 제자도, 저 건너편 산의 은거기인의 제자도 자신과 똑같은 유형이었다. 진천악은 그런 은거기인들을 '일은 하기 싫고 먹고는 살아야겠고. 돈 줘서 사람 쓰는 것도 아깝고 해서 제자를 들이는 인물들' 이렇게 정의했다.

어쨌든 무일푼으로 인력을 착취하는 사부의 눈을 벗어나 진천악은 무림에 발을 내딛게 되었다. 이렇게 찾아온 무림에서 진천악이 가장 먼저 한 것은 정보 수집이었다. 무림에 발을 디딘 은거기인들이 이름 한번 떨치지 못하고 비명횡사하는 데에는 정보의 부재가 컸다. 자신이 무림에서 어느 정도의 무공을 가지고 있고, 생각하던 무림과 현실은 어떻게 차이가 나는지 구별을 해야 했다.

일단 자신의 생각에 사부의 무공은 엉터리가 아니었다. 그야말로 '나 사기꾼이오' 라고 말하는 것이나 다름없는 사부의 행태였지만, 그나마 무공은 진짜배기였다. 지난 이십여 년이 허송세월이 아니었다는 점이 그를 안도하게 했다. 무림에 들어와 이야기를 듣고 고수들의 경지를 전해 듣자면 자신은 상당히 강한 축에 들었다.

물론 그의 태산과도 같은 사부를 생각하면 자신은 아직 한참이나 모자란 애송이에 불과했지만, 그래도 무림에서 조심해야 할 인물들은 몇 없는 듯싶었다.

'나의 꿈은 허황된 게 아니었구나!'

많은 은거기인들은 자신의 무공이 꿈에 비해 턱없이 모자라 심한 우울증과 자신감 결여를 경험하게 된다. 그리고는 결국 험한 무림 세상을 버티지 못하고 무너지게 된다.

다행히 자신의 꿈은 이루어질 수 있을 듯했다.

그의 꿈은 참으로 소박했다.

어린 시절부터 들어왔던 영웅의 생활을 그는 하고 싶었다. 지나가는 무인들이 밝게 웃으며 존경의 눈빛으로 인사를 건네고, 어떤 객잔에 들어가도 자신의 협심을 찬양하는 이야기들이 들려온다. 또 무림의 쟁쟁한 실력자들과 친분을 나누고,

무림에서 중요한 위치에 오른다.

자신이 생각해도 소박한 꿈이었다.

무림제패나 거대한 세력의 수장까지는 바라지도 않는다.

진천악은 객잔의 초라한 일층에서 겨우 소면이나 먹으면서 자신의 꿈을 곱씹었다. 지금의 현실은 너무도 부당해 보였다. 언젠가는 자신도 객잔의 최상층에서 극진한 대접을 받으며 떵떵거리며 살 것이다.

그때였다.

"어허이, 가녀린 아가씨가 어찌 그런 슬픈 얼굴을 하고 있소? 같이 한번 놀아보는 게 어떻소? 보기에는 이래 봬도 꽤 섬세한 감성의 소유자라오."

누군가가 수작을 거는 목소리였다.

좋은 의도가 담겨 있지 않은 것은 세 살 먹은 꼬맹이도 알 수 있으리라.

진천악의 귀에 들린 그 소리는 기회였다. 자신의 대협심을 무림에 알릴 발판. 지금은 기껏 해봐야 이 객잔에서나 알려지겠지만, 이후의 협행으로 자신의 이름은 무림에 진동하리라.

진천악은 그 목소리의 주인을 보고자 뒤로 돌았다.

한 여인의 뒷모습이 보였다.

그 앞에는 '나 산적 혹은 파락호요' 라고 얼굴에 쓰여 있는 우락부락한 덩치가 느끼한 미소를 짓고 있었다. 더 두고 볼 것도 없었다.

진천악은 자리에서 일어나 자신의 이름을 돋보이게 할 조력자에게 다가갔다.

'영웅처럼 걸어라!'

진천악은 느긋하게, 그렇지만 우아하게 상대에게 걸어갔다. 자신이 일어난 그 순간부터 눈을 부라리고 있던 산적은 얼었다.

'무림인?'

산적은 자신을 향해 다가오고 있는 이가 무림인이 아닐까 하는 생각이 들었다. 어제만 해도 수작을 부리다가 그 옆에서 음식을 먹던 젊은 남자에게 혼쭐이 나지 않았던가. 조금은 당돌한 자신이라지만 무림인에게 시비를 걸 정도로 담이 크지는 않았다.

그의 눈은 순간적으로 젊은 사내의 허리춤에 닿았다.

그리고는 가소롭다는 듯 사내의 얼굴을 보며 미소 지었다.

산적이 일어났다.

젊은 사내가 그의 앞에 멈춰 서 있었던 것이다.

"이봐요, 형씨. 오늘 내가 기분이 좋으니까 봐줄게. 그러니까 어여 가보쇼. 마음이 바뀌기 전에."

젊은 사내가 자신에게 무슨 말을 할지는 눈에 선했다.

'감히 신성한 객잔에서 더러운 수작을 벌이다니! 내가 친히 너를 훈계하리라!' 와 다르지 않은 말들이리라.

덩치는 그런 말을 들어줄 정도로 착하지도 않았고 한가하지도 않았다. 어떻게 하든 눈앞의 여자와 엮이고 싶었다. 자의에 의해서든 타의에 의해서든 절색의 미인은 어쩔 수 없이 자신의 여인이 되리라.

'검이라도 차고 있었다면 내가 물러나 줄 수도 있었는데. 참 운이 없는 놈이군.'

대부분의 무림인들은 검을 차고 있었다. 꼭 검이 아니더라도 일종의 무기를 가지고 다니는데, 눈앞의 사내는 무림인에게 필수인 무기도 없었고 그 특유의 섬뜩한 눈을 가지지도 않았다. 어디를 뜯어봐도 그냥 평범한 사내였다. 그에게 겁을 먹고 달아나려 했던 자신이 한심했다.

'어제 그 망할 새끼 때문에 내가 추태를 보일 뻔했구나! 어제의 망신을 오늘 갚겠다!'

어제의 사내와 오늘의 사내는 아무런 관련이 없음에도 불구하고 괜히 눈앞의 사내에게 복수심을 키우는 덩치였다. 어차피 그냥 보내주겠다는 말은 예의상 한 말이었다. 또 대부분애써 용기를 낸 사내가 그 말 한마디에 물러나지는 않을 것이다.

뚜둑.

덩치는 손가락을 풀었다.

진천악은 동정이 담긴 눈으로 덩치를 쳐다봤다. 덩치는 단지 본능에 충실한 죄밖에 없었다. 이제 곧 광대뼈가 함몰되어 한동안 근신을 해야 할 그를 떠올리면 조금은 미안한 감정이

들었다. 하지만 어쩌겠는가. 자신의 협심을 알려야 하는데.

"나는 진천악. 비록 촌에서 올라온 지 얼마 안 되어 자중하려 했지만, 네놈 같은 자를 지켜볼 수만은 없다. 내 손속을 원망하지 말도록."

짝!

진천악은 정확하게 덩치의 광대뼈를 왼 손등으로 쳤다. 주먹으로 친 것도 아니었고, 힘도 많이 담겨 있지 않았다. 상당히 살짝 친 듯한 모습이었지만 드러난 결과는 상상을 초월했다.

"우악!"

비참한 음성과 함께 덩치는 삼 장을 날아가 객잔의 기둥에 머리를 찧었다. 그 모습이 너무도 웃겨서 숨을 죽이고 있던 자들이 웃음을 터뜨렸다.

진천악은 그런 그를 역겹다는 얼굴로 바라보며 말을 이었다.

"절대로 힘없는 사람들을 괴롭히지 말거라. 또 한 번 그런 일을 한다면 그곳이 지옥의 끝이라도 내가 친히 쫓아가 주겠다."

"우와아!"

객잔의 사람들은 함성을 지르며 박수를 쳤다. 진천악의 모습은 그야말로 대협심 그 자체였다. 대협들에 대한 이야기를 여러 번 들어본 일은 있었지만, 지금껏 자신들과는 무관한 사람의 이야기라 생각하고 있던 차였다. 그런 그들이 처음으로 본 진천악의 모습은 뇌리 깊숙한 곳에 각인되었다.

모두 진천악이 원하던 바대로 이루어졌다.

필요 이상의 힘을 쓴 것도, 마지막 말을 한 것도 모두 연출이었다

자고로 연출만큼이나 기억되는 데 좋은 방법은 없었다.

하나 아직 한 단계가 남아 있었다.

진천악은 고개를 숙여 덩치의 수작을 받아야만 했던 가녀린 여인을 봤다.

"너무 걱정하지 마시……."

순간 진천악을 얼어붙었다.

여인의 모습을 봤다면 그 누구라도 예외일 수는 없었다. 비록 초점이 풀려 있고 이지를 상실한 듯한 모습이었지만, 오히려 그 점이 그녀의 미색을 돋보이게 했다. 미녀를 묘사하는 그 수많은 어구들이 뇌리를 스쳤다. 그 어떤 부분에 부족함도 없는 그녀.

진천악이 태어나서 처음으로 본 미녀였다.

누군가가 얼굴의 부분을 조작해서 완벽하게 해놓았는지는 몰라도 그녀는 더 바랄 것이 없는 미모였다.

진천악의 계획이 조금 수정되는 것은 더 말할 것도 없었다.

미녀 역시 그의 꿈에 포함되어 있었다.

'오늘 경사가 겹치는구나!'

진천악은 일단 그녀 앞에 앉았다.

그때야 그녀의 눈이 자신에게 닿았다.

“……!”

미녀의 시선을 처음 받아보는 그로서는 그 느낌이 황홀했다. 아무리 봐도 질리지 않는 얼굴을 하고 있는 그녀. 무엇보다도 부드러운 눈매와 붉은색으로 덧칠한 듯한 새빨간 입술이 도드라졌다. 계획이고 나발이고 이미 머릿속이 비워진 지 오래였다.

이내 자신의 추태를 깨닫고는 입을 열었다.

“세상이 이렇게 험한데, 일행은 없으십니까?”

사뭇 걱정된다는 얼굴이었다.

그의 얼굴에는 정이 묻어 있었다.

연출이 아닌 정말 순수하게 우러나오는 감정이었다. 눈앞의 여인은 절로 보호본능을 불러일으켰다. 조금은 초췌한 몰골이었지만 기품을 잃지 않은 모습이 진천악의 가슴에 불을 질렀다.

그녀는 멍한 눈으로 진천악을 바라봤다.

“없소.”

쌀쌀맞은 그녀의 반응에 아랑곳하지 않고 진천악이 말을 붙였다.

“허어, 혹시 목적지가 있소? 가는 방향이라도 같으면 동행을 해줄 수 있는데.”

선심을 쓰는 듯한 말투.

그녀의 눈썹이 찌푸려졌다.

저 덩치나 눈앞의 반듯한 사내나 다를 바가 없었다. 아니, 가식적인 눈앞의 사내가 더욱 역겨웠다.

"혼자 갈 수 있소. 제 몸 보호할 능력은 되오. 그리고 수작을 걸려는 게라면 차라리 저 덩치의 수법이 더욱 유혹적이오."

진천악의 눈빛이 바뀌었다.

마치 벌레를 대하는 듯한 그녀의 태도를 눈치 챈 것이다. 바보가 아닌 한 그 정도는 알 수 있었다. 그리고는 이내 눈앞의 여자가 호락호락하지 않은 사람이라는 것 역시 깨달았다.

진천악의 입가에 씁쓸한 미소가 걸렸다.

'나를 그 정도로밖에 안 보는 건가.'

자신을 저 덩치와 비교하는 건 명예훼손이라고 말해주고 싶었지만, 정말 지금까지의 행동으로 미루어보건대 그와 별반 다르지 않았다. 그 점이 그를 씁쓸하게 했다.

"그럼, 실례하오."

그렇게 그녀는 떠나갔다.

싱그러운 향기만 남긴 채……

진천악은 그렇게 멍하니 자리에 앉아 있다가 자리를 박차고 일어났다.

'그래도 오해는 풀어야겠지?'

왠지 그녀에게 밉보였던 게 마음에 걸렸다.

그녀는 발이 이끌리는 대로 이리저리 방황했다. 목적지는 없었다. 삶의 목표도 없었고 의미도 없었다. 자신의 모든 것을 잃었다. '잃었으면 되찾으면 되겠네?' 그렇게 말하는 놈들은 아마 그녀에게 아작 나리라. 되찾을 수 있으면 이렇게 칠일가량을 방황할 리가 없었다. '되찾을 수 없다면 다른 것으로 채워.' 이렇게 말한다면 그 당사자는 반쯤은 죽어나리라.

이 상실감은 회복될 수 있는 종류의 것이 아니었다.

그녀는 강했다.

부모가 없다는 상실감을 그녀는 극복했다. 부모가 필요한 한창때도 애써 눈물을 참았다. 끝이 없는 고독에 가슴이 타 들어가는 데도 그녀는 참았다. 할아버지… 할아버지 때문에 참았다. 자신보다 더 큰 상실감에 빠져 있는 할아버지를 위로하기 위해서라도 자신은 참았다. 애써 웃었고, 밝은 모습만을 그에게 보여주었다. 누구보다도 사교적인 자신이 되고자 노력했고, 다른 이들에 비해 손색이 없는 손녀가 되고자 노력했다.

그게 오늘날의 진옥봉(珍玉鳳) 주화린이었다. 그렇게 그녀는 지금의 명성을 얻을 수 있었다. 하지만 그 명성이 다 무슨 소용일까. 자신이 그렇게 잘 보이려고 했던 사람이 사라졌는데. 자신을 진정으로 걱정해 주는 사람이 사라졌는데. 삶의 의미가 없어졌는데…….

주청학의 죽음은 그녀가 견딜 수 없는 것이었다.

유일한 혈육이 사라진 상실감.

무림맹주로서가 아닌 친할아버지로서 그는 화린에게 너무도 많은 부분을 차지하고 있었다. 밥 없이는 살아도 할아버지 없이는 못사는 그녀였다. 언제라도 자신에게 인자한 미소를 보여주시며 어깨를 툭툭 쳐주실 것 같던 할아버지. 그런 할아버지의 주검을 바라봐야 했던 그녀의 심정은 말로 형용할 수 없을 정도로 괴로웠다.

'아아…….'

자신이 역겨웠다.

주청학을 잃은 것보다 그녀의 가슴을 더 아프게 하는 요인이 하나 있었다.

바로 휘인!

그 휘인이다. 객잔에서 만나 처음으로 동행을 했던 인물. 무뚝뚝하고 자신을 무시하기만 했던 인물. 나름대로 사교적이어야 했던 그녀는 그에게 독특한 감정을 느꼈다. 처음에는 필요에 의해서. 그 다음에는 호기심에서. 결국에는 자신을 진심으로 대하는 또 하나의 사람을 발견했다는 쾌감에 그를 따라다녔다. 하지만 이제 그 휘인이 어떤 사람인 줄 아는가!

'철천지원수(徹天之怨讎)!'

같은 하늘 아래에서는 절대로 같이 살 수 없는 사람이다.

믿어지지 않았다.

아니, 소문으로 들었을 때는 믿지 않았다.

그의 힘을 두려워한 나머지 명문 문파에서 그를 모함하는 것으로 생각했다. 무엇보다도 휘인이 마교의 무리를 죽였을 때, 각 실세들에게 긴급 소집령이 내려진 일은 그녀가 아직도 명확히 기억하고 있었다. 그때의 기류가 참으로 묘했던 게, 분명 그를 질투하는 감정이라고 그녀는 생각했다.

실세들은 비록 경지를 이룬 자들이었지만 권력과 명성이 무엇인지를 아는 사람들이었다. 보수적인 사람들이었고, 변화와는 거리가 있는 사람들이었다. 화린은 그런 그들을 이해했다. 자신이 그들이라도 그런 감정을 느꼈으리라.

그녀는 그렇게 무림맹에 귀환했다.

그리고 무림맹주를 주검으로 보게 되었다.

그리고 이마의 상흔!

이건 모함이 아니다. 다른 사인은 없고 오로지 미간이 꿰뚫려졌다. 그녀가 알기로는 그런 무공을 지닌 자는 이 세상에서 단 한 명밖에 없었다. 전 무림을 뒤져 봐도 무림맹주를 죽일 수 있는 미간일점홍을 지닌 무림인은 단 한 명밖에 없었다. 그것도 그녀가 너무도 잘 아는 사람!

'휘인.'

그녀는 그렇게 까무러쳤다.

'왜?'

정신을 수습하고 일어난 후에 첫 번째로 든 의문이었다. 자신이 아는 휘인은 그런 목적을 가지고 있는 사람이 아니었다. 아니, 결과가 명확하니 반박의 여지가 없었다. 반박을 하고 싶은 마음은 굴뚝같았지만, 증거가 너무도 명확하게 드러났다. 그렇다면 도대체 그가 왜 이런 짓을 했단 말인가!

또다시 드는 의문.

'일부러 할아버지와 가까워지기 위해 나에게 접근을 했던 것일까?'

그렇게 생각하자 그녀는 다시 혼절했다.

그녀는 강한 여자가 아니었다.

겉으로는 강한 척을 다 하고 다녔지만, 그녀의 속은 정작 그렇지 못했다.

그녀가 감당할 수 없는 충격이었다.

휘인의 모든 행동이 거짓이었다는 것과 그가 잔인하게 웃으면서 그의 목적을 달성하는 모습을 떠올리니 그녀는 도저히 견딜 수가 없었다. 믿어지지가 않았다.

"이 할애비가 우리 린아를 위해서라면 무엇이라도 할 수 있는 사람이라는 것은 알고 있지?"

순간 그녀의 할아버지와 했던 마지막 대화가 떠올랐다.

더 이상 눈물을 참을 수 없었다.

주위의 풍경은 뿌옇게 물들었고, 그녀는 그 안개를 걷히게 할 생각이 없었다. 지금 같은 심정에 울지라도 않으면 그녀는 미쳐 버릴 것이다.

아직도 마음을 편안하게 해주는 그 특유의 음성이 귓가를 맴돌았다.

"명심해 주었으면 좋겠구나. 어떤 일이 벌어지건, 그 모든 일은 린아를 위했으면 위했지 피해를 가하기 위한 일이 아니라는 것을. 알겠니?"

길을 걷던 그녀는 기어코 주저앉았다. 주위의 눈은 전혀 의식하지 않았다. 그들을 의식하기에는 자신의 인생이 너무도 고달프고 막혀 있었다. 마음의 여유가 없었다. 이런 인생을 내려준 하늘에 원망하느라, 그렇게 허무하게 떠난 할아버지를 원망하느라, 그리고 한 사내에 대한 증오심을 키우느라 힘들었다.

'도대체 어떤 일이 벌어졌던 거야.'

과거로 시간을 돌리는 능력이 그녀에게 있었다면 딱 한 번. 두 번도 필요없었다. 딱 한 번. 한 번이면 족했다. 시간을 돌려 어떤 일이 벌어졌는지를 두 눈으로 확인하고 싶었다. 그렇게 거창한 일이 아니어도 좋다. 적어도 할아버지와 마지막으로 보냈던 시간을 조금 더 달콤하게 보냈더라면…….

그녀의 애틋함이 하늘에 닿을 정도로 짙어져만 갔다.

그 어떤 이의 얼굴도 그녀만큼이나 어둡지 않았다. 그녀가 느끼는 절망만큼이나 큰 절망을 느끼고 있는 사람은 단 한 명도 없으리라.

적어도 그녀는 확신했다.

신은 자신을 미워하고 있고, 자신을 괴롭히는 데 재미를 붙인 것이라고.

문득 떠오르는 기억.

'그렇다면?

당시 휘인의 이동 경로와 시기를 고려해 보건대 가장 최근에 그를 만났을 때는 휘인이 그의 할아버지를 음해한 이후였다.

"내가 아는 주화린은 이런 여자가 아니었는데? 어떤 면박을 주어도 대드는 여자가 주화린이 아니었어?"

아직도 그의 말이 귀에 생생했다.

당시는 자신의 진심을 몰라주는 그가 야속했기에 기억을 했다. 그리고 또 언제나 흔들리지 않던 휘인의 눈이 우수(憂愁)에 차 있는 모습 역시 잊어버릴 수 없었다. 분명 그의 흔들리는 눈빛은 슬픔을 한도 이상으로 머금고 있었다. 조금만 자신이 더 자극했으면 그 휘인이 눈물을 글썽였을지도 몰랐다. 당시는 경황이 없어 그에게서 도망을 치는 데 급급했다.

시간을 돌아보니 어디에선가 일이 틀어졌다고 여기고 있

었는데, 무림맹에서 발표한 공문들이 여기저기 붙어 있는 것
을 보고 의심이 가는 부분이 있었고, 결국에는 무림맹으로 귀
환하게 되었다. 그렇게 그녀는 휘인과 다시는 건널 수 없는
강을 건너 버렸다.

“내 피가 아니다.”

휘인이 기겁하는 모습은 돈을 주고도 볼 수 없었다. 휘인이
기겁하며 그의 몸에 묻은 피를 조금이라도 닦아보려던 자신
의 손을 쳐내었던 그때를 그녀는 기억했다.
‘그 피!
순간 화린의 눈에서 살기가 쏟아져 내려왔다.
그 피의 주인은 분명 자신의 할아버지였으리라.
하지만 그녀의 살기는 곧 희미해졌다.
그녀의 눈에 자신의 손목이 닿았던 것이었다.
아직도 퍼렇게 들어 있는 멍. 그것을 볼 때면 자신의 감정
이 항상 복잡해졌다. 휘인은 단 한 번도 자신에게 손찌검을
한 적이 없었다. 아무리 짜증나게 해도 그는 무시하거나 노려
볼 뿐이었다.
자신의 손목을 쳐내고는 눈빛을 피하며 심하게 당황해하
던 그가 떠올랐다.
‘왜?!’

죄책감? 자신의 할아버지를 죽였다는 데서 양심이 찔렸던 것일까?

화린은 그를 비웃었다.

"말도 안 돼."

역시나 믿을 수 없었다.

할아버지의 미간에 검을 찔러 넣는 모습은 전혀 연상되지 않았다. 혹여나 지옥의 야차라면 모를까 휘인은 절대 아니었다. 그렇다면 도대체 왜!

"왜냐고!!"

그녀의 사자후가 주위를 뒤흔들었다. 그 사자후에는 그녀의 감정이 고스란히 담겨 있어 듣는 이로 하여금 눈물을 머금게 하였다. 아무도 그녀에게 시비를 거는 사람은 없었다. 대로의 한복판이었지만 동정의 눈빛으로 한 번 쳐다보고는 모두 제 갈 길을 갔다.

분명 자신을 다시 본 휘인의 모습에는 석연찮은 점이 있었다. 지금껏 그와 함께했던 나날을 떠올려 보건대 분명 그는 자신을 먼저 건드리지 않는 한 남을 건드릴 인물이 아니었다. 자신의 할아버지를 단 한 번도 본 적이 없는 그가 상대에게 원한을 품을 일은 전혀 없었다. 그가 할아버지를 죽일 이유는 없었던 것이다.

'……그런데 그가 과연 할아버지를 죽일 수 있는 정도의 실력자였단 말인가?

순간 그녀의 눈물이 잦아들었다. 이런 순간에 이렇게 의문이 많은 자신이 너무도 한심해 보였다. 하지만 무인으로서는 당연히 드는 호기심이었다. 과연 그 누가 무림맹주를 죽일 수 있단 말인가!

감겨진 그녀의 눈이 파르르 떨렸다.

이대로 죽었으면 좋겠다는 생각이 들었다.

삶의 의미가 없는 한 이대로 죽는 것도 나쁘지 않았다.

주화린은 자신의 검을 뽑아 들었다.

그리고는 그 검을 자신의 목에 겨누었다.

길을 가던 행인들이 멈춰 섰다.

그들의 얼굴에는 한결같이 걱정이 서려 있었다. 그 모습을 본 화린은 비릿한 미소를 머금었다. 그녀는 알고 있었다. 자신이 여기서 죽어도 그들은 슬퍼하지 않을 것이다. 걱정을 하고 있는 듯하지만 그건 가식에 불과했다. 하루면 그 감정을 잊어버릴 것이다. 여기서 누군가가 자살했다는 사실마저 잊고는 바쁜 하루하루를 살아갈 것이다.

이제는 자신이 죽어도 울어줄 인물은 이 세상에 단 한 명도 없었다.

잠시 동안 멈췄던 그녀의 눈물이 다시 쉬었던 만큼 더 많이 쏟아졌다. 그 눈물을 통해 자신의 가슴속에 뭉쳐진 온갖 복잡한 감정들도 섞여 흘러내렸으면 하는 기분도 들었다. 이 감당할 수 없는 감정을 모두 폭발시켜 버리고 싶었다. 그렇지만 모든 일을 정확히 눈으로 직접 보지 않는 한 이 응어리는 영원히 풀릴 일이 없을 것이다. 그러니 시간을 돌리지 못하는 한 그녀는 평생 이 응어리와 함께 살아갈 테고, 그렇게 사는 것은 사는 게 아니다. 사람이 사는 건 그런 게 아니었다.

'신승, 도악.'

그들이면 자신을 위해 눈물을 흘려주겠지? 평생을 울어주겠지? 자신을 떠올리며 항상 슬퍼해 주겠지?

조금은 위안이 되었다.

이런 때에 그가 떠오른 이유는 무엇일까?

지금의 상황을 만들어준 그 철천지원수가 떠오른 이유는 무엇일까? 아직도 신은 자신과 장난을 하고 싶어하는 걸까? 자신이 괴로움으로 미치는 꼴을 봐야 직성이 풀리는 걸까? 아니면… 그것도 아니면 도대체 무엇 때문에…….

'그는 슬퍼할까? 좋아할까?'

그를 알게 되었다고 생각하고 있었는데, 오늘 이렇게 되돌려 보니 그의 행동 하나하나가 거짓으로 보였다. 그의 관심을 사기 위해 이런저런 짓을 한 자신이 그렇게 한심스러울 수가 없었다. 증오도 치밀어 올랐고, 그의 가식에 대한 역겨움도 떠올랐다. 무엇보다도 참을 수 없는 게 무엇인지 아는가? 그건 바로 자신이 그를 떠올리며 슬퍼하고 있다는 것이다.

그와 다시는 이전과 같은 자유로운 생활을 할 수 없는 게 슬펐고, 그가 지금 무림공적으로 공표된 게 슬펐다.

제 자신의 처지도 극복하지 못하고 있는데, 지금은 그를 동정하고 있었다.

'역시 나는 쳐죽일 년이지?'

할아버지를 생각하면 정말 이 감정은 비상식적이었다. 그에 대한 증오를 키워야 하는 자신이 동정을 키우고 있다니. 그를 진심으로 걱정하고 있다니!

'그래, 죽자!'

자신은 죽어야 했다.

한 남자를 너무도 좋아한 나머지 할아버지에 대한 슬픔이 희석되다니. 철천지원수를 걱정하고 있다니. 자신 같은 년은 지금 당장 죽어야 했다. 이 세상에서 살아갈 가치가 없는 벌레만도 못한 사람이었다.

검을 꽉 쥐었다.

캉!

저만치 멀어져 가는 자신의 검과 또 하나의 검. 화린의 눈은 그 검의 주인에게 닿아 있었다.

눈에 익은 사람이었다.

"헉헉. 무슨 일인지는 몰라도 이렇게 예쁜 아가씨가 죽는 건 무림의 커다란 손실이에요. 헉헉. 죽어라 뛰어왔네! 그러니까 그 소중한 목숨, 잠시만 가지고 있어요. 예?"

아까 그 남자였다.

대협의 풍모를 조금이라도 보이려고 했던 사내. 귀여운 사내였다. 나이도 많아 보이지 않았고, 또 무림초출로 보였다. 무림에 끼어서 어색해 보이지 않으려는 노력이 가상하기도 했다. 이전의 가식적인 모습을 버리고 당황한 모습이 역력한 채 자신을 보며 헐떡이고 있는 그를 보니 미소가 지어졌다. 미소 지을 기분이 아님에도 불구하고.

"어어? 웃었네요? 역시 미녀는 웃는 게 가장 예쁘다는 말이 정말이었군요."

그가 순수한 미소를 보였다.

좀 전 객잔에서 봤을 때와는 참으로 상이하게 다른 모습이었다. 이게 그의 진면목인 듯싶었다.

이런 장난기 어린 모습에서 좀 전의 그 밥맛없는 모습은 어떻게 풍겨냈는지 놀라울 따름이었다.

'그러고 보니 무공을 지닌 자.'

그가 덩치를 때려눕혔을 때도 알기는 했지만, 그의 정확한 무위를 추측하긴 힘들었다. 자신보다 고수란 소리였다.

참으로 무림은 놀라운 이들로 가득했다. 어느 날에는 무림 맹주가 죽고, 좋아하던 남자가 철천지원수로 변한다. 그리고 다른 날에는 이렇게 평소에는 절대 못 만날 놀라운 고수를 만나게 된다.

'숨을 헐떡여?'

"풋."

결국 그녀는 웃음을 참지 못했다.

그 같은 고수가 숨을 헐떡일 이유가 없었다. 그가 자신의 검을 쳐낸 신묘한 수를 봐서도, 그는 분명 자신보다 높은 경지에 달해 있는 사내였다. 그런데 얼마나 뛰어왔다고 힘들어 죽겠다는 얼굴로 숨을 헐떡이는가.

이마에 땀 한 방울 안 맺힌 그의 얼굴을 보니 자신의 기분을 풀어주려는 노력이 엿보였다.

'그래, 내가 왜 죽으려고 했을까.'

자신이 너무 감성적이었다는 생각이 들었다.

아니, 사실 죽으려고 마음먹었어도 검에 힘이 풀렸을 것이다. 그녀는 그렇게 독하지 못했다. 아직 여한이 남았다. 단 하나의 여한이 남았다. 그 한을 풀고서 죽을 것이다.

'휘인! 그를 만나보겠어.'

이 일의 당사자임과 동시에 자신의 모든 의문을 풀어줄 수 있는 유일한 사람.

자신이 찾을 수 있는 유일한 삶의 의미였다.

그라면 말해줄 것이다.

한 치의 거짓 없이.

그녀가 듣고 싶은 대답은 하나였다.

"내가 죽이지 않았다."

그가 그렇게 말해주길 기대하고 있다.

자신이 알고 있는 휘인이라면 그렇게 대답할 것이다. 하지만 만약 자신이 휘인을 잘못 알고 있었던 것이라면? 그리고 그때는…….

자신에게 정말 삶의 의미가 사라진다.

화린은 그렇게 견디어냈디.

자신에게 닥친 청천벽력(靑天霹靂)과 같은 운명.

꾹 눌러 참았다.

아직은 아니었다.

아직은 그 감정을 폭발해 낼 때가 아니었다.

지금은 참아야 할 때.

휘인에게 확인하고 나서도 늦지 않는다.

'광안이라고 했던가?'

여기에서 꼬박 달려 칠 일 거리였다. 칠 일 후에 과연 그가 아직도 광안에 있을지는 모른다. 어쩌면 이미 천라지망에 의해 사로잡혔을 수도 있었고, 그의 만만치 않은 무위를 고려해 보면 생포보다는 죽어 있을지도 모른다. 하나 그를 감히 생포할 수 있는 무위를 지닌 자가 있을까?

화린은 그렇게 목적지를 잡았다.

그녀의 모공에서 기가 아지랑이처럼 피어올랐다.

휘이잉!

미풍과 함께 멀어져 가는 그녀.

'생명의 은인에게 고맙다는 말 하나 없네?'

진천악은 무엇인가 개운치 못한 느낌이었다.

뒤를 보고 닦지 않은 기분과 비슷했다.

'역시 마무리는 지어야겠지? 혹시나 모르잖아? 그녀가 또 죽음을 기도할지? 예비 천하제일협객은 은혜를 베푼 이후에도 그 사람을 철저하게 챙겨줄 의무가 있다고!'

진천악은 그렇게 자신을 확신시켰다.

게다가 딱히 목적지도 없었다.

그녀의 뒷모습에 눈이 멈춘 진천악의 얼굴이 순간 진지해졌다.

'어떤 일이 그녀를 그렇게 슬프게 했을까?

그녀에 대해서 알고 있는 것은 단 하나도 없었다. 그녀가 왜 슬픔에 차 있는지는 전혀 모른다. 그럼에도 불구하고 그녀가 애통해하는 모습에 자신 역시 눈물을 흘릴 뻔했다.

진천악은 그녀를 진심으로 지켜주고 싶었다.

그녀를 슬프게 하는 모든 것들로부터 지켜주고 싶었다.

진천악 역시 기운을 끌어올렸다.

주화린은 그렇게 광안을 향해 멀어져 갔다.

……꼬리를 단 채.

제3장

인생무상(人生無常)

"왜 따라와요?"

주화린은 한창 경공을 펼치다 결국 멈춰 설 수밖에 없었다. 마음은 다급해 죽겠는데, 꼬리를 누군가가 물고 있어서 도저히 계속 갈 수가 없었다.

자신의 물음에 상대는 능글맞은 웃음을 유지하고 있었다. 밉지는 않은 얼굴이고, 나름대로 순수한 모습이 어울려 귀엽기도 한 얼굴이어서 화를 내도 정작 그의 미소를 보면 김이 빠지기도 했다. 아마도 상대에게 악의가 없기 때문이리라.

"아니, 벙어리예요?"

화를 내려고 소리를 질렀지만, 힘이 없었다.

무엇이 그렇게 좋은지 상대는 계속 웃고 있었다.

"하아, 말이 안 통하네. 혹시 저 좋아해요? 아니, 왜 이렇게 쫓아다……."

어이가 없게도 사내는 고개를 끄덕였다.

좋아해서 따라다닌다는 뜻.

정작 이렇게 나오니 할 말이 없어졌다.

'정말 휘인은 대단했구나.'

그의 모습을 보면 자신이 휘인에게 들러붙었던 게 떠올랐다. 자신은 그저 어떻게 좀 편하게 무림행을 즐겨보려고 억지를 썼었다. 상대에게 이 정도로 민폐를 끼치는 일인 줄 알았으면 그녀라도 조금은 망설였으리라. 어쨌든 그런 일을 직접 당해보니 여간 귀찮은 게 아니었다. 마음 같아서는 소리를 쳐서라도, 화를 내서라도 떨쳐내 버리고 싶었다.

하지만 자신이 휘인에게 했던 일을 떠올리면 쉽게 그럴 수가 없었고, 상대의 미소도 자신의 마음을 조금씩 망설이게 만들었다.

"따라오지 마요!"

미소밖에 짓지 못하는 멍청이도 아니고, 정말 오로지 그 모습만 고수하는 사내였다.

화린은 손가락을 들어 다시 한 번 그에게 경고한 후 기운을 일으켰다.

다시 한 번 미풍과 함께 사라지는 그녀. 뒤에서 쫓아오는

기색이 없자 그녀는 그제야 안심을 하고는 진기를 극성으로
일으켰다.

지체하고 싶은 생각은 없었다.

지금도 휘인은 천라지망에 숨통을 맡긴 상황. 어떻게 해서
든 그에게 물어보고 싶었다. 자신의 모든 의문을 그가 해소해
주기를 바랐다.

'……!'

화린은 눈을 부릅떴다.

어느새 자신의 옆에 다가온 사내.

정말 끈질겼다.

"어디를 그렇게 급히 가세요?"

사내의 쾌활한 목소리가 바람을 타고 들려왔다. 그들의 경
공이 빨라 소리를 저 뒤로 내버려 두고 달려갈 법도 했지만,
이상하게도 마치 옆에서 속삭이듯 또렷이 들렸다. 아마 상대
가 내공을 이용하여 음성을 실었나 보다.

"……."

화린은 할 말이 없었다. 정말 끈질긴 사내였다.

그래서 화린이 생각해 낸 것은 그를 무시하는 것이었다. 자
신이 할 수 있는 최소한이자, 사람을 미치게 하는 게 바로 무
시당하는 것. 이때만큼은 휘인이 고마웠다. 귀찮은 떨거지를
떨쳐내 버리는 묘안을 주어서.

하지만 화린은 한 가지를 간과하고 있었다.

휘인이 비록 애써 무시를 했지만 결국에는 동행을 묵인하게 되었다는 것을…….

"와, 무시하는 거예요? 좋은 방법이네요. 힘 안 들이고 최대의 효과를 누리겠다 이거죠? 무림에 나와서 좋은 것을 배우네요. 흐흐. 귀찮은 자는 무시해라. 이거 받아 적어야 하나?"

정말로 품에서 종이를 찾는 모습이었다.

'그래 봐야 붓도 없으면서.'

화린은 순간 주춤했다.

경공을 펼치면서 발의 위치나 이동은 중요한데, 순간 꼬일 뻔했다. 발동작이 꼬이면 그야말로 보기 흉하게 바닥을 구르게 되는데, 눈앞의 사내에게는 절대로 그런 모습을 보이지 않으리라고 그녀는 다짐했다.

화린이 주춤한 데에는 이유가 있었다.

사내가 정말로 휴대용 붓을 가지고 있었던 것이다. 항상 먹물에 젖어 있는지는 몰라도, 상당히 작은 붓의 뚜껑을 열고 작은 종이에 무엇인가를 열심히 적는 그의 모습에 화린은 평정심을 유지할 수가 없었다.

적다가 의문이 생겼는지 사내가 입을 열었다.

"그런데 아무리 무시를 해도 떨어지지 않는 사람은 어떻게 하죠? 무시를 해도 안 먹히는 상대가 있을 거 아니에요. 그럼 괜히 자신만 미치는 거 아닌가……."

'그래, 혼자만 미친다.'

화린은 정말 미칠 지경이었다.

아무리 무시를 해도 떨어지지 않는 사람. 그건 바로 너라고 딱 꼬집어서 말하고 싶었지만, 무시하기로 했으니 그것도 여의치 않았다. 사내의 지적대로 저런 종류의 인간을 상대로 '무시하기'는 오로지 자신만 제대로 미치는 게 되어버린다. 눈앞의 사내는 아무렇지도 않다는 듯 반응하며 신경을 긁으니, '무시하기'가 깨어지기 일보 직전이었다.

그리고 이내 사내의 얼굴을 보고는 그가 자신을 놀리고 있다는 사실을 알게 되었다.

"이익! 이 못된 인간. 그렇게 놀리면 좋아요?"

화린은 문득 입을 다물었다.

이게 바로 그가 원하는 반응이라는 것을 깨달았기 때문이다. 하지만 이미 늦었다. 말을 되돌릴 수 있는 능력이 없는 한 이 상황을 타개할 방법이 없었다.

"오오? 그런 사람을 만날 때는 화를 낸다! 이거죠?"

사내는 연신 고개를 끄덕이며 받아 적었다.

"……."

화린은 다시 꿀 먹은 벙어리가 되었다.

'당했다.'

멍해지는 머리를 부여잡고는 경공에 집중을 하였다.

그런 그녀의 반응에 그는 그냥 묵묵히 그녀를 쫓았다.

화린은 지고는 못사는 성격이었다.

휘인이라면 모를까, 혼자만 골탕 먹는 걸 누구보다도 싫어한다.

화린은 일부러 경공을 조금 더 빠르게 시전해 보았다. 그래도 곧잘 따라오자, 조금 더 빨리, 조금 더 빨리 하다가 결국에는 기혈에 손상이 갈 때까지 무리를 하게 되었다. 그래도 곧잘 따라오자 그 기분은 완전히 심마(心魔)가 되어 자신을 괴롭혔다.

화린은 포기했다.

떨어지라고 해도 떨어지지 않을 테고, 상대가 자신보다 강한 탓에 무력시위는 불가능했다.

'휘인은 나를 어떻게 견뎌냈을까?

마음 같아서는 능글맞은 웃음으로 자신을 바라보는 사내의 머리를 쥐어박고 싶었지만, 상황이 여의치 않았다. 반면에 휘인은 똑같은 상황에서 묵묵히 받아내지를 않았던가.

'존경스럽군.'

그의 성격만은 존경스럽다는 생각이 스쳤다.

하지만 그녀는 이내 고개를 저었다.

'그는 나와 철천지원수야!'

그녀는 애써 둘의 상황을 환기했다.

아까의 분노는 어디로 가고, 지금에 와서 그를 철천지원수라고 생각하니 어색했다. 이 모든 게 눈앞의 사내 때문이었다. 그가 자신의 긴장을 느슨하게 해주었고, 절망에 빠진 자신을 반쯤 건져 올려주었다.

'아, 그건 좋은 건가?'

마음이 가벼워지자 몸도 가벼웠다. 그에 하늘마저 아름답게 보였고, 머리카락을 스치는 바람에 기분이 좋아졌다. 마음의 여유가 생겼다는 뜻이었다.

그녀는 만족감에 미소를 지었다.

"역시 동행은 기분 좋은 거죠?"

화린은 한심한 눈으로 그를 쳐다봤다.

자신의 시선을 받아내는 저 사내만큼 철면피를 제대로 두른 인물은 없으리라고 생각되었다. 누가 저런 뻔뻔한 말을 눈한 번 깜빡이지 않고 능청스럽게 말할 수 있을까? 자신이 아니면…….

'왜 계속 휘인이 생각나는 거지?'

자신이 항상 휘인에게 저렇듯 뻔뻔한 말을 늘어놓은 일들이 기억났다. 사내를 보니 정말 딱 자신의 꼴이었다. 그가 계속 들러붙어 있으니 저절로 휘인과의 기억들이 떠올랐다.

지금의 화린에게는 불필요한 감정이었다.

휘인을 보면 진지하게 화를 내야 하는 입장인데, 지금 만난다면 아마 '나 때문에 많이 힘들었죠? 내가 다시는 귀찮게 안 할게요' 라고 위로해 줄 것만 같았다. 그만큼 사내는 자신을 제 맘대로 주물럭거리고 있었다. 그 사실을 알고 있으면서도 싫지 않은 이유는 상대가 진심으로 자신을 대하기 때문이겠지.

그렇지만 자신에게는 사치.

"정말, 가줄래요?"

화린의 눈은 차갑게 식어 있었다. 그녀가 장난할 기분이 아니라는 사실을 그에게 정확히 표명했다. 그의 장난을 사전에 차단한 셈이었다.

사내의 눈에 장난기가 싹 가셨다.

너무도 빨리 돌변하여 화린이 적응을 못할 정도였다.

"제발 저를 데려가 주시면 안 되나요?"

상대는 깍듯하면서도 귀여웠다. 너무 딱딱한 말투도 아니었고, 마치 오래전부터 알고 지내온 사람처럼 정감이 있었다. 차갑게 식어 있는 눈이 자신도 모르는 새에 풀릴 정도로.

보통 저런 남자는 모성 본능을 자극한다.

화린이라고 그런 여성의 범주에서 어긋나지 않았다.

하지만 감정은 감정이었고, 자신은 해야 할 일이 있었다. 지금으로서도 자신의 삶은 충분히 복잡했다. 새로운 상황을 받아들일 정도로 그녀는 여유롭지 못했다.

화린이 멈춰 섰다.

그러자 사내 역시 멈춰 섰다.

화린은 사내에게 똑 부러지게 자신의 상황을 알려줄 심산이었다. 그리고 정중하게 그와의 동행을 거절할 생각이었다.

하지만 사내는 그녀의 의도를 조금 다르게 받아들였다.

“제 이름은 진천악. 이제 곧 천하제일협객이 될 사람입니다. 비록 지금은 그 이름에 힘이 하나도 없지만, 곧 모든 무림인들이 고개를 숙여 존경을 표하게 될 거예요. 기대해 주세요.”

아니, 그녀의 의도를 완전히 반대로 받아들였다.

“풋.”

여기서 그녀의 운명은 결정되었다.

진지하게 분위기를 잡았는데, 막상 상대의 소개에 웃어버리지 않았던가. 다시 분위기를 잡기에는 이미 일을 그르쳤고, 눈앞의 사내 역시 다른 뜻을 품은 것 같지는 않았다. 자살을 시도했을 정도로 참담했던 자신의 기분을 풀어준 대가로 임시로 동행 정도는 해줄 수 있었다.

“그래요. 기대할게요. 제 이름은 화린입니다.”

무엇보다도 그녀가 동행을 허락한 데에는 한 가지 이유가 더 작용하였다. 바로 휘인은 자신을 받아들였는데 그녀가 진천악을 거부하는 것은 도리에 어긋난다는 것이었다.

그리고…… 지금껏 휘인이 자신에게 베풀었던 모든 것을 진천악에게 베풀면 그에 대한 미안함이 덜어질 것이다. 미안함이 덜어지면 질수록 휘인에 대한 좋은 감정은 희석되고 증오는 점점 커져 가겠지.

화린은 그를 잊어야 했다.

화린은 자신의 운명에 순응하기로 했다.

‘이게 운명이라면…… 받아들이겠다.’
  심장을 도려내는 듯한 아픔이 가슴을 스쳤지만, 화린은 그
아픔을 무시했다.
  차갑게…….

제4장

진퇴양난(進退兩難)

　평범한 삶을 보내다가 문득 안 좋은 느낌이 드는 때가 있다. 밥을 먹다가, 산책을 하다가 또는 애인과 함께 거리를 거닐다가 괜히 기분이 나빠지거나 좋아진다. 분명 이유가 없는 것 같은데 그런 기분이 든다. 인과응보(因果應報)의 이치를 거스르는 그 순간만큼이나 갑갑한 때가 없다.

　길을 유유자적 걸어가던 휘인이 갑자기 고개를 들어 하늘을 올려다봤다.

　천천히 올려다봤으면 그냥 그가 적적하여 그런 행동을 한 것으로 치부하겠는데, 마치 하늘에서 무슨 기운을 감지한 것처럼 즉각적으로 고개를 든 모습은 의문을 샀다.

"왜 그래?"

뇌운비가 물었다.

휘인의 모습은 누가 봐도 심상치 않았다.

휘인은 눈을 지그시 감았다.

자신을 스친 이 기운이 무엇을 뜻하는지 알아내려는 모습이 역력했다. 하지만 휘인이 알아낼 수 있는 건 단 하나였다. 절대 이 기운은 좋은 의미를 가지고 있지 않았다. 그렇지 않았다면 이런 꺼림칙함에 시달릴 이유가 없었다.

'천라지망이 좁혀오고 있다.'

그 정도는 이미 알고 있었다. 공기에서 느껴진다. 점점 천라지망의 그물이 쇄도해 들어오고, 자신들이 디딜 영역이 좁아져만 갔다. 이 그물이 좁아질수록 도망은 불리해져만 간다. 도망이 불리할수록 이들에게 죽임을 당할 가능성은 높아져만 간다.

분명 이건 좋지 않은 일이었다. 하지만 그렇기에 청운이 천라지망의 교란에 나선 것이다. 그가 교란이라고는 했지만, 휘인은 교란보다는 그가 정보를 가지고 올 것이라 믿었다. 천라지망 안에 침입하여 그것의 약점을 찾는다. 아무리 천라지망이라도 취약한 부분을 지니게 마련. 적어도 고수가 덜 몰리고, 덜 동원되는 부분을 노리면 숨을 돌릴 수 있을 정도의 시간을 얻을 수 있을 것이다.

'거기서 일이 틀어진 것인가.'

최악의 상황이 떠올랐다.

'기우겠지.'

아직 그의 모든 부분을 알지는 못하지만, 그래도 그가 상당히 치밀하다는 것쯤은 그와의 만남에서 알 수 있었다. 그는 그 어떤 사람으로도 완벽하게 바뀔 수 있는 하늘의 재능을 타고났다. 거기에다가 무공 또한 뛰어나다. 자신 역시 일전에 본 적이 없었다면 그를 분간해 낼 자신이 없었다.

그러니 그가 실패했을 리는 없었다.

'그렇다면 천라지망에 상당한 저력이 숨겨져 있을지도……'

이건 확신이었다.

무림맹에서도 두 번이나 당하고 났으면 경각심을 가지고 대항에 나설 것이다. 가만히 앉아서 당할 그들이 아니었다. 무림맹에서 신승이 직접 일어난 것은 아니겠지만, 분명 자신들에 걸맞은 저력을 보유하고 있기에 저렇듯 자신있게 숨통을 조여올 수 있으리라.

'충돌은 피해야 하지만……'

천라지망을 피할 수는 없었다. 인간의 그물을 뚫는 방법은 있어도 사방으로 펼쳐진 천라지망을 피해 가는 방법은 없었다.

'그렇다면 청운이 돌아올 때까지 기다릴 수밖에.'

그것으로 끝이었다.

더 이상의 고민과 걱정은 지금의 상황을 더 악화시킬 뿐이었다. 천라지망이 발동된 역대의 인물들을 돌아보면 대부분이 천라지망의 압박감에 정신력이 고갈되어 제대로 된 대응 한 번 못해보고 무림맹에 잡혀갔다. 자신이 그 꼴을 낼 수는 없지 않은가.

"아무것도……."

"뭐가 아무것도 아니냐. 예감이 안 좋냐?"

휘인은 솔직하게 고개를 끄덕였다.

"확실히 느껴지는 중압감이 대단하지. 크크."

임홍도 동조해 보였다.

"망할 무림맹 녀석들. 정말 화가 단단히 난 모양이다."

누가 봐도 이들의 모습은 대규모의 천라지망에 쫓기는 무림공적 일행이 아니었다. 절대고수들이 모였기에 여유로운 것은 아니었다. 오로지 그들을 그 경지에 오르게 한 경험이 여유를 주었다. 상황을 타개할 방법이 없는 것은 당연했다. 그럼에도 불구하고 여유를 가지는 데에는, 운명은 이미 정해져 있다는 생각에서였다. 만약 자신들이 이렇게 죽을 운명이면 죽는 것이고, 아이들도 순풍순풍 낳고 손자들마저 보고 죽게 된다면 이번 일은 어떻게든 넘겨질 것이다. 그리고 후에 손자들에게 천라지망을 뚫었던 용감한 할애비의 이야기를 하리라.

하나 그건 이후의 이야기이고 지금은 그 용감한 할애비가 얼마나 어렵게 천라지망을 뚫었는지 직접 쓸 때였다. 이들 중 누구도 '그래서 할애비는 죽었다'라고 이야기를 끝내고 싶지는 않으리라.

"용감하군."

임홍이 중얼거리듯 말했다.

휘인과 뇌운비가 고개를 끄덕였다.

천라지망의 발동으로 이미 인적은 전무했다. 그들의 시선은 길의 끝에 닿아 있었다. 아무도 없는 길이었다. 보이지 않는다고 해서 존재하지 않는 것은 아니라고 했던가? 잠시 흐릿한 잔영이 눈에 잡히더니 결국에는 하나의 인영이 모습을 비췄다.

"대단하군. 이야기를 들었지만, 역시나 대단해."

뇌운비가 인상을 썼다.

저 말투는 오로지 강자의 전유물이었다. 마치 아랫사람을 평가하는 듯한 말투. 명백히 뛰어난 고수에게도 고개를 숙이지 않는 뇌운비가 그런 말투를 쓰는 자에게 좋은 감정을 느끼지는 않을 것이다.

"영감, 말조심해."

모습을 드러낸 자는 노인이라고 하기보다는 중년인이라고 칭하는 게 옳았다. 머리가 조금씩 희끗해지기 시작했지만, 피부에 탄력도 남아 있어 노인이라는 느낌은 거의 들지 않았다.

"어이쿠. 이거 무서워서 살겠나. 그런 부리부리한 눈빛에

이 노인이 죽었으면 좋겠나?"

펀잔을 주는 말투였다.

노인의 말대로 그들은 일 열로 그를 노려본 채 서 있었다.

"무림맹의 개인가?"

뇌운비가 거칠게 내뱉었다

"무림맹까지는 맞지만 개는 아닌데? 이 노인이 개처럼 생겼나? 나름대로 젊었을 때는 풍류공자로 이름을 떨쳤건만 개라니. 천하의 우현(愚賢)이 개로 전락했구먼."

"……."

휘인이나 뇌운비, 임홍은 '말 다 했냐' 는 듯한 눈빛으로 노인을 응시했다. '다 말했으면 용건이나 불어' 라는 뜻도 역력하게 드러나는 얼굴이었다.

그 모습에 짧은 수염을 쓰다듬으며 한탄을 하는 노인이었다.

"허허, 정말 나를 모르는가?"

자신을 몰라봐 참으로 섭섭한 모양이었다.

'청운?

휘인은 의문을 접었다. 그는 청운이 아니었다. 단지 지금은 잊혀진 고수, 그러니까 전대의 고수 중 하나인 모양이었다.

'이게 무림맹의 강수로군.'

분명 전대 고수는 이 한 명이 아니리라. 많으면 자신들의 수대로 나섰으리라. 확실히 그렇게 되면 천라지망은 감당하

기 힘들어진다. 그 인원도 인원이지만 각 개인도 만만치 않았
다.

　"내가 죽을 때가 다 된 게야. 이제는 알아보는 이도 없구면
그래."

　장난기 어린 말투와는 달리 그의 눈빛에는 이채가 서려 있
었다. 그 눈빛이 사뭇 진지하여 뇌운비와 임홍은 긴장하기 시
작했다. 보통 노인네가 아니라는 것쯤은 그의 등장과 동시에
알아차렸지만, 확실히 혼자서 나타날 만큼의 실력을 지닌 자
였다.

　"신승이 나를 친히 부른 이유가 있었어. 요즘 끼니 걱정 할
일이 없어서인가, 모두 제법 체격도 좋고 외모도 준수하구만."

　'참으로 시끄러운 노인이군.'

　뇌운비가 인상을 찌푸렸다. 자기 멋대로 지껄이는 노인만
큼이나 그의 성질을 긁을 수 있는 것은 오로지 주제에 맞지
않게 강자인 척하는 사람이었는데, 상대는 두 가지 조건을 모
두 충족하는, 그야말로 쳐죽일 놈이었다.

　뇌운비의 주먹에서 검은 기류가 생성되었다. 휘인이 저지
하려는 찰나, 임홍이 호탕한 웃음을 터뜨렸다.

　"크하하핫! 역시 노인 양반이 안목이 있소이다. 이 임홍의
외모에 반하다니. 흐음, 이 몸의 영웅 상에 흠모하여 여기까
지 발걸음을 한 건 아닐 테고, 어째서 우리들에게 접근했지?"

　뇌운비의 인상은 다시는 펴지지 않을 것 같았다. 끼어든 것

보다 임홍의 입에서 나온 말이 가관이었기에 저절로 힘이 빠졌다.

"흐음, 호기심이 일어 왔다고 해야 하겠지? 무림을 곤혹케 하는 인물의 얼굴은 봐야 할 것 아닌가. 그리고 이참에 다시 이름을 드높이는 것도 괜찮을 듯했고."

뇌운비의 눈이 얇게 떠졌다.

그 말인즉, 상황이 된다면 쓸어버리겠다는 말과 다르지 않았다. 이건 명백한 도발이었다. 이 도발을 참으면 천하의 뇌운비가 아니다.

하지만 이번에도 역시 휘인이 끼어듦으로써 방해를 받았다.

"그래서, 어떻게 할 생각이지?"

노인의 눈은 그제야 휘인에게 닿았다. 지금까지는 뇌운비와 임홍에게 눈을 주었던 노인이었다. 휘인은 마치 존재하지도 않는다는 듯이 무시해 왔었다.

"자네는 누구지?"

"……."

휘인이라도 그 특유의 무표정을 지키기 힘들었다. 설마 무림공적의 얼굴조차 숙지하지 않고 무작정 찾아왔단 말인가?

뇌운비가 노골적으로 그를 비웃었다.

"역시 그랬어."

자존심이 인정하려 들지는 않았지만, 눈앞의 노인은 자신보다 뛰어난 무공을 지녔다. 나이도 처먹을 대로 먹었으니 수긍은 갔다. 하지만 그래도 휘인에게는 안 되는 놈이었다. 휘인을 알아보지 못하다니.

노인은 뇌운비의 태도를 이해하지 못하는 모습이었다.

뇌운비가 비웃듯이 내뱉었다.

"크크, 그가 휘인이다."

순간 노인의 눈동자 움직임을 멈췄다.

"…뭐라고 했나?"

노인은 자신의 귀를 의심했다. 간혹 그런 일들은 일어난다. 자신의 정신이 팔려 있거나 상대가 잘못 말하여 정확한 정보가 잘못 전달되는 일들도 간혹 일어난다.

"휘인. 저놈이 휘인이라고."

하지만 그런 일이 두 번 반복되지는 않는다.

"……!"

적잖게 놀란 모습이었다. 그의 이목을 피할 수 있는 인물이 있으리라곤 생각지도 못한 얼굴이었다. 사실 그에게는 임홍도 어려운 적수였다. 그렇지만 붙어도 지지 않을 자신이 있었기에 여유로웠다. 하지만 기도가 전혀 느껴지지 않는 눈앞의 사내는 감히 어떻게 평가할 수가 없었다.

"흥미롭군. 자네가 휘인이라고?"

노인의 물음을 들은 휘인의 눈에 이채가 감돌았다.

날카로운 눈빛을 교환하고 나서야 휘인이 입이 열렸다.

"대답할 필요가 있나?"

지금껏 뇌운비를 보며 휘인이라 생각하고 있던 노인이었다. 휘인이라는 사내보다 임홍이라 자신을 밝힌 사내가 더욱 강한 기도를 지녔다고 생각하던 중, 전혀 인지도 못하고 있던 인물이 휘인이라니……. 노인이 눈썹이 심하게 흔들렸다.

"어쨌든 방문차 온 것뿐이니 그렇게 많이 알 필요는 없겠지. 한번 잘해 보세. 천라지망은 빈틈이 없으니 몸조심하고."

걱정하는 어조는 아니었다.

노인은 뒤돌아서서 천천히 멀어져 가기 시작했다. 그는 여유로웠다. 자신을 감히 공격하지 못할 것이라고 그는 확신하고 있었다. 자신이 누구인가. 전대에만 해도 영웅이라 칭함을 받던 우현이 아니던가.

근래에 깨달음을 얻어 이 세상에 오로지 다섯 명으로 기록된 현경의 고수 대열에 자신도 포함될 수 있었다. 그런 자신이었다.

그는 강한 자신감을 가지고 있었다.

그때 그의 뇌리를 강타하는 말이 들려왔다.

"오는 건 네 마음이지만, 돌아가는 건 내 허락이 있어야 한다."

휘인의 입에서 싸늘한 말이 흘러나왔다.

그 말에 옆에 있던 뇌운비가 몸을 떨었으니, 노인 역시 말할 것도 없었다. 순간 얼어붙은 노인이 천천히 뒤를 돌아 휘인을 노려봤다.

　무시무시한 살기가 파도를 이루어 휘인의 온몸을 덮쳐 왔다. 범인이라면 혼절을 할 정도로 강한 살기였지만, 휘인은 눈 하나 깜빡이지 않았다.

　"임홍, 처리해."

　이미 임홍은 붕천패력쌍부(崩天敗力雙斧)를 손에 쥐고 있었다.

　노인에게 그 모습은 하늘의 신장으로 비춰졌다.

　"내가 죽어도 전대 고수가 넷이나 남았네."

　이미 청운에게 전서로 받은 내용이었다. 하지만 정작 상대에게 확인을 받자 휘인의 머리는 복잡해졌다. 아무리 숨겨진 저력이 많다지만, 이 세상에 현경의 고수가 이렇게 많던가? 자신이 알기로 현경은 지고한 경지로써 한 세대에 한 명 나올까 말까 했다. 무공이 그만큼 발전해 왔다는 소리인지, 아니면 지금이 그만큼의 난세인지는 몰라도 영웅들이 중원에 모여들고 있었다.

　지금껏 기록된 현경의 고수가 겨우 다섯이었다. 그중 넷은 지금 같은 시대에 살고 있는 사람들이었다. 비록 전대와 전전대가 공존하고 있기는 하지만, 분명 같은 날의 하늘과 땅 아래 살고 있었다. 비록 그 넷 중 하나가 죽어 지금 현경의 고수는 단 세 명으로 기록되지만, 그래도 네 명이 존재했다는 사실이 중요했다.

싸늘하게 시신이 된 사내와 그의 말을 고려하여 넷을 포함하면 벌써 현경의 고수가 아홉 명이나 이 시대에 나타난 셈이었다.

하지만 정작 휘인을 근심하게 하는 것은 그 수가 아니었다. 그만큼의 수가 무림에 모습을 드러냈다는 사실이 그의 머리를 복잡하게 했다.

갑자기 영물 영약이 쏟아지고, 대기의 기가 짙어져서 고수가 대거 양성되기 좋은 환경으로 바뀐 것은 아니었다. 원래부터 무림에는 지고한 경지를 지닌 고수들이 많이 있어왔다. 모두가 공공연연하게 아는 사실이었다. 단지 외부에 자신의 명성을 떨치는 것보다는 하루라도 빨리 우화등선하는 데 집중하고 있어 세상에 관심이 없었기 때문에, 그들이 세상에 나오기를 꺼려했기 때문에 정체가 밝혀지지 않은 것뿐이었다.

'그 부분은 내 사부가 증거하고, 내가 증거하고, 임홍, 뇌운비, 청운이 증거한다.'

그들 역시 은거기인에 속하는 인물들이었다.

그의 사부 역시 은거기인이었고, 그랬기에 휘인은 은거기인들의 특성을 잘 알고 있었다. 은거기인들은 중원무림의 대문파들과는 달리 세상의 권력과 명성에는 관심이 없는 사람들이다. 오로지 무공에 대한 열정이 세상과의 단절을 불러들였고,

한평생을 무공의 발전에 쏟는다. 그리고 죽기 전 자신의 모든 공부를 일인전승으로 계승하게 한다. 유일한 단점이 있다면, 무공의 한 가지에서 시작했기에 방향이 틀어진 무공을 계속 발전시켜도 제자리걸음을 하는 경우가 적지 않다는 것이었다. 여러 무림인들이 머리를 쥐어짜서 보완에 수정을 거치는 대문파의 무공에 비해 한정된 무학을 담고 있는 게 대다수였다.

또 그 유일한 단점이 장점으로 작용하는 경우도 있었는데, 그 수많은 가지 중에서 제대로 된 가지가 간혹 존재하기도 했다. 그 줄기를 기반으로 꾸준히 발전해 나간다면 그야말로 이상적인 무공이 탄생하게 된다.

은거기인들은 세월이 흐를수록 무공을 발전시켜 왔다.

이러한 특성상 그들은 쉽게 무림에 나서려 하지 않았다. 자신들의 생명이 위협되는 상황만 아니라면 그들은 무학의 바다에서 대어를 낚기 위해서 하루라도 더 파고들 사람들이었다.

그런데 그들이 무림에 모습을 드러낸다?

자신이나 뇌운비, 임홍, 청운 같은 경우에는 무림에 처음 나오는 것이었지만, 싸늘한 시신이 되어 있는 우현은 그렇지 않았다. 그는 무림에서 활동하다가 무공의 끝을 파고들기 위해 은거에 들어간 자였다. 그런 자들이 무림에 나오고 있었다. 이미 겪었던 무림에 다시 그들을 나오게 하는 이유가 무엇일까?

'신승의 부탁만으로도 그들이 나올 수 있는 걸까? 아니면 또 다른 이유가?

어깨를 짓누르는 중압감이 가중되는 가운데 머리는 아파
만 온다.

"왜 검을 썼지?"

임홍이 씩씩거리며 휘인을 노려봤디.

우현과 겨루던 중 휘인이 손을 쓴 게 마음에 안 든 모양이
다. 주군이고 뭐고 무림인의 자존심을 건드리면 인정사정 봐
주지 않는 게 임홍이다. 평상시에는 호탕한 모습을 하고 있지
만, 일단 눈이 뒤집히면 앞뒤 보이지 않는 게 그였다.

휘인은 그런 그에게 눈을 주지 않았다.

그 모습이 임홍의 화를 돋웠다.

"내가 질 것 같았나? 이 내가?"

그때 뇌운비가 끼어들었다.

"휘인이 검을 쓰긴 뭘 써! 가만히 있는 걸 내가 봤는데."

확신하지는 않는지 말에 힘이 없었다. 무엇보다도 임홍의
기세가 불같이 사나웠고, 임홍이 없는 일 가지고 휘인에게 따
질 리가 없다는 것을 알았다. 모르긴 몰라도, 임홍이 괜히 화
를 낼 이유는 없었다.

'그런데 손을 썼다면 어떻게?

뇌운비 역시 휘인의 대답을 기다리는 눈치였다.

"대답을 해봐! 나를 못 믿냐고오! 못 믿으면 왜 여기까지
끌고 온 건데?"

따지고 보면 임홍은 휘인에게 끌려온 사람이었다. 그만 아니었다면 아직까지 목수 일을 계속해 왔을 사람이다. 잘 알지도 못하는 사내만 믿고 여기까지 왔는데, 그 사내는 정작 자신을 믿지 못한다? 누군가가 자신의 뒤통수를 강하게 때렸어도 이만큼이나 충격이 크지는 않을 것이다.

휘인은 그제야 임홍을 쳐다봤다.

"하나 묻겠다."

"무, 물어라!"

호랑이처럼 맹렬하게 화를 내기는 했지만, 정작 휘인과 눈을 마주치니 후회하는 기색이 역력했다. 아무런 생각이나 감정이 떠오르지 않는 그의 눈과 마주치니 그렇게 끓었던 화도 차갑게 식어버렸다.

"정말 몰라서 묻나?"

임홍은 대답하지 못했다. 자신의 자존심을 건드리면서까지 휘인이 손을 쓴 이유를 모르지 않았다. 상황이 상황이고, 상대의 전력은 감당할 수 없을 정도이다. 최상의 상태에서도 솔직히 그들의 마수에서 벗어난다는 것은 이치에 어긋나 보였다. 그런 상황에서 몸이 조금이라도 상한다면 확실히 상황은 최악으로 치닫게 된다.

"그, 그래도 나는 무인이다!"

휘인은 고개를 돌렸다. 더 이상 말을 하지 않겠다는 뜻이었다.

임홍도 그 문제에 대해서 더 시비를 걸지 않았다.

그때 뇌운비가 참지 못하고 물었다.

"정말 검을 썼어? 언제?"

휘인에게 물었지만 대답은 임홍에게서 나왔다.

"비등하게 공방을 나누던 중 주군의 일검으로 전세가 역전되었다. 그렇게 나는 쉽게 상대를 꺾을 수 있었다."

어느새 주군으로 호칭이 바뀌는 임홍이었다. 단순한 만큼 쉽게 화를 내지만, 그만큼 빨리 잊어버리기도 했다.

임홍의 말을 듣고 보니 순간 전세가 역전되던 시점이 떠올랐다. 하지만 그게 휘인 때문이라고 생각한 적은 없었다.

'정말 대단한 녀석이군.'

바로 옆에 서 있던 자신이었다.

그런데 그의 기척을 느끼지 못했다. 임홍과 우현의 격돌에 심취하고는 있었지만, 천라지망의 안에 갇혀 있다 보니 신경은 사방을 향해 곤두서 있었다. 갑작스런 기류의 변화를 그가 느끼지 못했을 리가 없었다.

"나도 눈앞에 그의 검이 펼쳐졌음에도 불구하고 반신반의했다."

직접 겪은 자신도 그런 상황이니 너무 어렵게 생각하지 말라는 뜻이었다.

그렇다고 가만히 있을 뇌운비가 아니었다. 하지만 휘인에 의해 그는 자신의 의문을 잠시 접어야만 했다.

“이렇게 계속 기다릴 수는 없겠어.”

‘무엇을?’

또 다른 의문이 머리를 엄습했다. 그 어떤 사실도 명확하게 드러나지 않았다. 휘인을 족쳐서라도 시원한 대답을 듣고 싶을 정도로 뇌운비는 애간장이 녹았다.

휘인은 주위를 둘러봤다. 주위는 넓게 트인 평야였다. 광안에 도착하려면 세 시진가량은 더 걸어야 한다. 광안에서 천라지망이 자신들을 기다리는 것이 당연함에도 불구하고 그쪽으로 걷는 이유는 간단했다.

‘서 천라지망은 전대의 고수가 없었지?’

한 번쯤은 더 뒤흔들어도 탈이 없을 것이다.

어쩌면 손실을 보충하기 위해 다른 천라지망에서 인원을 보내줘야 할 것이다. 그 말인즉, 한 천라지망만을 집중적으로 파고들어도 전체적인 벽이 얇아진다는 말이었다. 어차피 정면충돌을 예상했다.

“잠깐 쉬다 간다. 준비하도록.”

무엇에 대한 준비인지는 물을 필요가 없었다.

태양은 점점 땅을 거세게 때려갔다.

갈수록 주변의 공기는 후끈거리기만 했다.

제5장

화린천악(花潾天岳)

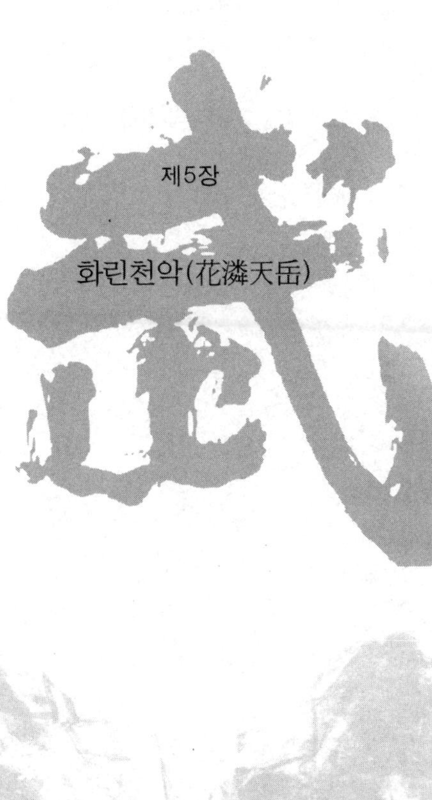

"히야!"

진천악은 감탄성을 토해냈다.

"어떻게 사람들이 한 명도 없어요? 여기는 살기 안 좋은 땅인가? 아니, 그럼 왜 집은 지어놓았대요? 이상한 사람들일세……."

화린은 이마를 짚었다.

"무림공적이 공표되었으니 당연히 무림맹의 명령에 따라 사람들이 대피했죠. 아니, 꼭 무림맹의 명령이 아니어도 무림공적은 위험천만한 놈이니 알아서들 일찌감치 떠났겠지요."

진천악은 고개를 갸웃거렸다.

그는 자신의 말을 들리는 그대로 받아들이지 않았다. 자신이 말한 부분에 대해 타당성을 따지고 조금이라도 반박의 여지가 있으면 물었다. 정말 무림에 대해 배우고 싶어하는 열정이 누구보다도 깊었다.

물론 화리우 그가 고개를 갸웃거리는 모습민 봐도 날아나고 싶은 심정이 굴뚝같았지만.

"주민을 대피시킬 수 있는 권한은 오로지 관(官)에만 있는 게 아니었어요?"

'무림초출이라는 말은 거짓이 아니었구나.'

화린은 짜증이 치밀어 오르는 것을 간신히 참아내고는 아무렇게나 내뱉었다.

"무림맹은 황제에게서 인정을 받은 세력입니다. 어차피 무림과 관은 공존을 해야 하면서도 잘 섞이지 않습니다. 황제는 황제대로 무림의 존재를 하나의 사회로 인정하고 계십니다. 중원의 테두리 안에 있는 무림도, 그만의 왕을 필요로 한다는 사실을 아시고는 무림에 관련한 모든 권한을 무림맹에 맡기셨습니다. 무림공적의 공표는 일급 비상령에 속하기 때문에 이 모든 일이 합법입니다."

'중요, 중요!' 라고 중얼거리며 그 모든 내용을 받아 적는 진천악의 모습에 화린은 완전히 질렸다는 듯이 고개를 저었다.

강적이었다.

이제는 장난인지 애초의 성격이 저런지 구분조차 가지 않았다.

대피령이 내려졌기 때문에 광안의 부근은 인적이 드물었다. 간혹 남겨진 마을을 터는 도둑 떼들이 보이기는 했지만, 그들도 자신들을 보사마자 엉덩이에 불이 붙은 듯이 달아났기 때문에 마을은 완전히 비어 있다시피 했다.

빈집이나 상가를 터는 도둑들의 모습을 보며 화린이 진천악에게 핀잔을 주었다.

"천하제일협객이 된다면서요?"

순간 움찔하는 진천악.

그러나 애써 여유를 찾으며 말했다.

"저들을 처리한다고 천하제일협객이 될 수 있는 건 아니잖아요."

"그게 무슨 말이에요? 당연히 협행을 해야 천하제일협객이 되는 거죠. 왜 그런 생각을 하세요?"

마치 모든 근심 걱정을 다 가진 얼굴을 하는 진천악을 보며 화린은 웃음을 터뜨릴 뻔했다. 그래도 나름대로 진지해 보이고자 노력하는 모습이었기에 그녀는 애써 웃음을 참았다.

"협객이란 주위에서 그 협행을 봐주는 사람이 있어야 한답니다. 아직도 그걸 몰랐어요? 저는 무림에서 처음으로 본 게 협객이었는데 아직 화 소저는 그런 사람을 본 적이 없는가 봐요?"

"쿡쿡쿡."

결국 그녀는 웃음을 터뜨려야 했다. 그의 말은 물론 이해가 불가능했지만, 안 그래도 어색하게 진지한 모습으로 자신을 타이르는 그가 웃긴데, '화 소저'라고 하는 대목에서 그녀는 결국 꾹 눌러 참았던 웃음이 새어 나왔다.

"그냥 화린이라고 불러요. 화 소저는 무슨."

소저라는 말이 그렇게나 어색한 사람이 또 있을까?

문득 떠오르는 사내가 있었다.

'휘인.'

그 사람이 화 소저, 아니, 자신의 이름은 주화린이니 주 소저라 부르면 가관이리라. 아마 하루 종일 웃어도 그 기운이 남아 있지 않을까?

화린은 급히 고개를 가로저었다.

'그는 철천지원수! 철천지원수! 철천지원수!'

항상 이런 식이었다.

진천악과 함께라면 그 어떤 우울한 감정도 햇볕에 눈이 녹듯 사라졌다. 그의 순수함이 자신에게 저절로 전해지는 건 아무리 막아내려 해도 스며들어 왔다. 또 그게 싫지만은 않았다. 어쩌면 그가 자신과 함께하고 있지 않았다면 우울증이 심해져 삶의 회의를 느꼈을지도 모른다. 복수 상대에 대해서는 그리움을 느끼고, 친할아버지의 죽음은 점차 희미해지니 그게 어디 손녀인가. 패륜(悖倫)이나 다름없다고 생각한 적이 한두 번이 아니었다.

'그를 만나면 이 상황을 바로잡을 수 있겠지.'

휘인을 떠올렸다.

과연 그가 아직도 살아 있을지는 모르지만, 그래도 자신이 찾을 수 있는 마지막 삶의 의미였다.

화린의 어두운 얼굴을 훔쳐보던 진천악이 씁쓸한 미소를 지었다. 하지만 그것도 잠시, 그는 눈웃음을 지으며 밝게 말했다.

"화린? 흐음. 드디어 우리 관계에 진전이 있군요. 이름을 부를 단계에 이르다니. 후후후."

주화린은 진천악의 음흉한 눈에 몸을 움츠릴 수밖에 없었다. 하지만 그것도 잠시, 그는 다시 특유의 장난기 섞인 눈빛을 되찾았다.

"그런데 이거 너무 진도가 빠른 거 아니에요? 역시 중원무림은 개방적인 연애 가치관을 가지고 있군요. 제가 살던 촌만 해도 칠 일간의 유보 관계를 무사히 지내고 나서야 이름을 교환하는데……."

더 이상 놔두었다가는 감당할 수 없는 말을 들을 것 같기에 주화린이 지끈거리는 머리를 두 손으로 움켜쥐며 끼어들었다.

"아아, 됐어요. 이름 부르기 싫으면 안 불러도 돼요. 누가 억지로 부르라는 것도 아니고……."

그러자 급해진 것은 진천악이었다.

괜히 또 이상한 말을 꺼내어 어색해질 것만 같았다.

"화린, 무슨 말을 그렇게 하오? 그렇게 나오면 섭섭하오."

지긋한 눈으로 그런 말을 내뱉은 진천악의 얼굴에 화를 낼 수 있는 사람이 과연 있을까? 웃음이라도 참으면 대단한 인내심이었다.

화린은 찌푸렸던 얼굴을 펴고는 미소를 지었다.

'좋은 사람이구나.'

진천악에 대한 판단이었다. 첫인상은 더 이상 악화될 수 없을 정도로 나빴다. 가식적이고 위선적인 인물은 바라보기만 해도 역겨웠다.

하지만 지금은 아니었다. 이상하게도 이 진천악이라는 사내는 첫인상과는 판이하게 다른 인물이었다.

'그런데 객잔에서는 왜 그렇게……?'

그러고 보니 진천악이 했던 말 중에서 걸리는 부분이 있었다.

"협객은 어떤 사람이라 생각하나요?"

"협객? 그야말로 모든 사람들의 우러러봄을 받는 훌륭한 사람이오."

'하오체?'

아까 자신을 화린이라 불렀을 때부터 하오체를 구사하는 진천악을 보며 혀를 내두를 수밖에 없었다. 자연스럽게 말을 놓는 게 전혀 반발심이 들지 않았다.

풍류공자가 있다면 분명 그건 진천악이었다.

그런 생각이 든 화린이 슬며시 옆에서 걷고 있는 진천악의 얼굴을 봤다. 혹시나 이 모든 게 가식이 아닐까 하는 생각에서였다.

"호오, 화린. 내 얼굴을 보고 반했구려. 이거 하루 만에 진도가 너무 빨리 나가는 것 같소?"

화린이 어이가 없다는 듯이 웃었다.

'풍류공자는 무슨 풍류공자.'

그는 그냥 순수한 사람이었다. 사심이 없기에 그만큼이나 매력적인 사람. 이제 갓 무림에 나선 이에게서나 느낄 수 있는 그런 산뜻한 느낌.

나쁘지 만은 않았다.

"협객이라면 보자마자 저런 도둑들을 쫓을 텐데 왜 진 공자는 그렇게 하지 않는 거죠?"

"진 공자? 무슨 말이 그렇게 느끼하오? 그냥 천악이라고 부르시오. 나이도 별 차이가 없을 것 같은데."

'진 공자라는 말보다 네 말투가 더 느끼해!'

그렇게 말하려던 화린은 애써 참았다.

"천악, 그대는 왜 그렇게 행하지 않죠?"

"에이, 그것도 너무 삭막하오. 말을 놓는 게 어떻소? 이왕 이렇게 된 사이, 편하게 지내는 것도 좋지 않겠소?"

"어이구. 정말 못 말려."

"호오? 말을 놓았지? 그래, 그럼 우리는 이제 친구다. 원래 바로 연인으로 연결되는 것보다는 친구라는 단계를 거쳐야 오랜 관계를 지속할 수 있다고 우리 사부님이 그러셨지."

자신의 혼잣말에 착각하고 있는 부분, 말을 놓는 게 친구를 의미한다는 부분, 친구는 오로지 연인이 되기 위한 절차라는 부분. 이 모든 부분이 어거지로 다가왔다. 뭐라고 화를 내기도 전에 그 특유의 분위기로 자신을 몰아붙이면서 쌓였던 감정이 공기 중에 흩어진다.

화린은 어이가 없다는 듯이 웃을 수밖에 없었다.

더 가관인 것은 이어지는 진천악의 말이었다.

"섭섭해하는 얼굴이군."

'섭섭한 거랑 어이가 없는 거랑 구분도 못하냐!'

화린은 상종을 하지 않겠다는 듯이 고개를 확 틀어버렸다.

"기분이 많이 상했나 보네. 그렇게 서운해할 필요 없어. 오늘은 처음 만났으니까 친구에서 그 진도를 끊자고. 급한 거 아니잖아? 그리고 내일 연인 관계를 찍으면 되는 거야. 하루를 못 참겠어? 후후. 원래 인내 후에 오는 행복이 진정한 기쁨으로 다가온다잖아."

무슨 말을 해도 상대의 오해는 깊어져만 가고, 가만히 내버려 둬도 위험천만한 생각을 이어간다. 그야말로 대책이 서지 않는 사람이다.

화린은 진기를 끌어올렸다.

경공을 펼친 것이다.

저런 작자와 더 상종을 하다가는 미쳐 버려도 이상할 게 없었다.

그렇게 멀어지는 화린의 모습에 진천악은 미소를 지었다.

'조금은…… 조금은 더 나아졌나?'

그녀의 얼굴이 어두워지면 그 감정이 자신에게도 전해진다. 그녀가 슬프면 자신도 괜스레 우울해지고, 그녀가 밝게 웃으면 자신도 흥이 난다. 자신과 전혀 관계가 없는 사람임에도 불구하고 이렇게 감정을 공유한다는 건 분명 특별한 인연이라고 그는 생각했다.

"화린! 너무 삐치지 마. 내가 내일은 네 기대에 부흥할 수 있도록 할게!"

그 말을 들었는지 화린의 발이 꼬일 뻔했다.

주춤하는 그 모습마저 눈에 담아두는 진천악이었다.

천라지망이 펼쳐진 지역은 팽팽한 긴장이 흐른다. 말로만 듣던 그 잔인무도한 무림공적이 언제 튀어나올지 모른다. 그랬기에 천라지망을 이루는 모든 인원들은 눈에 불을 켜고 주위를 경계했다.

오로지 무림공적을 생포, 혹은 죽여야 하는 게 그들의 임무이기 때문에, 무림공적 이외의 인물이 천라지망 근처에 나타나는 건 쌍방에게 해를 끼치는 일이다. 순간의 긴장이 몰리기 때문에 잘 벼려진 검처럼 날카로운 기세가 순간 튀어나오고 만다. 또 멋모르고 나타난 인물은 천라지망의 기세에 졸도하거나 검에 맞아 죽을 수도 있다.

이런 특성 때문에 천라지망의 근처는 구경꾼들을 철저히게 제재했다.

하지만 금지된 것에 대한 강렬한 욕망은 인간의 본능이었다. 특히나 절제하는 능력이 부족한 젊은 나이에는 혈기를 이기지 못하고, 천라지망을 구경하고자 경계망을 파고들어 가려 노력한다.

천라지망이라는 게 평생에 한 번 볼까 말까 하는 일이었기 때문에 그 사지(死地)에 서슴없이 발을 디디는 것이다.

여기에 그런 남녀들이 있었다. 그 수는 무려 스물에 달하는 대인원이었다. 하나같이 출중한 무공을 지닌 이들로 각 세력에서 촉망받는 이들이었다.

이들은 이전 무림맹의 긴급 소집령이 떨어졌을 때, 견문을 넓히기 위한 명목으로 실세들에게 달라붙어 졸라대던 이들이었다. 평생 문파에 처박혀서 경치 좋은 강산만을 바라보며 검을 휘두르던 그들에게 이 무림만큼이나 신비하고 매력적이곳은 없었다.

그런 그들이 천라지망이라는 유혹을 이겨낼 수 있을까? 정파, 사파 막론하고 이들이 한뜻으로 같이 움직인 것은 지금껏 처음이었다.

"독고 언니, 우리 제대로 가고 있는 거 맞아요?"

이 무리의 암묵적인 우두머리 역할은 독고령이 맡고 있었다. 그녀가 의도했던 바는 아니었지만, 애초에 천라지망을 구경 갈 생각을 먼저 한 것은 그녀였고, 또 이들 중 그녀만큼이나 이름있는 후기지수는 없었다.

독고령에게 묻는 소녀는 무황벌주의 막내딸 여희였다. 평소 소심한 성격의 여희는 이곳에 와서는 거의 자신에게 매달려 있다시피 하였다.

독고령은 왜 자신이 이런 상황에 처해 있게 되었는지를 떠올렸다.

그녀는 뇌운비가 무림공적 일행에 합류했다는 이야기를 듣고는 당장에 천라지망으로 달려가려 했다. 하지만 여희는 자신에게서 떨어지지 않으려 했고, 어쩔 수 없이 그녀를 데려가야 할 처지에 놓이게 되었다. 어차피 천라지망을 지휘하는 인물 중엔 무황벌주도 있었기에 어떻게든 처리가 되리라고 생각했다.

하지만 문제는 후기지수들과의 식사 도중 여희와 입씨름을 했다는 것이다. 천라지망에 접근하려 한다는 자신의 말에 모든 후기지수들의 눈빛이 초롱초롱 빛났다. 그들은 각 실세들에게 이런저런 흥미롭게 보이는 일들을 하지 말라는 제재를 받아 불만을 품은 상태였는데, 자신의 말이 인내심의 마지막 가닥을 끊어버렸다.

일은 순식간에 커져만 갔고, 결국에는 이 지경까지 되어버렸다. 이에 독고령은 '될 대로 되라'는 식으로 묵인해 버렸다. 무엇보다도 뇌운비가 걱정되었고, 가만히 앉아서 뇌운비에 대한 정보를 듣는 것은 그녀의 성격상 불가능했다.

"제대로 가고 있어."

여희는 걱정이 묻든 눈빛으로 독고령에게 물었다.

"어떻게 확신해요?"

여희는 무황벌주의 화통한 성격을 이어받지 못했다. 당당한 아버지의 성격을 물려받기보다는 그 기세에 눌려 항상 눈치를 살폈고, 이런저런 일에 조바심을 내는 소녀로 커왔다.

독고령은 짜증이 치밀어 올랐지만 최대한 친절하게 대답해 주었다. 여희에겐 자신밖에 의지할 사람이 없었던 것이다.

"인적이 드물다는 게 그 증거야. 천라지망의 근처에는 대피령에다가 출입금지령이 내려져. 천라지망의 근처에 내려지는 출입금지령은 일급이기 때문에 출입하는 사람의 목숨을 무림맹이 책임지지 않아."

그 말에 여희가 몸을 떨었다.

'그렇게 무서워하면서 도대체 왜 따라온 거야!

"언니, 그냥 돌아가면 안 돼요?"

여희는 계속해서 자신의 인내심을 자극했다.

"가려면, 혼자 가."

그녀가 담아두었던 말들을 최대한 순화해서 내뱉은 게 이 정도였다.

여희는 그 싸늘한 말에 커다란 눈망울을 적셨다.

"여기는 위험해. 차라리 넌 가는 게 좋겠어. 모두 너를 생각해서야. 독고찬(獨孤澯)!"

독고령의 뒤에서 따라오던 남성이 대답했다. 독고령에 비해 두세 살가량은 어려 보이는 소년이었다. 독고령의 친동생으로 후에 독고세가의 가주 직을 물려받을 현 소가주였다.

"여희랑 같이 돌아가. 너희들은 돌아가는 게 좋겠어. 후기지수 분들 중 걱정되는 분들은 지금 돌아가세요."

독고령은 오 장 거리에 있는 푯말을 가리켰다.

출입자사(出入者死)
무림맹 신승(武林盟 神僧)

그 모습에 아직은 문파의 보호막이 그리운 후기지수들은 독고찬의 뒤에 섰다. 아직 그들은 보호에 익숙했다. 목숨이 위험한 상황은 아직 그들이 경험해 보지 않은 미지의 세계였다.

"저곳에서부터는 그 누구도 여러분의 목숨을 책임져 주지 않습니다. 천라지망의 날카로운 검이 두렵지 않은 분들은 따라오셔도 말리지 않겠습니다. 하지만 명심하세요. 저 구역에 발을 디디는 그 순간, 목이 떨어져 나갈지도 몰라요."

그녀의 말은 하나의 메아리가 되어 그들의 머리를 울렸다.

"그럼 찬아, 부탁한다."

독고령은 그 말을 남기고는 사지를 향해 걸어갔다. 대다수의 후기지수들은 독고찬의 뒤를 따라갔다. 오로지 한 명. 한 명이 독고령을 따라나섰다. 독고령의 미색에 반했는지 혹은 다른 이유가 있어서인지는 몰라도 그 한 명만이 그녀의 경고를 무시했다.

"죽음을 각오할 정도로 이 천라지망을 구경하고 싶었나요?"

독고령이 뒤도 돌아보지 않은 채 물었다.

"그렇다고 하지."

독고령은 회의에 찬 얼굴로 고개를 저었다.

"당신에게는 이 모든 게 장난으로 보이나요?"

독고령의 심기는 몹시 불편했다. 그 정도로 말했으면 모두 물러날 것이라 예상했다. 아직은 풋내기들이라 살을 파고드는 살기에 익숙하지 않은 이들이었다.

"장난으로 보이기도 하고 그렇지 않기도 하고."

독고령은 눈에 쌍심지를 켜고는 뒤를 돌아봤다.

상대는 피를 연상케 하는 새빨간 적포의(赤袍衣)를 입은 미남자였다. 준수한 외모임에도 불구하고 그에게서 꺼림칙한 느낌이 드는 것은 날카로운 눈매 때문이리라. 그 날카로운 눈매는 뇌운비의 것과도 비슷했는데, 미남자의 눈동자에는 광기(狂氣)가 서려 있었다. 그리고 그 광기를 숨기지 않을 정도로 광오한 자이기도 했다.

자신보다 나이가 조금 더 찬 미남자는 바로 혈궁(血宮)의 후계자였다. 사파무림에서는 유명한 인물로, 섬혈룡(殲血龍) 곽소천(廓沼天)이 그의 이름이었다. 사룡이봉 중 한 명으로서 가장 신비한 인물로 유명했다.

모습을 드러낸 경우가 없는데도 불구하고 전해지는 소문만으로 사룡이봉의 일좌를 차지한 그였다.

독고령은 그의 섬뜩한 느낌이 마음에 안 들었다. 그 섬뜩함은 곧 자신이 그를 두려워하고 있다는 것을 의미했기에 더욱…….

"여기서부터 그런 각오는 아무런 도움이 되지 않아요."

"나를 걱정해 주는 건가?"

상대가 말을 낮춰도 전혀 어색함이 들지 않았다. 애초에 그런 남자인가 보다. 만인지상(萬人之上)의 위치가 어울리는 남자. 하대를 하는 게 그 누구보다 어울리는 남자. 그런 기품이 선천적으로 서려 있는 남자.

순간 독고령은 두 남자를 떠올렸다.

'뇌운비…… 휘인.'

뇌운비는 절대 말을 높이지 않았다. 그 상대가 누구이든 간에 항상 일괄적인 반응을 보였다.

그리고 휘인.

독고령은 휘인에 대해서 아는 바가 별로 없었다. 스쳐 지나가는 듯한 인연보다는 조금은 더 자세히 알고 있었지만, 그 정도로는 한 사람의 모든 것을 알기란 힘들었다. 대충 사람에 대한 윤곽을 잡기에도 힘든 시간이 허락되었다.

독고령이 느낀 휘인은 간단했다.

눈앞의 사내와 비슷하다.

다른 점을 찾자면, 곽소천은 강압적인 분위기가 물씬 풍긴다. 반면에 휘인은 은연중에 풍겨져 나오는 기도만으로도 상대를 굽히게 한다.

자신이 느꼈고, 무엇보다도 그 드센 뇌운비가 느꼈기에 그에게 매력을 느꼈으리라.

똑같은 감정을 느끼게 하지만 그 차이는 상당히 컸다.

곽소천의 강압적인 분위기는 일단 사람들의 반발심을 산다. 호감을 가지지는 않는다는 소리였다. 곽소천이 누군가를 자신의 사람으로 만들려면 일종의 행사를 거쳐야 한다. 힘으로 상대를 찍어 눌러야 한다. 그래야만 완벽하게 그 사람을 소유할 수 있다.

휘인은 저절로 상대로 하여금 굽히게 하는 유형이기에 반발심 이전에 이미 휘인에 대한 호감을 품게 된다.

"웃기지 마세요. 저는 단지 마지막으로 경고를 해주는 것뿐입니다."

"결국에는 걱정해 주기 때문에 경고를 하는 게 아닌가?"

"흥, 마음대로 생각하세요."

뇌운비를 대하는 그녀의 모습을 떠올려 보건대 이런 냉담한 그녀의 반응은 참으로 낯설었다. 그 모습도 그녀였고 이 모습도 그녀이다. 단지 상대방에 따라 그 모습이 달라지는 것뿐.

"네 목적은 무엇이지?"

무시하려고는 하지만 거부할 수 없는 느낌을 주는 무엇인가가 담겨 있는 음성이었다.

"이미 목적은 밝히지 않았나요?"

곽소천의 입꼬리가 조금은 올라갔다. 그 미미한 표정 변화에 공기가 달라졌다. 천라지망의 기세에 그의 기도가 섞였기 때문일까? 왠지 위압감에 제대로 서 있기조차 힘들었다.

"네 진정한 목적 말이다. 정말 천라지망 따위가 보고 싶었다는 말은 듣지 않겠다."

이렇게나 광오할 수가 없었다. '천라지망 따위', '듣지 않겠다'. 마치 자신이 이 중원의 황태자라도 되는 양 착각을 하고 있는 건 아닐까?

독고령은 한숨을 쉬었다.

"사람을 찾으러 왔어요. 이게 당신이 말하는 대답에 포함되었으면 좋겠군요."

왜 자신은 상대에게 이런 이야기까지 해주어야 하는 건가.

그건 아마 자신의 온 세포가 상대에 대해서 경고를 해주고 있기 때문이리라.

언제 봐도 익숙해지지 않는 그의 섬뜩한 눈은 자신을 계속 응시하고 있었다.

"뇌운비를 찾으러 왔군. 흐음, 도와주러 온 건가?"

독고령은 놀라지 않았다.

자신이 지금껏 뇌운비에게 구애 행위를 한 건 비밀이 아니었다. 오히려 사파무림에서는 모르는 이가 없을 정도로 유명한 이야기였다. 누구나 그 정도는 쉽게 추측할 수 있을 것이다.

독고령의 대답이 없자 곽소천이 말을 이었다.

"네가 도움이 된다고 생각하나?"

"……!"

이번만큼은 그녀도 동요하지 않을 수 없었다.

그의 말은 틀리지 않았기 때문이다.

하나 자신이 인정하려 들지 않은 부분이기도 했다.

"그에게 짐이 되고 싶어서 가는 건가?"

독고령은 힘겹게 고개를 저었다.

"그렇다면 뇌운비를 찾아가는 게 아니군."

네가 아무리 발악을 해봐야 뇌운비의 짐에 지나지 않는다는 말을 조금 돌려서 말한 것뿐, 똑같은 의미였다. 독고령은 그의 말에 반박하지 못하는 자신이 원망스러웠다.

독고령은 입술을 살짝 깨물었다.

'틀린 말이 아니야.'

하지만 그래도 가고 싶었다.

가만히 앉아서 기다리는 건 이제 더 이상 참을 수 없었다. 이미 오랫동안 그를 기다려 왔다. 휘인과 헤어지고 나서 뇌운비 역시 어떤 일 때문에 정파무림에 남고, 자신은 사파무림에 남아야 했다.

그가 사파무림에 다시 모습을 드러내기를 기다렸다. 독고 가주가 무림맹에 소집되어 정파무림에 갈 때 자신이 얼마나 매달렸던가. 제발 데려가 달라고……. 혹여나 그를 만날 수 있을까 하는 막연한 기대를 품고는 여기까지 왔다.

그렇기에 이렇게 돌아갈 수는 없다.

자신이 무엇 때문에 독고 가주에게 애걸을 하고 후기지수들의 칭얼거림을 묵묵히 받아주었는가. 혹여나 뇌운비에 대한 소식을 접할 수 있을까 하는 마음에서였다.

정작 소식을 접했는데 잠자코 기다릴 수는 없었다.

"그래요. 저는 천라지망을 뚫을 수 있는 힘도 없고 지략도 없어요. 그래도 저는 갈 겁니다. 목숨을 내놓으라고 해도 갈 겁니다."

"……."

곽소천은 그런 독고령을 가만히 바라보고만 있었다.

독고령은 그런 그의 눈에서 아무런 감정을 읽을 수 없었다.

분명 그에게도 사고라는 게 존재할 테고, 사고를 하는 한 눈
에 그 어떤 빛깔이라도 떠오르게 마련인데, 그의 눈은 부동을
고수했다.

"가지."

곽소천이 한 말은 그 한마디였다.

독고령은 그가 무슨 말을 하는지 알아차리는 데 한참 걸렸
다.

'같이 가자고?'

곽소천은 분명 제대로 된 정신이 박혀 있는 사람이었다. 지
금의 상황을 잘 직시하고 있었고, 앞에 펼쳐진 천라지망이라
는 게 어떤 특성을 지녔는지도 알고 있었다. 그런데 '출입자
사'라 쓰인 영역 너머로 깊숙이 들어가는 그의 발걸음에는
망설임이 없었다.

'이상한 남자.'

독고령의 솔직한 생각이었다.

"당신의 목적은 무엇이죠?"

왜 위험을 무릅쓰고 동행을 하려는 건지 물었다.

"호기심이 생겼다."

독고령은 어이가 없어서 웃었다.

"그게 다예요? 호기심 때문에 목숨을 버릴 수 있다는 말인
가요?"

그는 고개를 끄덕여 보였다.

"당신…… 제정신이 아니야."

어떻게든 그를 떨쳐버리고 싶었다. 혼자서 가고 싶었다. 어떻게 천라지망을 뚫고 뇌운비에게 가야 할진 뒷전이었다. 일단은 눈앞의 사내를 떨쳐내고 혼자서…… 혼자서 가야 했다.

"나나 그대나. 둘 다."

둘 다 제정신이 아니라는 소리였다.

'그건 인정한다.'

그렇다고 동행을 묵인할 수 있다는 뜻은 아니었다.

"다른 꿍꿍이가 있는 건 아닌가요?"

분명 특정 목적이 있을 텐데 그럴 만한 게 떠오르지 않았다. 곽소천이 워낙에 제 할 말만 하는 데다가 무슨 생각을 하는지 도저히 예측할 수 없는 사람이었다.

"이미 말해주지 않았나?"

독고령이 다시 눈을 부릅뜨고 말했다.

"호기심 때문이라는 말을 믿으라는 거예요? 그 말을 누가 믿어요!"

독고령은 소리를 질렀다.

자신이 지르고도 놀라 입을 틀어막았다.

그녀는 자신의 행동조차 제대로 주체할 수 없을 정도로 예민해져 있었다.

"미안해요. 전 그냥……."

"됐어, 그런 사과 따윈. 호기심 때문에 목숨을 버릴 수 있다는 말이 그렇게 어불성설로 들리나?"

독고령은 힘없이 고개를 끄덕였다.

"그럼 내가 널 설득만 하면 군말없이 동행을 허락하는 건가?"

그녀는 다시 고개를 끄덕였다.

"좋다. 두말하지는 않겠지. 일단 인간이란 동물을 정의해주겠다."

무슨 소리냐는 얼굴로 독고령이 올려봤다.

"인간은 호기심없이는 존재할 수 없는 동물이다. 이 의견에는 찬성하나?"

그녀는 고개를 끄덕임으로써 긍정의 뜻을 보였다.

"인간과 호기심은 분리되어서 설명할 수 없지. 인간의 모든 일은 이 호기심과 관련이 있다. 사람과 사람의 관계, 사람과 무공의 관계, 심지어는 사람과 죽음의 관계도."

어렴풋이 알 듯도 하면서 쉽게 이해할 수 없었다.

"쉽게 풀어주지. 인간은 호기심에 다른 인간에게 접촉하고, 호기심으로 인해 무공을 배운다. 그리고 호기심에 의해 죽는다."

"꼭 호기심으로 무공을 수련한다고 볼 수는 없잖아요? 그리고 호기심에 의해서 사람이 죽는 건 더욱 말이 안 되고요."

곽소천에게 특정 반응을 원했지만 그는 그의 날카로운 인상을 유지했다.

"모든 일이 호기심에 의해 시작된다고 말하고 싶었다. 네가 무공을 배운 데에는 세가의 압력 또한 크게 작용했겠지만, 조금은 호기심에 의해 배우지 않았던가. 과연 '정말 내가 무림의 고수가 될 수 있을까?'에서부터 시작해서 '이 무공을 수련하면 돌도 반으로 쪼갤 수 있을까?'와 같은 호기심에서 말이다. 호기심이 조금도 없었다면 일찌감치 무공을 접었겠지."

독고령은 쉽게 수긍했다.

"그럼 어째서 사람이 호기심에 의해 죽는다고 생각하는 거죠?"

"그건 단순한 문제이다. 무공을 수련하다 호기심에 의해 미지의 영역에 손을 대면 그대로 주화입마에 빠져 죽을 수도 있다. 호기심에 의해 지금껏 가보지 않은 길을 가보다 재수가 없어 산적을 만나 죽을 수도 있다. 이 모든 일이 호기심에 의한 게 아니냐?"

역시 억지스러운 부분이 많았다.

"그들이 죽을 줄 알았다면 그렇게 호기심에 충실했을까요?"

조금만 살펴보면, '당신은 죽을 줄 알면서도 왜 천라지망에 발을 디디냐'라는 말과 일맥상통했다.

"때론 목숨을 걸어야만이 충족될 수 있는 호기심이 있다."

그 말에는 독고령도 반박하지 못했다.

"그 호기심이 너무도 커 목숨마저 하찮아 보이게 되지. 아무리 부질없는 일이어도 죽는 그 순간까지는 깨닫지 못해. 그게 인간 아닌가?"

그녀는 반박을 하지 못했다

그제야 곽소천은 만족스럽다는 얼굴로 말했다.

"그럼 가지?"

어느새 곽소천이 길을 안내하고 있었다.

그 모습에 벙찐 얼굴을 하고 있던 독고령은 떡하니 벌어진 입에서 무엇인가를 말하고 싶어하는 듯했지만, 막상 입을 여니 할 말이 없는지 그를 따라나섰다.

진천악이 갑자기 멈춰 섰다.

그의 눈은 저 멀리 지평선의 어딘가에 닿아 있었다.

그의 얼굴은 순간 굳어 있었는데, 그 모습이 생소하여 화린도 멈춰 섰다. 그리고는 그의 반응을 살폈다.

"이거 재밌게 돌아가는데?"

화린이 한쪽 눈썹을 치키며 의문을 표했다.

"화린. 난세에는 간웅(奸雄)들뿐만 아니라 효웅(梟雄)들이 함께 태어난다는 말 알지?"

화린이 피식 웃었다.

"네가 효웅이란 말을 하고 싶은 거지?"

“역시 화린은 예리하구나! 한번에 영웅을 알아보다니. 쿡 쿡.”

역시 진천악답다는 얼굴로 힘없이 고개를 젓는 화린이었 다.

“지금이 확실히 난세는 난세인가 보다. 영웅들이 대거 모 습을 드러내고 있으니…….”

“무슨 말이야?”

진천악의 눈은 아직도 아무것도 없는 지평선을 바라보고 있었다.

“우리 사부가 그랬어. 현경의 초입에 들면 이 세상에서 조 심해야 할 사람이 딱 넷이라고. 하나는 무림맹주이고 둘은 그 무림맹주의 친우들이라고 하셨지. 마지막 하나는 마교의 교 주. 또 우리 사부가 뭐라고 했는지 알아?”

어린아이처럼 사부를 거들먹거리며 눈을 초롱초롱 빛내는 진천악의 모습에 화린은 웃음을 터뜨릴 뻔했다. 하지만 사뭇 진지한 그의 기세에 이내 자신 역시 진지해졌다.

“모습을 드러내지 않은 자들이 더 무섭다고 하셨지. 그들 이 무림에 모두 모습을 드러내는 그때가 무림의 전환기라고 하셨어. 새로운 시대를 알리는, 그런 시점.”

“은거기인들이 이 중원무림에 비해 훨씬 막강한 저력을 가 지고 있다는 말이야?”

“그렇지.”

“그건 말도 안 돼.”

무림맹에서 그 드러난 무림이라는 세계를 가장 가까운 곳에서 주시한 화린이기에 그 저력이 상당하다는 것을 알고 있었다. 아무리 은거기인들이 대단하다고는 하지만, 오래전부터 체계를 구축하고 사회를 이룬 중원무림을 위협할 세력은 없었다. 그 무서운 마교도, 새외무림도 함부로 넘볼 수 없었다.

“아니, 은거기인들과 중원무림인들의 근본 자체가 다르기 때문에 절대로 중원무림인 개개인이 은거기인들을 넘어설 수가 없어.”

“그건 왜지?”

천하제일고수였던 자신의 할아버지, 그의 신위에 대해서 잘 아는 그녀였기에 진천악의 말에 쉽게 수긍할 수가 없었다.

“은거기인들은 순수하게 무공에 대한 열정으로 하루하루를 보내고 있어. 중원무림인들은 그렇지 않지.”

“그건 억지야. 중원무림은 그 열정 없이 이 사회를 유지할 수 없어.”

그렇게 말하면서도 한편으로는 점점 무공에 대한 열정이 식어가고 있는 현 시점이 떠오르는 그녀였다. 확실히 근래의 후기지수들을 만나보면, 그들이 무공을 수련하는 이유는 단 한 가지였다. 무공이 주는 희열보다는 무공이 줄 이익. 그 이익에 눈이 먼 이들이 태반이었다.

"눈앞에 수많은 금은보화가 펼쳐져 있으면 인간은 당연히 흔들리게 되어 있어. 초심은 점점 희미해지고, 사리사욕을 챙기는 건 어쩔 수 없는 인간의 본능이야."

분명 자신을 포함하는 중원무림인들을 욕하는 언사였지만 화린은 반박할 여지를 찾지 못했다. 그런 자신이 한없이 초라해 보였다.

"그건 경지를 초월한 자들이라고 다를 수 없어. 조금 그 흔들림이 적은 것뿐이지, 미세하게나마 공부에 지장이 돼."

"그래서, 은거기인들은 그 유혹을 애초에 차단했다, 이 말을 하고 싶었냐?"

화린은 울컥하는 심정에 생각나는 대로 내뱉었다.

"차단이라고 하기보다는 줄였다고 하는 표현이 옳지."

"어째서?"

세속과의 인연을 끊었다는 건 세속이 주는 유혹의 근원을 차단했다는 말이다. 세상에 속하지 않으면서도 그 세상의 유혹을 받을 수 있다?

이건 모순이었다.

"나처럼 은거기인들의 제자로 받아들여져서 단 한 번도 세상에 나와 본 적이 없는 무인을 흔히 은거기인 이세라고 해. 은거기인임과 동시에, 흔히 칭하는 은거기인과는 조금 속성이 다르기 때문이지. 무림에 제 발로 나온 은거기인들도 '다시 돌아갈까?' 하는 생각에 시달리는데, 이세들은 그 정도가 심해. 공부에 방해가 될 정도로. 그리고 결국에는 그 유혹을 이기지 못하면 심마에 빠지거나 더 이상 정진할 수 없을 정도로 마음이 피폐해지지."

그렇게 말하는 진천악은 씁쓸한 미소를 머금었다. 자조가 섞인 조소였다.

"그래서 나처럼 이렇게 무림행을 결심하게 되지. 그 이외에는 방법이 없거든. 어차피 제자리걸음을 하느니 속 시원하게 욕망에 따르는 게 조금이나마 도움이 돼."

"그래서 욕망에 충실한 영웅들이 난세에는 모습을 드러낸다 이거야?"

"크게 다르지는 않지. 난세일수록 세상을 갈망하는 영웅들의 욕망이 커지거든. 왜냐면 시대가 어려울수록 세상을 탐하는 건 쉬워지기 때문이야. 그 욕망에 대한 집착이 심한 사람은 심지어 세상이 자신에게 손짓을 한다고 느껴."

왠지 그 집착이 심한 사람이 진천악이라는 느낌을 받은 화린이었다. 장난을 칠까 했지만, 진천악의 분위기는 그런 생각을 애초에 차단시켰다. 항상 장난만 칠 것 같은 사내였지만, 이렇게 보니 여러 모습이 섞여 있었다.

"그 예로 휘인을 들 수 있지. 그도 은거기인의 대표적인 예가 아니겠어? 사문도 없고, 고향이 어딘지도 확실치 않아. 하지만 무공은 진짜배기. 후후, 사실 나의 마지막 인내심을 끊은 건 그였지. 누구는 무림에 나서서 저렇게 이름을 떨치는

데, 구석에 처박혀 무공에 정진하는 내가 초라해 보여서였을까? 사부의 허락도 받지 않고 달려나왔지. 지금은 그만큼 세상이 달콤해 보이거든.”

“그 달콤함 뒤에 독이 숨어 있다는 것쯤은 너도 알고 있지 않아?”

명성이 주는 독.

그 독에 파멸되는 사람이 한둘이 아니었다.

그 명성은 마약보다도 강렬하여 정심한 수련을 거친 고승이라도 타락의 길로 인도한다.

“그래, 그때면 후회를 하겠지. 하지만 후회는 그때 하고 싶어. 나중에 후회를 하더라도 지금은 내가 정말 원하는 건 이런 것이니까.”

‘이런 게 사내?

사내의 풍모에 화린은 얼굴빛을 붉혔다. 그러다 문득 떠오르는 의문이 있었다.

“너, 혹시 현경의 초입에 도달했다는 말 하지 않았어?”

진천악을 대수롭지 않은 듯 고개를 쉽게 끄덕였다.

하지만 화린에게 그 말은 대수롭지 않지 않았다.

“현경이라고? 지나가던 개가 웃겠다!”

“개? 개가 웃을 수도 있나?”

정말 얼굴빛 하나 안 바뀌고 능청스럽게 묻는 진천악이었다.

"하나도 안 웃겨, 이 자식아!"

"어머. 아리따우신 소저께서 그런 상소리도 하오?"

"으이구! 말을 말자, 내가."

정말 그는 자신의 천적이라는 생각이 들었다. 그런데도 싫지만은 않았다, 그게 화린의 감정을 더욱 복잡하게 헤집어놓았다.

"왔네."

화린은 그제야 누군가가 왼쪽 저 너머에서 자신들 쪽으로 오고 있다는 것을 알 수 있었다. 그들이 향하는 방향은 자신들과 같았다. 그들도 천라지망을 목적으로 하는 이들이 분명했다.

"저 여자는!"

화린은 멀리서도 그녀를 알아볼 수가 있었다. 일면식이 있었고, 말을 터놓을 정도로 친분을 쌓았다. 절친한 벗까지는 아니더라도 서먹서먹한 사이는 아니었다. 나름대로 마음이 맞아 가끔 연락을 취하고 하는 사이. 아무리 멀더라도 그녀의 짙은 머리색과 상반되는 백옥 같은 피부를 알아보지 못할 리가 없었다.

'독고령!'

그녀를 보는 화린의 심정은 새로웠다. 이전 독고령이 휘인과 뇌운비와 동행했다는 사실을 화린이 접한 적이 있었기 때문이다.

그 옆에는 소름 끼치는 적포의를 입고 있는 사내였다. 유난히 커다란 그의 검은 눈동자……. 그 특유의 눈빛은 아직도 잊혀지지 않았다.

딱 한 번 만나본 적이 있는 사람이었다.

'곽소천!'

사룡이봉이 딱 한 번 같이 자리한 적이 있었는데 그때 곽소천을 처음 보았다. 그때 참으로 꺼림칙한 사내라고 생각했는데, 지금도 별반 다르지 않았다. 오히려 그의 광기 어린 눈에 움츠러들 정도로 위험천만한 이로 성장했다.

두 일행은 향하는 방향이 같다 보니 저절로 일정 지점에서 합류하게 되었다.

"오랜만이야."

먼저 인사를 건넨 것은 독고령이었다.

"여기는 어쩐 일이야?"

화린이 물었다.

"그러는 너는?"

"……."

그냥 서로 묻지 말자는 말이 내포되어 있었다. 화린이나 독고령이나 당당하게 밝힐 정도로 좋은 이유에서 이곳을 찾아온 것은 아니었다.

화린과 독고령의 어색한 분위기 가운데 곽소천과 진천악은 서로를 담담하게 응시할 뿐이었다. 실제로 그들의 이런 무언의 신경전은 그들의 모습이 육안으로 잡히기 이전부터 진행되어 오고 있었다.

"통성명이나 합시다. 진천악이오."

"곽소천."

"향하는 방향으로 보아 천리지망으로 가는 건 서로 같고, 목적마저 같을 리는 없겠지요?"

"사실 아직 이렇게 걷는 목적을 알지 못하오."

"호오, 그 점마저 똑같구려."

그들의 대화에 화린과 독고령은 입을 다물지 못했다. 화린은 진천악이 그 차갑기 그지없는 곽소천과 아무렇지도 않게 대화를 해내는 모습에, 독고령은 곽소천이 겨우 무명의 사내에게 격식을 차리는 모습에 순간 사고가 정지되는 느낌을 받았다.

두 남자의 시선은 각 여자들에게 멈췄다.

그제야 그녀들은 '우리의 목적이 무엇이지?' 라고 묻는 것을 알 수 있었다.

"천라지망의 돌파."

"무림공적 일행과 합류."

각각 다른 발음을 지닌 말이었지만 의미는 별반 다르지 않았다. 결국에는 둘 다 천라지망을 뚫어야 하고, 무림공적 일행에 합류해야 한다는 소리.

"흐음, 목적마저 같구려."

"진 형은 그다지 놀라는 모습이 아니오?"

천라지망이 무림에서 지니는 무게는 상당히 크다. 일류고수들이 이루는 그물망에 절대고수들이 지휘하는 천라지망. 빠져나갈 틈이 없는 만큼 몰래 파고들어 갈 틈도 없는 게 천라지망이었다. 물론 천라지망의 이목은 모두 그 안쪽에 집중되어 있어 뚫고 들어가는 게 뚫고 나오는 일보다는 백배는 수월하지만, 누가 애써 힘들여 천라지망의 안에 발을 디디겠는가.

다시는 나올 수 없는 사지 안을…….

그런 사지 안을 제 발로 들어간다는 데 놀라지 않는 게 이상할 정도. 제 목숨을 바치라는 말이나 다름없는데 둘은 무덤덤했다.

"그건 곽 형도 다르지 않구려."

사내들은 미소를 주고받았다.

왜인지는 몰라도 서로에게 호감이 느껴진다. 당당한 기백! 그건 근래의 후기지수들에게는 없는 부분이었다. 그들의 나이 대에서 자신들이 마음을 터놓고 지낼 수 없다는 사실은 고독을 느끼게 했는데, 이렇게 같은 뜻을 품고 있는 사내를 만나니 기분이 묘했다.

"화린, 아무래도 저 남자들 눈 맞은 것 같은데? 분위기 흐리지 말고 우리는 빨리 자리를 피해줘야겠다."

독고령의 말에 화린이 피식 웃었다.

"그래. 아니면 눈치없다고 구박 주겠지?"

그렇게 두 여자는 경공을 펼쳤다.

멀어져 가는 두 여자를 바라보는 남자들의 기분은 그야말로 오묘했다. 서로에 대한 호감이 순간 반감으로 돌변하는 순간이었다.

순간 눈이 마주친 둘.

"험험."

"크흠."

어색함을 감출 줄을 몰랐다.

"우리도 따라가야겠지요?"

"갑시다."

그들은 어색함을 경공으로 달랬다.

참으로 아름다운 청춘들이었다.

"윽!"

제삼 정찰대원 십이호는 마른하늘의 날벼락을 맞고는 기절했다.

누가 급조해서 만들었는지, 조잡하기 짝이 없는 검은 복면을 쓴 두 인영이 정찰대원 십이호를 으슥한 곳에 숨겨놓았다.

"저기 한 명 더."

그가 나무 위를 가리켰다. 그의 말이 떨어지기가 무섭게 두 인영은 호흡이라도 맞춘 듯 정찰대원 십삼호를 때려눕혀 십이호의 옆에 눕혀주었다.

"여기다!"

앞에서 은신하고 있던 인영이 나머지 셋을 불렀다.

그에 셋은 발소리를 죽이며 앞의 인영의 뒤에 착 달라붙었다.

드디어 천라지망이 눈에 보였다.

하지만 더 이상 접근할 수는 없었다. 자신들의 몸을 가릴 수 있는 수풀이 그 끝을 보였던 것이다.

"어떻게 접근하지?"

최대한 은밀하게 다가가야 한다. 그리고는 두터운 천라지망을 단숨에 뛰어넘어 그 안으로 달려들어 가야 한다. 이 모든 게 단 몇 호흡 안에 이루어져야 한다. 천라지망의 인원들이 사태를 파악하기 전, 그리고 체계적인 방비를 하기 전에 천라지망에 들어서고 있어야 한다.

단 한 호흡이라도 아끼기 위해서는 그들의 이목을 사기 전까지 최대한 천라지망에 근접하게 다가가야 한다. 하지만 그것도 용의치 않은 게, 복면을 쓰고 수풀을 벗어나 흙바닥의 평야에 들어서면 단번에 모든 이목을 사리라. 그렇다고 벗을 수도 없는 게, 그들의 얼굴은 많이 알려져 있었다. 그들을 알아보면… 정말 감당하기 힘들게 된다.

"무조건 돌파."

"넷이서 동시에?"

복면인이 고개를 저었다.

"둘씩 나눠서. 아마도 그게 가장 효과적일 것이다. 둘이라면 충분히 서로 도움을 줄 수도 있고, 둘로 나누어진 일행은 이목을 분산시킬 수도 있고."

다른 복면인들이 옳다는 듯이 고개를 끄덕여 보였다.

어떻게 일행을 나눌지는 이미 정해져 있었다.

"가장 허술한 각 끝 부분에서 출발하자."

분명 천라지망의 끝 부분은 가장 두터운 층을 자랑했다. 하지만 두터운 만큼 그 벽을 이루는 이들의 경지가 낮았다. 그 정도는 한눈에 알아볼 수 있을 정도로 복면인들의 경지는 뛰어났다. 간혹 끝 부분에 거치적거릴 정도의 경지를 지닌 이들이 있었지만, 어차피 그들을 몰살시키는 게 목적이 아닌 한 걱정할 필요는 없었다.

드르렁!

전휘는 팔자 좋게 늘어져서 잠을 자고 있었다. 코 고는 소리가 크게 들릴수록 바닥에 묶여 있는 제갈손의 기분은 참담했다. 이 정도의 줄은 그냥 끊어버릴 수 있을 듯했지만, 그게 마음대로 되지는 않았다.

마음 편하게 잠을 자고 있는 듯하지만, 기로 자신을 결박해 놓은 상태였다. 참으로 신묘한 수여서 몸을 조금도 움직일 수 없었다. 이 상황만큼이나 그를 참담하게 만드는 건 없었다.

　제갈손의 창백한 얼굴을 바라보는 이가 있었으니, 그건 놀랍게도 똑같은 얼굴을 지닌 청년이었다. 아직은 앳돼 보이는 느낌마저 같았다. 혹시 애초에 쌍둥이가 아니었을까 하는 생각이 들 정도로 외견으로는 도저히 분간이 되지 않았다.

　결박당한 자는 제갈손의 얼굴을 하고 있는 청운이었고, 그 모습을 보며 정신을 놓고 있는 이는 바로 학선의 아들 제갈손이었다.

　제갈손의 기분은 현재 형용하기 힘들 정도로 오묘했다.

　정신을 차리고 보니 똥통에 묶여 있었고, 한참을 그렇게 불편하게 있다가는 구조되어 이런 상황에 처하게 된 것이다. 이 모든 사실을 한번에 받아들이기에는 조금 무리가 있었다.

　무엇보다도 현재 제갈손은 자신의 몸에서 풍겨 나오는 냄새 때문에 제대로 된 사고를 하기가 힘들었다.

　순간 장내의 기운이 날카롭게 벼려졌다.

　"강백!"

　전휘의 일갈에 강백이 도대체 어디서 나타났는지 제갈손의 옆에 섰다.

　"너는 저놈들을 막아라! 나는 이쪽으로 가겠다."

　강백은 고개를 끄덕였다.

　그렇게 둘의 신형은 흐릿해지더니 결국에는 사라졌다. 잔상을 남길 정도로 빠른 신법. 제갈손은 그들이 사라졌다는 사실보다는 그들의 대화 내용이 더 궁금했다. 누구를 막는다는 거고 어디로 간다는 말인가? 그 어떤 부분도 아귀에 들어맞지 않았다.

그때였다.

누워 있던 청운이 자리에서 스르르 일어났다.

그리고는 제갈손의 뒤통수를 보며 눈을 빈뜩였다.

화린과 진천악은 노인에 의해서 길을 가로막히게 되었다. 분명 노인이 애초부터 그 자리에 있었던 것은 아니었다. 그냥 어디에선가 툭 튀어나왔다. 그 시기가 너무도 절묘하여 탄성을 자아냈다.

"어디를 그렇게 급하게 가는 겐가?"

인자한 미소까지 지어 보인다.

'망할!'

범상치 않은 노인이란 게 아주 온 얼굴에 쓰여 있었다.

"젊은이들, 여기가 어디라고 그렇게 급하게 지나가시나?"

또 하나의 노인이 독고령 일행을 가로막았다.

노인이 굽었던 허리를 쫙 폈다.

멀리서 봤을 때는 평범한 노인에 불과했다.

하지만 천라지망에 평범한 노인이 있을 리가 만무했다.

길을 가로막고 서 있는 것뿐인데 마치 벽을 마주한 듯한 느낌.

안 그래도 시간이 없던 차에 천라지망의 이목이 자신들에게 쏠렸다. 포위된 것이다.

독고령은 뇌운비가 점점 멀어지는 듯한 느낌을 받았다.

"훌륭한 젊은이들이구먼. 허허허, 누가 이 무림이 패망의 길을 걷는다고 하였던가."

담담하게 말하는 듯했지만 전휘는 상당히 놀라고 있었다. 오늘만 해도 두 번째였다. 새파랗게 젊은 녀석들에게 위기감을 느끼게 될 줄은 꿈에도 생각해 본 적이 없었다. 비록 무재(武才)라는 말이 있었지만, 그게 단번에 세월의 차이를 극복해 줄 수 있을지는 그도 몰랐다.

'도대체 요즘 어린것들은 무엇을 먹고사나?

인형설삼에 공청석유로 끼니를 때우는 건 아닌가 깊게 고민해 봐야 할 일이었다. 도대체 저런 젊은이들은 어떤 이에게서 어떤 식으로 수련을 받았기에 백 년의 세월을 초월할 수 있단 말인가!

칭찬임에도 불구하고 복면인들은 속으로 땀을 흘렸다.

"이 천라지망이 그리 녹록치 않은데 어떻게 이 길을 지나가려는가?"

그때 진천악이 복면을 벗었다.

그는 이 상황에서도 웃고 있었다.

"노인 양반, 이렇게 새파란 것들의 길을 막는 이유가 무엇이오? 길을 터주시면 안 되겠소?”

“젊은이, 노부가 이 천라지망의 지휘자는 아니지만, 그래도 중책을 맡고 있지. 그런데 보내줘서야 되겠나?”

그럴 마음은 추호에도 없다는 소리.

진천악은 자신의 검을 뽑아 들었다.

눈앞의 상대는 분명 자신이 어쩔 수 없는 경지에 도달한 인물이었다. 하지만 그렇다고 순순히 물러날 수도 없고, 상대 역시 그냥 보내줄 리가 만무했다.

“노부에게 검을 겨누는 그 행위 자체로 문책을 피할 수 없네.”

인자하기만 하던 노인의 눈매가 가늘어졌다. 그와 함께 살기가 물밀듯 밀려오며 그들을 덮쳐 왔다. 노인에 불과하건만, 그 앞에 선 자신이 마치 거인 앞에 선 것처럼 초라하고 작게 느껴졌다.

그러나 진천악은 특유의 쾌활한 웃음을 잃지 않았다.

그는 화린을 돌아봤다.

“우리는 이 천라지망을 뚫지 못하겠구려.”

화린은 천천히 알겠다며 고개를 끄덕였다.

“젊은이, 왜 이 천라지망의 안으로 들어가려 하는 겐가? 저쪽은 그다지 추천할 만한 연애 장소가 아닌데 말이야.”

자상하기도 했다.

“그거야 우리 알아서 할 일이오. 정말 막아서겠소?”

막아선다면 검 쓰기를 주저하지 않겠다는 뜻이었다.

"허허."

노인이 곤란하다는 듯이 고개를 끄덕였다.

'청춘이로구나.'

혈기왕성한 시절. 앞뒤 가리지 않고 오로지 내키는 대로 행동하는 시절. 그 어떤 일도 가볍게 보이는 시절.

노인은 순간 부럽다는 생각이 들었다.

"패기는 좋구나."

노인의 살기는 점점 짙어졌다. 그 정도가 심해져 입을 여는 것조차 힘들어질 정도로.

"하지만 검을 쓴다면 결코 일이 가벼워지지는 않는다. 나아지지도 않겠지. 그런데도 검을 쓰겠느냐? 그냥 검을 내려놓는다면 이 일의 시시비비(是是非非)를 따질 때 좋게 작용할 것이다."

백해무익(百害無益)하니 검을 내려놓으라는 조언이다.

진천악은 피식 웃었다.

'천하제일협객은 이렇게 끝이 나는구나!'

그때였다.

"천악, 그만 해."

화린이 복면을 벗었다. 그들의 모습을 바라보던 천라지망의 구성원들이 입을 다물지 못했다. 주화린의 얼굴을 몰라볼 사람은 없었다.

물론 전휘는 그녀를 몰랐지만 주위의 탄성을 듣고는 알게 되었다.

"네가 검존의 손녀구나."

화린이 고개를 끄덕이며 예를 차렸다.

"대선배님을 뵙습니다."

그녀의 모습에 진천악도 어쩔 수 없다는 얼굴로 고개를 숙여야 했다. 이미 천라지망을 지나가는 건 물 건너간 셈이다.

"네가 어째서 이런 일에 가담하게 되었느냐?"

"소녀는 무림공적을 직접 제 손으로 처단하고 싶었습니다."

앞뒤를 생각하지 못하는 영락없는 후기지수의 모습이었다. 그녀의 눈에서 살광이 번뜩이는 게 무림공적에 대한 분노가 어느 정도인지 짐작할 수 있게 했다.

전휘의 눈에 실망의 기색이 스쳐 지나갔다.

'검존이 손녀 하나를 제대로 못 키우는 사람이었구먼. 저렇게 생각이 짧아서야.'

복수는 무슨 복수. 자신의 주제를 알아야 원한을 갚을 것 아닌가. 이대로 가면 그건 개죽음에 지나지 않는다. 전해 듣기로 휘인은 분명 만만한 상대가 아니었다. 그와 함께 임홍과 뇌운비가 같이하고 있으니, 이건 단둘이서 처리할 수 없는 문제였다.

"네 뜻은 가상하다마는 이 천라지망이 그 역할을 대신할 것이다. 그러니 돌아가거라!"

차마 남아 있으라는 소리는 하지 못했다. 그들이 무슨 일을 벌일지는 아무도 몰랐다. 전휘는 그런 골칫거리를 상당히 싫어했다.

"그렇지만……."

"가거라! 아니면 이 일에 대한 책임을 물어야 한다. 네 용기가 가상하여 그냥 보내주는 것이니, 가거라!"

전휘는 단호하게 말했다.

한 번 더 강하게 반발하려던 그녀의 모습에 전휘는 힘주어 강조했다.

"일을 그르치고 싶느냐! 가거라!"

그의 호통에 주화린은 불만을 품은 얼굴로 진천악을 이끌고는 천라지망의 뒤로 천천히 걸어갔다. 그렇게 얌전히 가는 듯싶더니 그녀는 뒤를 한 번 돌아봤다. 아직도 미련이 남아 있는 모양이었다. 하지만 전휘의 부리부리한 눈이 그녀를 기다리고 있었다.

그녀는 그제야 포기했다.

그렇게 그 둘은 경공을 펼쳐 사라졌다.

'그 사내는 누구였지?

전휘는 그 사내의 정체에 대해 물어봤어야 했다는 생각이 들었다. 현경의 초입에 이른 젊은이는 확실히 그의 정신을 빼놓았다. 게다가 그뿐만 아니라 지금은 화산파 진영에서 결박당해 있는 그 젊은이도 그에 준하는 실력을 지녔다.

나이를 거꾸로 먹는 반로환동의 고수들인지 의아할 정도로 그들의 경지는 지고했다.

자신이 그들의 나이 때는 꿈도 꿔보지 못한 그런 경지…….

'난세는 난세란 말인가.'

영웅들이 대거 모습을 드러내는 시대!

그런 시대가 다가왔단 말인가……!

화산파의 진영에 도착한 전휘는 그대로 굳었다. 제갈손이 결박되어 있는 모습은 자신이 나간 그때와 한 치도 다르지 않았다. 외견상으로는 그랬지만, 정작 문제는 상대에게서 냄새가 난다는 것이었다. 그 냄새가 사람이라면 하루에 한 번쯤은 맡게 되는 것이었지만, 절대 유쾌한 냄새는 아니었다.

'바뀌었다.'

그의 결박을 풀어주고는 제갈손을 일으켜 주었다. 입을 틀어막고 있는 천도 친히 빼주었다.

"그, 그게 저도 모르는 새에……."

전휘는 눈을 지그시 감았다.

그의 눈이 파르르 떨렸다.

얼마 만에 느껴보는 분노인가!

안타깝게도 전휘의 분노는 거기에서 끝이 아니었다.

"쿨럭."

선혈을 토해내는 인물이 다가왔다. 그는 바로 강백이었다.

전휘는 황급히 그의 내상을 살폈다.

'아아……!'

전휘는 치밀어 오르는 욕지거리를 내뱉고 싶었다. 하지만 천라지망의 사기를 위해서라도, 자신의 체면을 위해서라도 참아야 했다.

하지만 그의 분은 쉽게 삭여지지 않았다.

강백은 나머지 일행을 놓쳤다. 분명 천라지망을 쇄도해 들어오는 기척은 두 군데에서 느껴졌다. 그 기도가 상상을 초월하여 자신이 직접 일어나야 했고, 강백을 다른 쪽으로 보냈다. 강백은 그 일행을 생포한 채 자신의 앞에 끌고 왔어야 했지 이렇게 깊은 내상을 입고 오지 않았어야 한다.

"가, 갑자기 제갈손이 오는 바람에……."

그 이후부터는 설명하지 않아도 눈에 선했다.

약해진 자신의 결박을 풀고 상대는 진짜 제갈손을 묶어놓았다. 자신들을 위해 작은 장막이 쳐져 있었기에 그 장면을 본 사람은 없었고, 비록 안에 들어오더라도 이전에 잡혀 온 제갈손이 그대로 결박되어 있었으니 그들이 이상하게 여기지는 않았으리라.

그대로 그는 다시 무림공적 일행에 합류하기 위해 천라지망의 안으로 들어가려던 도중 강백이 있는 곳을 통과하게 되고, 자신이 제갈손이라 속이며 강백에게 접근했다가 치명상을 입혔으리라. 꼭 그게 아니더라도 그 일행을 도와 강백을 공격했을 수도 있었다.

전휘의 전신이 떨렸다.

어린놈들에게 농락당한 기분이었다.

'그렇다면 그들의 목저은 무잇이시?'

동시에 천라지망을 공략하려 들었다는 점에서 동료라는 것을 쉽게 추측할 수 있었다. 그리고 화린은 그녀의 입으로 복수를 도모하러 왔다고 했다. 그렇다면 분명 그 다른 일행도 복수를 하러 왔다고 치고…….

'모순투성이다.'

아예 말이 되지 않았다.

제갈손으로 변장하고 있던 그 귀신같은 자가 그들을 도왔다.

'그렇다면 무림공적과 일행? 그리고 주화린도 그들의 일행? 그건 말도 안 된다. 분명 무림공적 일행은 주화린과 철천지원수의 관계이다.'

드러난 사실만으로는 그 어떤 추측도 들어맞지 않았다.

화린 일행과 다른 쪽에서 천라지망을 뚫으려 시도한 다른 일행, 무림공적 일행, 그리고 천변만화의 얼굴을 지닌 귀신같은 자. 이들 사이의 관계가 제대로 확립되지 않았다.

"강백, 매화검수 열을 데리고 주화린을 쫓아라. 이곳을 벗어난 지 일각이 채 지나지 않았다. 생포해서 데려오도록 해

라. 그녀는 고(故) 무림맹주의 딸이니 다치지 않도록 조심하고.”

그렇게 말하며 전휘는 그에게 내상약을 건네주었다.

강백은 고개를 숙여 그 명을 받들었다.

“그들만이 이 일에 대한 모든 정보를 가지고 있다.”

자신의 복잡해진 머리를 바로잡아 줄 이는 그녀밖에 없었다.

그는 그렇게 확신하고 있었다.

‘그들의 진정한 목적이 무엇인가!’

전휘는 천라지망의 안쪽 너머를 바라보며 안광을 번뜩였다.

일이 점점 꼬이고 있었다.

간단하기 그지없는 일인 줄 알았지만 작은 부분에서부터 일이 점차 복잡하게 꼬이고 있었다. 이건 좋은 징조가 아니었다. 지금 이 순간에도 독 안에 든 쥐나 다름없는 무림공적이 점점 그 독을 얇게 갉아내고 있는 차였다.

천라지망을 장난처럼 열고, 강백을 꺾고 무림공적 일행을 향해 다가가는 이들!

천변만화의 얼굴을 지닌 이가 그런 그들과 합류했다.

그들은 과연 누구의 편인가?

무림공적 일행의 일부인가?

거기에 생각이 미치자 전휘의 기세가 점점 짙어졌다. 그리

고 주위를 가리는 장막이 강풍에 흔들리듯 미친 듯이 휘날렸
다.
　전휘의 안광에 살기가 섞였다.
　그 모습이 살벌하여 제갈손이 몸을 움츠렸다.

제6장
와호장룡(臥虎藏龍)

누워서 때를 기다리는 호랑이.

숨어서 때가 오기만을 기다리는 용.

이들은 힘을 가지고 있으면서도 일의 성공률을 높이기 위하여 신중에 신중을 기한다.

호랑이도 용도 천 년을 기다려 왔다.

그리고 드디어 그 조짐이 보였다.

호랑이는 송곳니를 드러내기 시작했고, 용은 여의주를 물었다.

드디어 때가 다가오고 있도다!

정보 단체는 무림에서 그 어떤 무력 단체보다 크게 작용한다. 거짓 정보를 흘림으로써 특정 무력 단체를 함정에 빠뜨릴 수도 있고, 교란 정보를 흘림으로써 어부지리를 꾀할 수도 있다.

그만큼 정보 단체의 역할이 크기 때문에 모든 세력은 크고 작은 정보 단체를 운영하게 된다. 기민히 앉아서 뒤통수를 내줄 수는 없기 때문에 일 년 예산의 절반 정도는 정보 단체의 양성과 유지에 들어간다.

큰 단체일수록 정보 단체의 규모는 커지고 뛰어난 첩보 능력을 지니게 된다.

지금처럼 정보 단체가 부흥했던 때가 없었다.

"북해빙궁이 이동을 하고 있다고?"

"그렇습니다."

무영음각은 무영단원 전체를 이끌고 새외무림과 중원무림의 경계에 나와 있었다. 신승의 예감에 의거한 정보 수집 임무. 아니나 다를까, 북해빙궁이 근래에 큰 이동은 아니지만 조금씩 이동을 보이고 있다고 한다.

"중원무림 안으로?"

"다른 새외무림 세력으로 이동하는 이들도 있고 중원무림 안으로 이동하는 이들도 있는 것으로 알고 있습니다."

"허어, 그거 큰일이구나."

정보 단체는 특별한 무력이 없다. 아니, 일정 수준 이상이긴 하지만 새외무림의 드센 무인들을 상대할 수 있을 정도는 아니었다. 그들에게서 도망을 가는 건 몰라도 맞서 싸우는 건 자살행위였다. 그렇기에 그들은 중원무림 안으로 들어가려는 새외무림인들을 막아설 수 없었다. 오로지 그들이 도착하기 전에 정보를 전달할 뿐이었다.

"걱정할 수준은 아닌 듯싶습니다. 항상 이 정도의 인원은 무림으로 잠입해 왔었습니다. 현재 그들을 막아내기에는 무림맹의 여력이 남아 있지 않습니다."

대수롭지 않으니 그냥 무시하자는 소리였다.

"허어, 큰일날 소리. 이런 때일수록 그들을 경계해야 한다. 무림맹의 이목이 무림공적에 쏠려 있는 한 그들이 무림에 끼칠 수 있는 영향력은 무한하다."

무영음각은 그 모든 내용을 전서에 받아 적고 있었다.

"태천문이나 극락전은 특별한 이동이 있는가?"

"아직은 없는 모양입니다."

"그나마 다행이군."

정보를 기입하던 무영음각이 잠시 붓을 멈췄다.

"이 소리는?"

밖이 시끄러웠다.

무영음각은 자리를 박차고 일어섰다.

'침입자?'

그는 머리를 저었다.

그럴 가능성은 전무하다시피 했다.

이 분타는 최근에 생긴 곳으로, 지하에 위치해 있었다. 밖에서는 절대 이곳을 찾아낼 수 없었다. 기관지학에 있어서 최고의 전문가들을 불러 모아 풍수지리를 따져 가며 심혈을 기울여 만든 곳인데 쉽게 발견될 리가 없었다. 침입자가 있어도 미로를 연상케 하는 복잡한 길, 저절로 발동하는 기관 때문에 이곳까지 그들이 도달했을 리가 없었다.

쾌광!

문이 부서졌다.

'혹시 배신자!'

내부에 조력자가 없다면 침입자가 이렇게 자신들의 위치를 알아내고 피해 없이 이곳에 올 수 없는 것이다.

"단주님, 그동안 수고하셨습니다."

무영음각의 눈이 커졌다.

"그리고…… 부디 좋은 데 가시기를."

그는 무영음각의 심장에 비수를 꽂아 넣었다.

"소소, 무림맹에서 이 일을 눈치 채기까지는 어느 정도의 시간이 걸릴까?"

"이전의 그들이었다면 즉시. 지금의 그들이라면 전혀 눈치 채지 못할 것입니다. 휘인이 역할을 제대로 하고 있습니다. 그가 조금만 더 버텨준다면 더 이상 바랄 게 없을 정도입니다."

"그래?"

소궁주의 표정은 그다지 밝지 않았다.

그 이유를 모르는 소소가 아니었다.

"태천문의 정예는 언제 도착하지? 극락전의 무인들은 이미 그 망할 자식이랑 진작에 출발했는데."

그녀의 음성에 다급함이 묻어났다.

"망할 자식이라니요. 그분도 꼴에 소궁주입니다. 조금은 언행을 조심해야지요."

소궁주가 피식 웃었다.

소소 역시 그를 싫어하는 사람 중 하나였다.

그 역겨운 낯짝을 떠올리니 쉽사리 분이 풀리지 않았다.

소궁주는 태천문의 정예를 이끄는 임무를 맡았다. 그들은 북해빙궁과는 상극의 무공을 지닌 문파로, 열화신장(熱火神掌)은 닿는 즉시 살을 물처럼 녹아내리게 하는 무서운 장법이었다.

지금은 그 세가 기울어 북해빙궁의 아래를 자처해야 했지만, 그럼에도 불구하고 대문파 여럿을 상대할 수 있는 저력을 지녔다. 그들이 북해빙궁의 아래로 들어온 이유는 딱 한 가지, 후일을 도모하기 위해서였다. 그 사실을 모를 북해빙궁이 아니었지만 지금만큼 그들에게 힘이 필요한 때가 없었다.

방패막으로 태천문만큼이나 유용한 곳은 없으리라.

자신의 숙적은 이미 공을 세우러 출발했는데 자신은 아직 태천문 제자들의 그림자도 보지 못했다. 그녀가 조바심이 난 것은 당연했다.

'이놈들을 그냥 확!'

그녀는 애써 달아오른 분노를 식혔다.

그들이 모습을 보인 것이었다.

"이거 죄송하게 되었습니다. 거참, 여기까지 오는 길이 무척 험난하더라고요."

전혀 힘든 기색이 없었다.

상대를 째려봤지만 그는 능청스러운 웃음만을 지어 보일 뿐이었다.

괜히 심력을 고갈시킬 필요는 없었다.

"출발하지."

소궁주는 태천문의 염황사자대(炎皇獅子隊)를 이끌고 중원 무림의 경계 안으로 들어섰다.

이제 시작이다.

은밀하고 빠르게 중원무림의 외곽 중소문파부터 본 세력에 복속시켜야 한다. 이미 극락전의 백팔극락환마대(百八極樂幻魔隊)는 출발했다. 시작점은 다르지만 그래도 가장 빨리, 그리고 많이 중원무림에 파고든 자가 이후 거사가 이루어졌을 때 가장 큰 이득을 받는다.

'절대 지지 않는다.'

절대 그에게는 질 수 없었다.

　만개(滿開)한 꽃들이 산뜻한 느낌을 주는 풍경 가운데, 유난히 눈에 밟히는 흑의의 여인이 있었다. 교주가 극구 정예 고수를 몇 보내주려고 했으나 그녀가 단번에 거절했다. 모두 거치적거린다는 이유에서였다.
　초점이 없는 멍한 눈. 흔히 백치미라고 칭하는 그녀의 아름다움은 범상치 않았다. 들에 활짝 핀 꽃들보다도 눈부신 그녀의 외모는 주변의 시선을 끌었다. 그녀는 그런 자신의 외양 때문에 곤혹을 치르지 않을 수 없었다. 아니, 치근덕거리던 상대들이 곤혹을 치렀던가?
　어쨌든 여간 귀찮은 게 아니었다.
　'흐음, 천라지망을 뚫고 들어가야 하나?'
　경공으로 적수(赤手)까지 오는 데에는 오랜 시일이 걸리지 않았다. 적수에서 천라지망이 펼쳐진 광안까지의 거리는 하루면 충분히 도착할 수 있을 정도였다. 그녀가 누구던가! 바로 마교의 최연소 부교주 이청이었다.
　일단 도착하자 거기에서부터가 문제였다.
　천라지망은 쉽게 뚫리지 않는다.
　아니, 자신 혼자로는 그 천라지망을 뚫는 게 불가능했다.
　'본 교에서 고수를 몇 데려왔어야 했나?'
　그녀는 머릿속에서 그 생각을 지웠다.

이미 마교는 회복할 수 없는 타격을 입었다.

비록 원로원이 새로 충원되었지만 아직까지는 본교의 정예 부대가 몰살당한 충격이 가시지 않았다.

'하지만 그들과 합류해야 한다.'

이청의 계획은 간단히면서도 복잡했다.

천라지망을 뚫고 무림공적 일행과 합류하여 무림맹의 이목을 최대한 천라지망에 집중되게 한다. 무림공적 일행에게 힘을 보태면 천라지망은 무림공적과의 대치에 있어서 장기전에 돌입하게 되고, 어떻게든 황실의 관심을 사기 전에 일을 끝마치기 위해서, 무림맹이 무림공적을 생포하기 위해 모든 힘을 다 쏟아 부어야 할 시점이 오리라.

그때만큼이나 무림이 약해지는 때는 없을 것이다.

이렇게 간단한 이면에 소소하지만 그래도 복잡한 잔일거리가 남는다. 천라지망을 뚫는 건 절대 간단하지 않았다. 그리고 과연 무림공적 일행이 자신의 도움을 사심없이 받을지도 생각해 봐야 했다.

그런 불확신 속에서도 이청이 접촉을 시도하는 건 그 시도만으로도 무림맹은 혼란에 빠지고 대책을 강구하느라 머리를 쥐어짜야 하기 때문이다. 그 정도면 충분한 성과라고 할 수 있었다. 단지 일을 확실히 종지부 찍기 위해서는 무림공적 일행에 자연스럽게 합류하여 최대한 천라지망을 뒤흔드는 게 중요했다.

'서동 천라지망에 전대 고수가 없다고 하던가?'

서 천라지망에는 애초에 없었고, 동 천라지망의 전대 고수
는 괜히 무림공적 일행을 건드려 싸늘한 시신이 되어 돌아왔
다는 정보가 있었다.

'동 천라지망이 수월하겠군.'

전대 고수가 없다면 자신의 은신을 알아볼 수 있는 이가 없
다.

방법을 찾은 이청의 눈빛에 이채가 잠시 스쳤다.

"부르셨습니까."

학선이 입룡각(入龍閣)에 들었다. 그곳에서는 신승이 이미
그를 기다리고 있었다. 신승의 모습은 초췌하기 짝이 없었는
데, 그가 근래에 얼마나 무림맹의 일에 시달리는지 알 수 있
었다.

차마 조금 쉬어보라는 말은 하지 못했다.

전대 고수 중 한 명이 죽었다는 소식을 들은 것이다. 그들
을 이끌어내는 게 힘든 만큼 죽었을 때의 근심도 크리라. 무
엇보다도 무림공적 일행이 그만한 저력이 있다고 생각한 적
이 없었는데, 상상을 초월하는 실력자들이었다.

"천라지망이 과연 무림공적 일행을 생포, 아니면 죽여서
데려올 수 있을 것 같나?"

"믿어 의심치 않습니다."

　지금의 천라지망을 뚫는다면 솔직히 그 누가 그들을 막아설 수 있을까? 지금 펼쳐진 천라지망은 무림맹 역사 이래 가장 큰 규모와 저력을 자랑했다.

　"황실에서 대규모 무력 공작을 눈감아줄 수 있는 시간은 지금서부터 단 하루. 열두 시진이 지나면 광안에 펼쳐진 천라지망을 해제해야 하네. 적어도 천라지망의 위치를 옮겨야 하지."

　"천라지망을 뒤로 물려야 한다는 말씀이시군요."

　"그렇네. 무림공적에게 한숨을 돌릴 여유를 준다는 말이지."

　"한 곳의 대피령은 이틀이면 그 효력을 다한다는 말씀이십니까?"

　신승은 고개를 끄덕였다.

　학선은 부채질을 시작했다.

　이틀로는 그 어떤 일도 기대하기 힘들다. 특히 이번 무림공적 일행들에게서는 더욱.

　'장기전이 될 확률이 높다.'

　천라지망의 특성상 그 이틀 중 하루는 무림공적과의 거리를 좁혀야 한다. 천라지망은 그 속도가 상당히 더디고, 무림공적이라고 무작정 돌진해 오지 않기 때문에 적어도 만나는 데 하루가 걸린다.

　그 결과 하루 동안 그를 생포하거나 죽여야 한다는 것이다.

‘힘들다.’

이건 인원수의 문제가 아니다. 개인의 기동성과 관련이 깊은 문제이다. 현경쯤 되는 고수를 상대로 합공하는 일은 그 누구도 경험해 보지 않은 일이었다. 지금껏 현경의 고수라고는 신승, 도악, 검존, 수라마제밖에 없었는데 이들을 상대로 감히 누가 합공을 해보았겠는가.

합공 자체에도 문제가 있다. 무인의 자존심은 둘째 치고, 오랫동안 호흡을 맞춰온 사형제들 간이 아니면 효과적인 합공을 기대할 수 없었다. 현경의 고수를 상대로 합공을 펼쳐 승리를 장담할 수 있는 사형제 간은 없었다.

실세들이 합공을 취해도 틈이 많다. 각자의 무공에 대해 완벽히 아는 것도 아니었고, 중간중간 생기는 틈은 오히려 현경의 고수에겐 공세를 취하게 해주는 결정적인 요인이 된다.

무작정 천라지망이 달려들어 봐야 현경 정도 되는 고수에게는 개죽음을 당할 뿐이었다.

기껏 해봐야 천라지망은 현경의 고수를 상대로 발목을 잡는 데 그 기능을 그친다. 그나마 유리한 것은 천라지망의 인원이 새로이 충원될 수 있다는 것.

천라지망은 지치지 않는다. 반면에 무림공적 일행들은 지칠 것이다. 하나 거기에도 문제가 있었다. 대피령의 유효 한계. 계속해서 몰아붙여야 하는데 하루 공격하고 물러나고 하루 공격하고 물러나면 그들이 체력을 회복할 수 있는 틈을 주게 된다.

이런 식의 장기전은 천라지망의 피해만 증가시킬 것이다.

"상황이 악화되고 있네."

학선은 귀를 기울였다.

이쯤 되면 본론이 나오게 마련이나.

"각 문파의 최정예 명단을 뽑아주게. 문파의 최정예네. 후기지수들이 아닌 최정예를. 그 어떤 자도 예외없이 명단에 올리게."

학선의 눈빛에 이채가 돌았다.

음산한 냉기를 뿜어내는 흑의인 하나가 그 주변에 모인 여러 흑의인들을 차례로 둘러보았다.

"제삼, 사대는 수백문(粹白門)을 포위, 비밀 통로가 있을 법한 곳을 파악해 둬. 수백문 주위에서 튀어나오는 놈들은 남녀노소할 것 없이 모두 죽이도록."

두 흑의인이 그에 답했다.

"옛!"

"제이대는 정면을 맡는다. 단, 총력을 다하는 게 아니라 철저하게 치고 빠진다. 알겠나?"

"옛!"

"제일대는 후면을 맡는다. 제이대가 상대의 이목을 집중시키면 내부의 간자가 후문을 열어줄 것이다. 될 수 있으면 살

상은 억제하라. 중원무림이 시끄러운 지금 최대한 은밀하게
일을 진행해야 한다.”
　“옛!”
　“제오, 육대는 여기서 대기한다.”
　“옛!”
　“자, 그럼 이제 시작이다!”
　흑의인들은 수하들을 거느리고 어디론가 사라졌다. 그때
부터 잠잠하기만 하던 새벽의 공기가 달아오르기 시작했다.
병장기가 부딪치는 소리나 아녀자들의 비명 소리가 수백문
곳곳에서 들렸다.
　그런 아비규환의 광경을 흑의인은 잠자코 지켜봤다.
　백팔극락환마대의 오, 육대는 거친 숨을 쉬며 그 장관을 바
라보고 있었다. 그들에게 있어 살인에 대한 인내심은 존재하
지 않는다고 봐도 무방했다. 철저하게 제 본능에 이끌려 행동
하는 그들. 점점 그들의 콧바람은 거세어지기 시작했다.
　“우리의 행보는 여기서 끝이 아니다. 기다려라. 다음에는
너희들 차례이니.”
　흑의인들은 보일 듯 말 듯 고개를 끄덕였다.
　끓어오르는 피를 주체하기 힘들었다.
　그런 그들의 모습을 보며 그는 흡족한지 미소를 지었다. 싸
늘한 인상을 주는 그가 미소를 짓자 흑의인들은 조금이나마
평정심을 되찾았다.

시간이 흐르자 수백문에서 터져 나오는 소리들이 점점 잠잠해져만 갔다.

수백문은 정파의 문파로 평이 좋았고, 그 문주 백자결(白字潔)은 주위가 어려울 때마다 먼지 날리는 주머니를 털어줄 정도로 선한 인물이라고 알려졌다. 그런 그였기에 살변서 원수질 만한 일도 없었고, 자신 역시 의도적으로 그럴 생각이 없었다. 자기는 없어도 남이 행복하다면 '허허허' 하고 사람 좋게 웃을 이였기에 수백문을 크게 키우지도, 크게 키울 야심도 없었지만 주위 중소문파로부터 절대적인 지지를 받고 있었다.

창창한 앞날만을 생각하던 백자결이었기에 생애에 처음으로 받은 단 한 번의 습격에도 크게 피해를 입을 수밖에 없었다.

백자결은 어느새 상대들에게 포박당한 채 마당에 끌려 나와 있었다. 그의 모습을 보자 수백문의 제자들은 눈시울을 붉히며 검을 땅에 떨어뜨렸다. 존경하는 문주가 저렇게 볼품없이 묶여 있는 모습을 보고는 자신들의 무능함이 원망스러웠던 것이다.

반면에 백자결의 머릿속은 상당히 복잡하게 돌아가고 있었다.

이들과 검을 섞어본 백자결의 충격은 적지 않았다. 그들 개개인의 실력이 자신을 웃돌았다. 아무리 자신의 실력이 형편없다고는 하지만, 이렇게 시골에서 작은 문파를 문제없이 이끌 정도는 되었다. 도대체 어디서 온 인물들이기에 개인의 실력이 초절정을 웃도는가!

'요기(妖氣)?'

그들은 요기를 띠었다. 마교에서 극소수의 단체가 요기를 띠기는 했지만, 이렇게 강한 단체가 있다는 건 금시초문이었다. 게다가 이들은 분명 마교의 교주 직속 부대인 천마혈검대와 비등한 전력을 지녔다. 마교는 아니되 요기를 띠는 자들. 그 기가 요사스러워 정신은 정신대로 흩트리고 살은 살대로 베는.

그런 단체를 거느리고 있는 곳은 단 한 곳밖에 없었다.

'극락전(極樂殿)!'

새외무림에서 얼마 멀지 않은 곳이라 대부분이 알지 못하는 백팔극락환마대도 그는 알고 있었다. 그들이 상대라면 이 정도의 무위는 놀라울 것도 없었다.

안 그래도 머리가 복잡한 가운데 정신을 돌아보게 하는 목소리가 있었다.

"백자결. 오늘의 일은 미안하게 되었어. 괜찮은 문파라는 건 알지만 어떻게 하겠나? 상부의 명령인걸."

백자결은 머리가 아득해지는 느낌을 받았다.

새외무림이 이런 작은 시골의 문파를 치는 이유는 단 한 가지밖에 없었다.

'무림제패!'

거기에 생각이 미치자 백자결의 안색이 창백해졌다. 이따위 무리에게 항복할 생각은 조금도 없었지만 이들은 작정을 하고 왔다. 이들이 데려온 백팔극락환마대는 대문파가 아니라면 어찌할 방법이 없었다. 게다가 그런 대문파는 적어도 여기에서 이십여 일 거리. 법보다는 주먹이 가깝다는 말이 이렇게 실감날 수가 없었다.

백자결은 억울함과 원통함이 가득한 얼굴로 우두머리 격인 흑의인에게 호소했다.

"이보시오, 그대들과 원수진 일도 없거늘 이래도 되는 거요?"

백팔극락환마대가 수백문 제자들의 무기를 빼앗고 한쪽으로 몰아넣는 모습을 보며 우두머리가 말했다.

"거사를 이루기 위해서 이런 소소한 일은 그냥 지나치게 되는 거지. 그래서 이렇게 유혈 없이 평화로운 점거를 선택했잖아? 우리들도 양심이란 게 있어. 그러니 걱정 말고 이곳을 잠시 빌려주시지."

말이야 빌려달라는 것이지, 선택권이 자신들에게 없는 것은 당연했다.

"그대들이 이렇게 이유없이 우리 문파를 건드리면 무림맹이 가만있지 않을 게요."

가뜩이나 새외무림에 관심이 많은 무림맹이었다. 수백문 같은 작은 문파야 멸문되든지 말든지 상관없이 새외무림을 해코지할 빌미가 생기면 가차없는 무림맹이었다.

하나 안타깝게도 백자결의 협박은 아무런 영향력을 발휘하지 못했다. 아니, 오히려 우두머리는 빙긋이 웃으며 품속에서 전서 몇 장을 꺼내었다. 모두 자신의 인장이 찍혀 있는 전서들이었다.

"꽤나 훈련이 잘된 전서구들이었는데, 안타깝게 되었다. 지금은 수하들이 잘 구워먹고 있겠지. 그놈들도 몸보신은 해야 하거든."

백자결의 얼굴에 절망감이 서렸다.

"목적이 뭐요?"

"수백문은 이제부터 보급 분기점 역할을 하게 된다. 당연히 거사가 끝나면 조용히 물러나지. 아아, 일이 잘 풀리면 소정의 보상이 있을 게야. 이곳에서 거사가 시작되었으니 그 보상은 적지 않겠지. 기대해도 좋아. 단, 이곳이 우리에 의해 장악되었다는 사실이 외부에 알려지는 날에는 멸문은 물론 구족을 처참하게 죽여 버리겠다."

백자결의 얼굴에서 희망이란 게 일체 모습을 감췄다. 그들은 한번 한다고 말하면 반드시 행한다. 그건 시험해 볼 가치도 없었다. 저들이 협의에 연연하는 인물도 아니고, 마교보다 더하면 더했지 절대로 선한 인간들이 아니었다.

우두머리는 그제야 주위를 보며 소리쳤다.

"무인이 아닌 자들을 모아 한곳에 가두고, 무인들은 다른 곳에 가둬라! 그리고 문주님을 이렇게 박대해서야 쓰겠나. 풀어주시게.”

백자결의 몸이 자유로워지자 우두머리가 다시 말을 이었다.

“잠시 쉬지.”

어느새 마당에 탁자 하나가 마련되어 있었다.

“매일 보는 일출이지만 오늘만큼은 그 기분이 새롭군.”

‘그럴 수밖에. 무림에 발을 디딘 첫날이니……’

속으로 비꼬는 백자결이었다.

“일 년.”

“그게 무슨 말이오?”

“일 년이면 이 모든 고생이 끝이라고. 그때면 무림맹이 해체되고 전 무림이 새로운 질서 아래 새롭게 체계를 잡겠지.”

‘웃기고 있네. 아무리 극락전의 잠재된 힘이 크다 해도 중원무림을 상대할 순 없다!’

백자결의 내심을 읽었을까?

우두머리가 말을 이었다.

“난 극락전의 인물이 아니야. 후후, 알고 있나? 난 여기서 상당히 먼 곳에서 왔지. 뭐, 자세한 건 알 필요 없겠지.”

우두머리는 대수롭지 않다는 어조로 말했지만 듣는 백자결은 상당히 대수로웠다. 극락전의 인물이 아닌 자가 극락전의 핵심 세력을 이끈다는 것은 오로지 한 가지를 의미했다.

‘새외무림의 통합!’

이쯤 되면 이들이 장난을 벌이고 있는 게 아니라는 사실이 피부에 와 닿는다.

“휴우, 오래도 걸리는구먼.”

젊은 목소리치고는 어울리지 않는 말투였다.

그렇게 어색한 대화로 한 시진이 흘렀을까?

우두머리가 갑자기 몸을 일으켰다.

“드디어.”

기척이 느껴지지 않았는데 열린 정문을 통해 들어오는 이들이 있었다. 그들의 수는 족히 수백을 이루었다.

그때 새벽의 공기가 갑자기 한겨울의 것처럼 차가워졌다. 이내 그건 자연적인 현상이 아닌 인위적인 기운이라는 것을 백자결은 눈치 챘다.

‘이런 지독한 한기(寒氣)!’

북해빙궁.

백자결의 머릿속은 하얗게 지워졌다.

그중 그 무리의 우두머리로 보이는 중년인이 흑의인 앞에 서서 고개를 숙였다.

“소궁주님, 수고가 많으셨습니다.”

“늦었군.”

흑의인의 말은 싸늘하기 그지없었다.

“신중에 신중을 기하느라⋯⋯.”

　백자결은 그의 말 한마디에 식은땀을 흘리는 중년인의 모습을 보고는 놀라움을 감추지 못했다. 흑의인 나이의 두 배는 많아 보이는 중년인이거늘…….
　'소궁주?
　언뜻 스친 단어.
　백자결은 정신을 놓아버릴 뻔했다.
　북해빙궁의 소궁주란 말인가!
　그의 기품에 거물인 줄은 알았지만 그 정도로 높은 인물인지는 상상도 못했다.
　"그럼 나는 이마 가보겠다. 백팔극락환마대, 가자!"
　"옛!"
　우렁찬 기합 소리와 함께 요기를 뿜어내던 이들이 일사불란하게 수백문을 나섰다.
　그리고 수백문은 북해빙궁의 인물들에 의해 장악되었다.

　백자결은 이들이 얼마나 이 일을 철두철미하게 준비해 왔는지 알게 되었다. 이들은 쉼없이 정보를 공작했고 정찰 역시 꾸준히 했다. 또 수백문을 방문하는 이들을 미소로 맞이했다. 물론 맞이하는 사람은 보이지 않는 곳만 집중적으로 얻어터져 순종적으로 변한 수백문의 제자였지만, 방문자를 내쫓지 않는 것만으로도 그들의 대담성을 엿볼 수 있었다.
　그리고 한 가지 더.

이 북해빙궁의 인물들이 계속해서 바뀌었다. 어디로 이동을 하는지 계속 새로운 인물이 새로운 무리를 데리고 수백문을 거치고 지나갔다.

그제야 이 일이 얼마나 규모가 큰지를 깨달은 백자결이었다.

이들은 한 문파에서 또 한 문파로 점점 전진해 나가는 것이었다. 뒤의 무리가 도착하면 그 다음 정해 놓은 목적지로 출발한다. 수백을 이루는 무리가 수십 번이나 교체되었음에도 불구하고 충원되는 인원은 줄지 않았다. 오히려 그들의 음기가 강해지는 듯한 느낌을 받았다.

'이들은 자신들의 목적이 뚜렷하다!'

그리고 목적이 뚜렷한 만큼 목적을 이룰 만한 힘을 지니고 있었다.

북해빙궁은 이렇게 점차적으로 무림에 발을 뻗어가고 있었다.

더 이상 호랑이는 누워 있지 않았다.

단가후는 편치 않은 몸으로 직접 문파의 점거에 나섰다. 어차피 자신이야 가만히 지켜만 보면 되는 일. 게다가 원로원에게 조금은 좋게 보이기 위해서는 부상 투혼(?)도 그리 어렵지 않았다.

단가후는 천마혈검대(天魔血劍隊)를 직접 데리고 무림에 나섰다. 이 일을 공식적으로 발표한다면 사파의 절반 정도는 마교 아래로 들어와 복종을 맹세할 것이다. 하지만 원로원이 합류한 이 마당에 그 방법을 선택하진 않았다. 최대한 무림맹의 이목을 피하는 데 목적이 있었기에 작은 문파에서부터 하나하나씩 은밀하게 점거해 나가는 방법. 그는 그 방법을 택했다.

고전적이고 무식한 방법이었지만, 그 효과만은 이미 보증되어 있었다.

부교주가 정보 공작에 직접 나선 지금, 그녀가 무림맹의 이목을 완전히 돌리는 데 성공하는 그날이면 마교가 공식적으로 무림 침략에 나설 것이다. 지금은 최대한 무림 안에 녹아나는 게 목적.

단가후는 조바심을 내지 않았다.

모든 일은 천천히 시작되어야 하고 확실히 끝이 맺어져야 한다.

"흑룡문(黑龍門)이 본 교에 복속되었습니다."

짙은 마기를 뿜는 흑의인이 무릎을 꿇으며 보고했다.

단가후는 흡족한지 미소를 지으며 그를 물렸다.

흑룡문은 그 거창한 이름과는 달리 작은 문파에 불과했지만, 거사의 시작이라는 게 단가후를 달콤함에 적셔주었다.

'길면 일 년.'

이 거사의 끝을 약 일 년으로 잡고 있었다.

이 중원무림을 횡단하는 것만 해도 이, 삼 년이 걸리지만 꼭 중원 전체를 돌아야만 그들을 복속시킬 수 있는 건 아니었다.

무림맹만 해체하면 그 모든 세력이 알아서 기어들어 올 것이다.

절대적인 힘을 보여주면 알아서 숙이고 들어온다.

반발이 있겠지만, 이미 장악된 무림의 절반과 무림맹의 힘 때문에 그들의 반항은 기껏 해봐야 어린아이의 어리광에 지나지 않을 것이다.

'일 년!'

이미 중원무림이 자신의 손안에 들어온 것만 같았다.

이제 한발.

한발을 디딘 셈이었다.

그런 말이 있지 않던가.

시작이 반이라고…….

마교의 세력이 점점 중원무림 안으로 흡수되기 시작했다. 설상가상으로 그 사실을 아는 이들은 마교의 마인들과 그들에 의해 복속된 작은 문파의 힘없는 무인들뿐이었다.

지금의 상황을 극복할 수 없는 그런 미미한 힘을 지닌 이들만…….

용도 더 이상 숨어 있지는 않았다.

제7장

운비소천(雲秘沼天)

임홍이 자신의 애병 붕천패력쌍부(崩天敗力雙斧)를 꺼내 들
었다. 그가 애병을 꺼냄과 동시에 중압감이 더해졌다.

그 외양만으로도 임홍의 모습은 충분히 살벌했다.

거기에 쌍부의 무식함이 더해지자, 보는 이로 하여금 진저
리치게 하는 특성이 있었다.

"셋?"

셋이나 다가오자 임홍도 긴장할 수밖에 없었다. 그중 하나
는 별 볼일 없었지만 둘은 승부를 장담할 수 없는 이들이었다.

"하나."

휘인이 정정해 주었다.

임홍이 그를 돌아보았다.

"둘은 아는 자."

임홍이 특유의 여유를 되찾았다. 그렇다면 나머지 하나 정도야 문제없었다.

"집어넣어."

독고령과 청운의 사이에 오는 자가 적이 아닐 것이라는 휘인의 판단이 있었다.

임홍은 군말없이 쌍부를 다시 등에 멨다.

휘인은 뇌운비를 한 번 돌아봤다.

뇌운비 역시 독고령의 기도를 알아차리지 못했을 리가 없었다. 과연 그가 이 상황을 어떻게 생각할지 궁금했다.

뇌운비는 나무 그늘에서 일어나지 않았다.

현재 휘인 일행은 천라지망이 좁혀졌음을 느끼고는 조금은 편하게 쉬고 있었다. 더 접근해 봐야 그물망에 알아서 들어가는 꼴이었다. 멈춰서 쉬어도 별반 다르지는 않은 상황이었지만, 그래도 걸어서 함정에 들어가느니 편히 쉬다가 맞부딪치는 게 낫다는 생각이었다.

휘인은 시선을 돌렸다.

'청운.'

일이 틀어진 줄 알았더니 무사히 돌아오는 청운이었다. 그의 존재하는 듯 마는 듯한 기도는 이미 친숙했다. 애초에 그를 만난 적이 없었다면 그임을 판단하기 힘들었겠지만, 이미 각인되어 있다시피 한 청운의 기도는 이제 잊혀지지를 않았다.

반 각이 흐르자 그들을 향해 다가오는 세 명의 일행이 보였다. 그때까지도 휘인 일행은 큰 나무 그늘에서 햇빛을 피하고 있었다.

독고령은 상기된 감정을 감추기 힘들었다.

드디어 그가 육안으로 구분이 된다.

무림공적 일행이 천라지망 안에서 편하게 휴식을 취하고 있는 모습은 어딘가 부자연스럽다고 여겨졌지만, 그들의 성격을 떠올려 보건대 꼭 그런 것도 아니었다.

청운 역시 독고령과 그리 다른 기분은 아니었다.

구사일생(九死一生).

자신의 머릿속으로 모든 변수를 고려해 가며 일의 성공률을 십 할로 자신했던 자신이 부끄러웠다. 은연중의 자만심이 이렇게 일을 그르치게 된 원인이라고 그는 생각했다. 그리고 이렇게 무사히 일행과 합류하게 된 것은 모두 하늘의 안배라고 여겼다.

곽소천은 이들과 조금은 다른 감정을 품고 있었다.

곽소천은 세상을 바라보는 자신의 눈을 오만이 아닌 자신감으로 치부했다. 남을 굽어 내려다볼 자격이 자신에게 있는 것은 당연하다고 생각했다. 어린 나이에 하늘의 뜻을 엿볼 수 있는 경지에 이른 것은 분명 자신이 범상치 않기 때문이라 여겼다.

천외천(天外天)이라고 했던가?

곽소천은 말로 형용하기 힘들 정도로 복잡한 감정에 시달리고 있었다.

곽소천의 눈은 휘인에게 닿아 있었다.

특색없는 얼굴이었다. 이목구비가 시원시원한 것 빼고는 특별히 담아둘 부분이 없었다.

그런데 눈이 그에게서 떼어지지를 않는다.

그를 바라보고 있는 것만으로도 힘이 부친다.

곽소천이 지금껏 태어나서 단 한 번도 느껴본 적이 없는 감정이었다. 겨루어서 참담하게 패하지 않고서는 누군가에게 절대로 굽힐 일이 없을 것이라 생각하고 있던 그였다.

눈빛만으로 자신을 제압할 인물은 없을 것이라고 생각하던 그였다.

그의 가치관은 큰 수정을 필요로 했다.

'뇌 오라버니!' 하고 방긋 웃으며 뇌운비의 품에 파고들 것만 같던 독고령은 이상하게도 머뭇거렸다. 많은 이들의 앞이라 부끄러움을 타는 것일까? 이전의 그녀를 생각하면 그건 말도 안 되었다. 그렇다면 그녀가 인사도 못하고 저렇게 쭈뼛쭈뼛하게 가만히 서 있는 건 어떤 이유에서일까?

‘참 여자란 알 수 없군.’

알다가도 모르는 게 여자라고 휘인은 생각했다.

휘인의 눈은 그 옆에 서 있는 적포의 사내에게로 돌려졌다.

‘영웅들의 시대.’

적응이 되지를 않는다.

현경의 경지에 든 이들은 분명 한 손으로 꼽을 수 있는 절대강자들이었다. 그런 강자들이 대거 모습을 드러내고 있다는 건 분명 이 세상이 범상치 않게 돌아가고 있다는 것을 의미했다. 난세에 영웅들이 떼거지로 나타난다는 말을 듣기는 했지만, 이렇게 정작 제 눈으로 보게 되니 영 적응이 되지를 않는다. 다만 그들을 볼 때마다 난세라고 되뇔 뿐이었다.

‘이렇게 한 세대가 교체되면 이들이 과연 어떤 경지를 바라보고 있을까?

이제 겨우 이십대 초반의 이들이었다. 영웅의 기상을 품고 태어나고, 그에 걸맞은 기연을 얻어 지금의 경지를 얻게 된 천하의 기재들이었다. 이들이 세월이 주는 경험까지 얻게 된다면, 이들의 한계가 과연 어디까지인지를 감히 추측할 수 있는 사람은 없었다.

그리고 이들이 성장하여 이끄는 무림이 과연 어떤 무림일지 심히 궁금하다.

‘아니, 이들이 이 난세를 헤쳐 나갈 수 있으려나?

문득 그런 생각이 들었다.

영웅의 기상을 품고 태어난 만큼 그에 걸맞은 운명을 지니고 있을 것이다. 그리고 분명 평범한 운명은 아닐 테고…….

단명을 한다 해도 이상할 게 없었다.

'이 난세를 무사히 넘길 수 있는 이는 과연 누가 될까?

고적에도 나온다.

난세에 등장하는 인물들은 하나같이 영웅이란 칭호가 부족하지 않았다. 인간적인 면에서나 능력적인 면에서나 부족한 점이 없는 이들. 그들이 바로 난세에 태어난 영웅들이었다.

하지만 정작 영웅으로 후세에 이름을 남기는 이는 한 명에 불과했다.

그 어떤 인재들도 모두 제치거나 수하로 두고 난세를 무사히 넘기는 자! 그자가 바로 만인에게 기억될 진정한 영웅이었다.

그 과정에서 요절하는 영웅들도 있었고 숭고한 죽음을 맞이하는 영웅들도 있었다. 모두가 영웅이지만, 세인들이 기억하는 영웅은 마지막에 남는 단 한 사람의 영웅이었다.

그렇게 생각하는 휘인은 마음이 조금 착잡해졌다.

그 이유는 찾기 힘들었지만, 그런 감정이 든 것은 확실했다. 그들에 대한 동정? 자신에 대한 연민? 이유야 어떻든, 분명 앞날에 대한 걱정이 이 감정에 내포되어 있으리라.

그때 임홍이 휘인에게 말했다.

"원래 이렇게 어색한 사이?"

휘인은 그런 임홍을 보며 어깨를 으쓱했다.

순간 바람이 한차례 지나갔다.

강풍이라고 하기에는 말에 어폐가 있었지만, 머리가 휘날릴 정도의 바람이었다.

새로운 운명을 알리는 바람이었을까?

그 운명이 어떤 운명인지는 누구도 알 수 없었다.

잠시의 시간이 지나고 독고령이 입을 열었다.

"뇌 오라버니, 잘 지내셨어요?"

뇌운비는 그런 그녀를 쳐다보지도 않았다.

"왜 여기까지 왔지?"

사지에 제 발로 들어온 그녀를 이해할 수 없다는 어투였다.

독고령은 힘없이 웃었다.

"그거야 오라버니와 똑같은 이유에서죠."

"……."

예상치 못한 반박이었는지 뇌운비는 할 말을 찾지 못했다.

하지만 그대로 패배를 시인할 그가 아니었다.

"난 그래도 짐이 되지는 않……."

너의 무공은 형편없으니 도움이 되지 않는다는 말을 하려던 모양이었다.

독고령은 그가 말을 마치지 않은 것은 자신에게 미안한 감정을 품고 있어서라고 생각했다. 짐인 것은 사실이지만 그 말을 그대로 본인에게 하는 것은 무인의 자존심을 건드리는 일이기 때문에…… 아무리 뇌운비라도 함부로 말하지 못하리라고 생각했다.

하지만 정작 뇌운비의 생각은 달랐다.

'과연 나는 짐이 아닌가?

과연 자신이 그런 말을 할 자격이 있는지 생각하게 되었다. 지금껏 궂은일은 모두 임홍이 도맡아서 하고 있었다. 자신이라고 못할 이유는 없었지만, 자신이라면 조금은 벅찰 그런 일들을 임홍은 꽤 수월하게 해내고 있었다.

그렇기에 조금은 열등감을 느끼는 뇌운비였다.

그뿐만 아니라 자신이 독고령까지 불러들이지 않았던가.

그녀의 자의에 의한 일이라고 할 수 있었지만, 결국에는 자신 때문에 그녀가 그렇게 선택한 것 아닌가. 안 그래도 짐인 마당에 또 하나의 짐을 불러들였다.

뇌운비는 입을 꾹 다물었다.

그 부분에 대해서는 독고령을 나무랄 자격이 없었다.

청운은 어느새 휘인 옆에 앉아서 그늘을 즐기고 있었다. 그 어떤 감정도 담고 있지 않아 멍한 느낌을 주던 눈빛이 순간 평온함을 담았다. 하지만 그 평온함마저 금세 모습을 감췄다.

뇌운비는 입이 근질거렸는지 기어코 다른 화제를 문제 삼았다.

"넌 왜 제삼자를 이곳에 데려왔지?"

곽소천을 의미하는 것이었다.

순간 곽소천의 광기 어린 눈빛에 살기가 스쳐 지나갔다. 순간 섬뜩한 뇌운비였지만 애써 놀란 가슴을 진정시켰다.

'하나같이 만만한 놈이 없어.'

정말 적잖게 놀라는 뇌운비였다.

상대가 더 높은 경지를 이루었다고 해서 꿀릴 뇌운비였던가?

절대 아니었다.

독고령이 마땅한 대답을 찾지 못했다.

오히려 목숨 걸고 찾아온 자신을 다그치는 뇌운비가 야속했다. 반가움의 포옹을 바라는 것은 아니었지만, 이건 조금 너무한 처사가 아닌가 싶었다. 하지만 따지고 보면 분명 그가 자신을 반가워해야 할 이유는 없었다.

안 그래도 이들의 상황은 좋지 않았고, 이 순간에도 악화되고 있었다.

그렇게 복잡하게 자신의 상황을 정리하던 독고령은 문득 자신들과 함께 이 일을 도모했던 일행이 떠올랐다.

'화린!'

그녀도 분명 자신들처럼 천라지망을 뚫고 안으로 들어오려는 위험천만한 일을 꾸몄었다. 범상치 않은 노인네를 중간에 만났지만, 제갈손의 얼굴을 하고 있는 기인의 도움을 받아

이렇게 여기까지 오게 된 것이다.

독고령은 휘인에게 말했다.

"화린, 그녀는 여기에 오지 않았어요? 저희랑 같이 출발했는데……."

독고령은 황급히 입을 가로막아야 했다.

휘인.

그 어떤 상황에도 부동심을 지키던 그가 감정의 변화를 일으켰다.

공포.

자신의 전신을 떨게 하는 게 공포라는 걸 인지하는 데에는 한참이 걸렸다. 그리고 그 기운이 휘인의 몸에서 은연중에 흘러나왔다는 사실을 알아차리는 데에는 그만큼의 시간이 더 걸렸다.

'그가 변했다.'

그 사실을 눈치 채는 데에는 순간밖에 걸리지 않았다.

휘인은 자신의 심기가 불편하다는 사실을 저런 식으로 표출하지 않았다. 그냥 무시하는 그런 담담한 유형이었다.

'아니, 보통의 일로는 심기가 불편해지는 일도 없었지…….'

따지고 보면 지금껏 그가 기분 상한 모습을 보인 적이 없는 것 같기도 했다.

그런데 분명 지금은 자신에게 화를 내고 있었다.

그 무서운 기세는 순간적으로 사라졌다.

뇌운비가 눈에 쌍심지를 켜고는 독고령을 노려봤다.

그 모습에 그녀는 고개를 들지 못했다.

분명 독고령이 알기론 휘인은 화린을 아끼고 있었다. 믿어 의심치 않았는데, 도대체 왜 그녀의 이야기에 그가 이렇게 민감하게 반응할까.

고민하던 중 독고령은 자신이 중요한 사실을 하나 간과하고 있었다는 것을 깨달았다.

'……무림공적.'

휘인이 왜 무림공적이 되었는지를 순간 잊었었다. 아니, 단 한 번도 중요하게 생각한 적이 없었다.

'이런 바보 같은…….'

독고령은 자신의 미흡함을 책망함과 동시에 어떻게 그렇게 중요한 사실을 간과할 수 있었는지 기억을 더듬었다. 분명 자신은 무림공적 공표 사실을 가장 가까이에서 들은 이들 중 하나였다. 그런데 별로 걱정하지 않았다.

무림맹주를 죽인 사실도, 휘인이 무림공적이 되었다는 사실도 크게 걱정하지 않았다.

'휘인이기 때문에?'

그를 가까이에서 봐왔기에 그가 풍겨내는 기도와 분위기가 그 어떤 것에도 흔들리지 않으리라는 것을 알았다. 하늘이 무너져도 그의 무표정은 유지될 것이라고 확신한 적도 있었다.

휘인은 그런 독고령을 보며 머리를 짚었다. 복잡해진다.

'왜 그녀가 오려고 했지?'

그녀의 목적을 찾으려 했지만 역시 본인이 아닌 한 알 수 없었다.

결국 독고령과 곽소천이 선택한 것은 그늘에 몸을 맡기는 것이었다. 휘인 일행이 딱히 불만을 표시하지 않자 그들은 그렇게 앉아 있었다.

독고령은 뇌운비를 계속 뒤돌아봤다. 어째서 자신이 그렇게 앞뒤 가리지 않고 여기까지 왔던가. 천라지망을 뚫었던 때를 떠올려 보면 피식 웃음이 새어 나온다. 그래도 어쨌든 이렇게 뇌운비와 재회하니 기분이 좋은 독고령이었다.

그때 처음으로 곽소천이 입을 열었다.

"내가 끼어들 일은 아니지만, 원래 이렇게 여유로운가?"

그들이 쉬고 있는 모습을 보자 조바심이 난다. 시간을 너무 지체하는 게 아닌가 싶기도 했다. 천라지망을 뒤흔들어 도망갈 틈을 벌어놔도 힘든 상황인데, 이렇게 느긋하게 쉰다?

"네 말대로 네가 끼어들 일은 아니지."

까칠한 음성의 주인공은 뇌운비였다. 곽소천이 마음이 안 드는 뇌운비였다. 독고령과 같이 왔다는 사실과 함께 자신보다 뛰어난 무공을 지녔을지도 모른다는 사실이 불편했다.

"일단 천라지망의 안으로 들어온 것부터가 무림공적과 일행으로 치부된다. 그러니 나에게도 기회는 주어지지 않나?"

잠자코 지켜보던 휘인이 입을 열었다.

"믿을 수 있는 사람이라는 전제 조건하에서."

너는 믿을 수 없다는 말이었다.

"날 못 믿겠다는 건가?"

자신이 지금껏 누군가에게 판단을 받아본 일이 있었던가? 항상 자신이 남을 평가하고 가치를 판단했다. 그런 자신의 위치를 당연하게 생각했다. 그런데 이제는 다른 누군가가 자신의 신뢰성을 의심한다?

곽소천의 눈꼬리가 위로 올라갔다.

"우리가 오는 대로 받아주는 그런 헤픈 일행인 줄 알았냐?"

곽소천이 뇌운비를 노려봤다. 계속 자신의 말에 토를 다는 그가 마음에 안 들었다. 그와 단둘이 있었다면 출수했을 정도로…….

"그럼, 나의 자격을 증명할 방법은 있나?"

곽소천의 몸에서 섬뜩한 기도가 흘렀다. 무력에 있어서는 그 누구에게도 지지 않는다는 자신감이 느껴졌다.

"목적."

"……?"

"천라지망을 뚫고 무림공적의 일행에 합류하겠다는 그 무모함은 어디에서 나오는 거지? 돈이면 목숨이라도 내줄 수 있는 낭인도 천라지망이라면 고개를 젓는다. 그런 천라지망에 제 발로 들어온 네 목적이 무엇이냐.”

휘인의 안광이 번뜩였다.

어지간한 무인이라면 오줌을 지릴 정도로 섬뜩한 안광이었다. 하지만 곽소천은 어지간한 무인이 아니었다. 오히려 그는 그 안광에 지지 않으려고 천천히 기를 끌어올리고 있었다.

‘목적.’

곽소천은 항상 자신의 앞날을 철저하게 계획해 왔다. 그 부분에서는 휘인과 크게 다르지 않았다. 위치가 위치이다 보니 그는 치밀한 계획 없이는 일을 시행해 가지 않았다. 항상 자신의 계획에 맞춰서 일을 주도해야 비로소 혈궁에서 자신이 제법 괜찮은 위치라는 것을 실감할 수 있었다.

분명 이런 행동은 계획에 없었다.

그냥 이끌리는 대로 행동했고, 이곳까지 도달했다.

“목적은 없소.”

이 무림공적 일행에게 자신은 아무런 위치에 있지 않았다. 오히려 이들에게서 쫓겨나지 않으면 다행.

곽소천은 그제야 말에 격식을 갖췄다.

“홍, 그 말을 믿으라는 거냐?”

뇌운비가 비아냥거렸다.

머리에서부터 발끝까지 마음에 드는 게 없는 놈이었다.

“굳이 목적을 찾자면, 살아나는 것 정도?”

"그럼 애초에 이곳에 발을 디디지 말았어야 하는 것 아니
냐?"

"……."

그쯤에서 할 말이 없어졌다. 자신 역시 아직 명확하게 그
이유를 찾을 수 없었다. 자신이 언제부터 본능을 따라 행동을
하게 되었는지…….

그러다 문득 독고령의 초조해하는 모습이 잡혔다.

"호기심. 아마 이곳에 발을 디딘 유일한 이유는 호기심 때
문일 것이오. 과연 전 무림을 격동하게 하는 이들이 누구인
지, 그리고 그들은 어떤 모습을 하고 있는지…… 이 모두가
궁금해서 나도 모르게 발을 뻗은 것 같소."

잠시 정적이 흘렀다.

"괴물들인 줄 알았더니 그건 아닌 것 같소."

능청스럽게 농까지 던지는 곽소천이었다.

'곽소천에게 이런 면이 있을 줄이야.'

독고령이 아는 곽소천은 말이 없는 사람이었다. 가끔 언뜻
언뜻 떠오르는 광기 어린 눈은 그가 위험천만한 사람이라는
사실을 알려줄 뿐, 그 외의 정보는 전혀 알아낼 수 없었다.

하지만 분명한 건 그가 사교적인 인물은 아니라는 것.

똑같이 말이 없어도 휘인은 포근한 느낌을 주어 친근감이
들었지만, 곽소천은 섬뜩한 느낌을 주어 저절로 거리를 두게
한다.

한편으로 그런 그가 이렇게 농을 던진다는 건 그만큼 이 상황이 편치 못하다는 것을 의미하기도 했다.

곽소천을 분위기만으로도 제압하는 사내.

그가 바로 휘인이었다.

"그런 같잖은 변명을 믿을 것 같으냐?"

뇌운비는 작정하고 곽소천을 몰아세우는 듯했다. 그런 그의 반응에 곽소천은 씁쓸한 표정을 지어 보였다.

"믿지 않는다면 나도 어쩔 수 없소. 내가 할 수 있는 변명은 이 정도에 불과하니까. 하지만 나도 이제 돌아갈 데가 없소. 기왕 천라지망의 안에서 헤매는 것, 같이 헤매는 게 어떻소?"

뇌운비가 다시 그의 성질을 발동시키기 전에 휘인이 입을 열었다.

"단 하나의 조건 아래에서 그대의 합류를 인정하겠다."

"……?"

그 어떤 조건이라도 곽소천은 받아들일 준비가 되어 있었다. 왜 자신이 이 일행의 합류에 매달리는지는 몰랐으나, 분명 그렇게 해야 할 것 같은 느낌이 들었다. 그리고 이제는 정말 자신을 받아줄 곳이 없었다. 무림공적 일행과 접촉한 그 사실만으로도 자신은 이들과 끊을 수 없는 고리를 만든 셈이었다.

"우리의 행동에 반하는 뜻을 보여서는 안 돼. 또 나의 지시에는 모두 순종하도록."

수하가 되라는 말이었다.

'수하라……'

수하라면 자신의 아래 수천이 떼를 이루고 있었다. 그 수하들 중에서 지긋한 나이의 노인도 있었고 중년인도 많았다. 하나같이 날카로운 기세를 자랑하는 고수들이 자신의 발아래 무릎을 꿇었다. 그런데 자신은 더 이상 만인지상(萬人之上)의 자리에 있는 곽소천이 아니었다.

세력이라고 할 것도 없는 개인의 발아래 자신이 꿇게 생겼다.

"싫은가?"

휘인의 눈이 번뜩였다.

"임시적인 게요?"

휘인은 고개를 끄덕였다.

"이 지긋지긋한 천라지망에서 벗어나는 그 시점에서는 목적이 달라지니 상관없다. 다만 뜻이 같은 지금, 나의 지시를 절대적으로 따라야 한다. 그렇게 맹세해야만 합류를 허락하겠다."

곽소천과 휘인이 눈빛을 교환했다.

그때 휘인의 오른손이 뻗었다.

"그래도 좋은가?"

곽소천이 피식 웃었다.

“좋소.”

둘은 그렇게 손을 흔들었다. 계약의 성립이라는 뜻이었다.

곽소천은 자신이 왜 이렇게 한없이 흔들리는지 알 수 없었다. 가만히 머리를 굴려서는 그 답이 나올 것 같지 않았다. 비록 자존심이 조금 상한다고 해도 그 답을 알 수 있다면 기꺼이 휘인 아래 들어갈 수 있었다.

휘인의 무서운 점은 여기에 있었다.

자존심이 강한 그 어떤 자도 굽힐 수 있게끔 하는 묘한 능력. 예로부터 그러한 능력은 덕(德)에서 비롯된다고 했다. 덕이 있는 자에게 사람이 모여드는 것은 당연했고, 비록 그자가 뛰어나지 않아도 다른 이들이 무릎 꿇기를 주저하지 않았다고 한다.

하지만 휘인의 그런 마력은 덕에서 나오지 않았다.

오로지 절대적인 힘!

눈빛만으로도 상대를 제압할 수 있는 힘에서 그의 모든 마력이 생성되었다.

‘운명은 복잡하게 엉킨 실타래와도 같다……’

실의 처음과 끝은 눈에 선하다. 하지만 그 처음에서 끝으로 잇는 길은 한없이 복잡하게 엉켜 있어 어떻게 끝에 도달해야 하는지 아득하기만 했다. 어쩌면 중간에 그 실이 끊어져 있어, 애초부터 끝에 도달할 수 없는 것일지도 모른다는 생각에 운명을 포기하게 만들 정도로 해결 방법이 떠오르지 않는다. 자신이 풀고 있는 매듭이 과연 올바른 방향을 향하는지를 판단해 주는 잣대는 오로지 자신의 육감이었는데, 그 육감마저도 지금은 제 기능을 상실했다.

휘인은 하늘을 올려다봤다. 하늘이라면 자신의 복잡한 운명의 실타래를 조금이라도 풀어주지 않을까? 하늘에는 그 길이 제대로 보이지 않을까? 천리라는 건 읽히는 게 아니라 주어지는 것이라는 사실을 휘인은 잘 알고 있었다. 자신이 원해서가 아니라, 하늘이 원해야만이 하늘의 뜻을 엿볼 수 있다.

자신의 성격이 변한 것을 모르지 않았고, 이전의 자신이라면 하지 않았을 법한 행동을 하고 있다는 사실도 모르지 않았다.

이전의 자신과 지금의 자신은 목적이 다르다.

목적이 다른 이상, 그 행동이 다른 건 당연했다.

그렇게 당연함에도 불구하고 마음속 한편으로는 찝찝한 느낌을 지울 수 없었다. 그 찝찝함은 단 한 가지에 대한 무지에서 비롯되었다.

'과연 내가 가는 길이 옳은 길인가?'

옳고 그름.

그만큼 모순이 되는 게 있을까?

옳고 그름은 철저하게 인간의 기준에 의해서 구분되었다. 누가 먼저 옳고 그름을 구분해 놓았는지는 모르지만, 옳은 것은 좋은 것이었고 그른 것은 나쁜 것이었다. 태어나서부터 지금까지 귀에 못이 박히도록 세뇌당한 대중의 가치관. 세대와 시대를 불문하고 이 이치는 존속해 왔다.

그렇게 오랜 세월을 인간과 같이해 온 옳고 그름이었지만, 그 차이가 종이 한 장의 차이보다 미세하여 상황에 따라 옳은 게 그른 게 될 수 있었고, 그른 게 옳은 게 될 수도 있었다.

모두 바라보는 눈에 의한 차이였다. 관점과 가치관의 차이…….

이렇듯 자신의 자문 역시 어리석었다. 어리석지만 그 부분에 대해 고민하지 않을 수 없었다. 조금은 흔들리는 자신의 마음을 바로잡기 위해서는 그 이외의 방법이 없었다.

'누군가의 입장에서 나의 선택은 옳은 방향으로 향하고 있고, 다른 누군가의 입장에서 나의 선택은 그릇된 방향으로 향하고 있는 셈이겠지.'

휘인의 고민은 오래가지 않았다.

'내가 옳다고 생각하면 옳은 것이고, 그릇된 것이라 생각하면 그릇된 것이다.'

극 이기주의라고 하는 사람들이 있겠지만, 그래 봐야 이 세상은 모두 자기 중심으로 돌아간다. 자신에게 가장 중요한 것은 결국에 자신이다. 자신 없이는 이 세상이 존재할 수가 없다. 만약 자신에게 생명이 부여되지 않았다면 이 세상이 존재했다는 사실을 알았을까? 자신이 없었다면 자신의 가족이 존재할까? 그 어떤 소중한 것도 자신과 연관된 그 고리가 끊어지면 일 푼만큼의 의미도 가지지 않는다.

사람은 이기주의를 벗어날 수 없다. 자신보다 가족이 소중하고 무공이 소중하다고 하는 얼간이들도 있지만, 결국에는 자신의 가족, 자신의 무공이 소중한 것이다. 거기서 자신이 빠지면 남남만큼의 의미밖에 가지지 못한다.

남의 시선보다는 자신의 생각이 중요한 것이다.

이것이 휘인의 가치관이었다.

지금의 휘인을 있게 한, 그리고 앞으로의 그를 이끌어줄 그런 가치관.

타협하는 인생이라고는 눈곱만치도 모르는 꽉 막힌 벽창호.

그 가치관이 이런 상황을 가져다주었다.

세상 살기에는 참으로 고달픈 가치관.

그럼에도 불구하고 휘인이 지금의 상황에 굽힐 생각이 없는 것을 보면 그 가치관이 제대로 쐐기가 박혀 있나 보다.

남(南) 천라지망은 광안(廣安)에 포진한 채 그 자리를 고수하고 있었다. 천라지망의 특성상 그 움직임은 모두 무림공적에 의해 변형되고 맞춰진다. 개방은 무림공적의 정확한 위치와 이동 경로를 지속적으로 전달하고, 그 분석된 정보를 받는 천라지망 책임자는 경로에 맞춰 천라지망의 위치를 잡는다.

무림공적의 경로가 살짝만 틀어져 점점 멀어질수록 일직선상에 큰 변화를 보이기 때문에, 항상 긴장을 늦추지 않고 준비되어 있어야 했다. 그렇기에 역대 천라지망 구성원들이 예전의 기억을 떠올릴 때 발에 땀이 나게 뛰었다는 것 이외에는 딱히 사건이라고 할 게 없었다고 한다. 애초에 천라지망을 오랫동안 버텨낼 극강의 고수가 없었기 때문이다.

어쨌든 휘인이 광안을 향해 직진하고 있었기 때문에 그 고생이 덜어졌다. 따지고 보면 참으로 고마운 무림공적이었지만, 한 가지 의문을 덜 순 없었다. 그로 인해 머리를 굴리는 수뇌부는 긴장의 끈을 쉽게 놓을 수 없었다.

'정말 정면 돌파가 가능하다고 생각하는가!'

파천도는 그들의 무위를 떠올렸다.

회상하는 것만으로도 충분히 진저리가 쳐지는데, 그 회상이 다시 눈앞에 펼쳐진다면?

이럴 때야말로 숫자가 무의미해 보였다.

그와 같은 고수를 상대할 때 숫자는 정말로 허수아비에 지나지 않았다. 그런 허수아비는 상대의 체력을 고갈시키는 데 효력을 발휘할 수 있겠지만, 그 대가로 목숨을 내주어야 한다는 것.

또 그 허수아비들이 죽기 살기로 무림공적에게 덤벼야 하는데, 이미 그들의 뇌리 깊숙한 곳에 박힌 공포가 제대로 된 대응은커녕 사고조차 마비시키기 때문에 발휘할 수 있는 효력도 최소화된다.

쓸모가 없다는 소리.

수천, 수만이면 뭐 하나. 그중 제대로 된 고수는 별로 없다. 유일한 희망이 있다면 전대 고수들. 하지만 이미 그중 한 사람은 죽었고 한 사람은 중상을 입었다. 두 명이 전투 불능. 다섯 사람 중 이제 세 사람이 남은 상황이다. 그 세 사람에다가 화경 급의 고수를 더하자면 자신을 포함하여 열 명가량이 된다.

전대 고수들은 화경의 극에서 현경의 초입을 보이는 그야말로 무신(武神)들이었지만, 어째서인지 휘인의 그늘에 가려져 상당히 왜소해 보였다. 분명히 예전 같았으면 무림의 저력에 감탄을 하다못해 숭배했을 자신이었지만, 지금은 흥이 나지 않았다.

오히려 휘인을 숭배하고 싶을 정도였다.

파천도는 남 천라지망을 쭉 둘러봤다.

긴장된 분위기 가운데 예리한 안광을 뿜어내는 무림인들. 감탄이 나올 정도로 질서정연한 가운데 한 치의 방심도 없었다.

그래도 안심이 안 된다.

앞에 그림자라도 스쳐 가는 순간에는 저 예리함마저 무뎌지고, 무리가 발산하는 압도적인 기세도 흩어진다. 이미 휘인은 천하제일고수를 이긴 실력자로 그들의 마음에 자리매김했다.

처음에는 독이나 암수로 치부했지만, 지금의 상황에서는 그 판단이 얼마나 어긋났는지 쉽게 알 수 있었다.

그는 진짜다.

악랄한 독수나 암수를 쓰는 마인이 아닌 진정한 무인이었다.

어쩌면 현경의 극에 달해 있는 자.

그리고 그에 걸맞은 동료들.

파천도는 생각하면 할수록 어째 머리가 더욱 지끈거리는 것만 같았다.

상황을 타개할 방법을 찾아야 하는데, 도대체 어디에서부터 그 방법을 찾아야 할지 갈피를 잡지 못했다.

어둠이 감싸는 동굴 가운데 출구를 찾는 느낌보다 막연하고 절망적이다.

"아이야."

누군가가 파천도를 불렀다.

파천도는 화들짝 놀랐다.

누가 과연 자신을 아이라고 지칭할 수 있겠는가. 이제 세수 오십을 넘어섰거늘!

"부르셨습니까."

중년의 모습에 젊은이에 지지 않는 근육, 아니, 오히려 그들보다 더욱 역동적인 모습의 터질 듯한 근육의 소유자가 왜소하기 짝이 없는 노인에게 고개를 숙이며 예를 차리는 모습은 어딘가 모르게 어색해 보였지만, 서로는 그 상황을 당연하게 받아들였다.

노인은 바로 태상검(太上劍) 전휘였다.

연배로 따지면 고(故) 무림맹주에게도 지지 않는 현존하는 최고 배분의 노고수였다. 그리고 그 세월이 흐르는 동안 노후하기는커녕 더욱 무서운 기세를 뿜어내는 무인 중 무인이었다.

"무림공적 일행이 몇 시진 거리에 있는고?"

"약 두 시진 거리에 있습니다. 한 시진 내내 그 자리를 고수하고 있다고 합니다."

"한 시진씩이나?"

"예."

"그들이 그곳에 한 시진씩이나 머무는 이유가 있는가?"

"죄송합니다. 무림공적 일행의 무공이 출중하여 개방의 장로들마저도 육안으로 파악되는 경계 부근에서만 그들을 조심스럽게 엿보기 때문에, 그들이 정확히 무엇을 하는지는 알 수 없습니다. 다만 위치를 추정해 보건대 나무들만 듬성듬성 심어져 있는 평지에 머무르고 있다고 합니다."

"흐음."

전휘는 침음성을 흘렸다.

무림공적 일행은 자신의 상상을 초월했다. 이건 가벼운 나들이가 아닌 목숨을 건 사투가 될지도 몰랐다. 이 정도의 수를, 그리고 자신의 경지를 위협하는 일행이 있을 것이라고 생각이나 해봤던가. 비록 역으로 뚫었기에 방심 중이었다지만 천라지망을 지나 무림공적의 일행에 합류한 두 명을 포함하여 여섯. 겨우 여섯에 지나지 않는 일행 때문에 자신들이 이렇게 쩔쩔매야 한다?

'무인으로서의 자존심이 운다.'

물론 전휘도 자신이 있었다.

천라지망?

자신 정도면 우습게 뚫을 수 있었다. 아니, 우습게까지는 아니고, 남 천라지망이라면 어떻게 지나쳐 올 수 있다. 천라지망이 비록 대규모라지만 결국에는 인간이 펼치는 것이기에 인간이 뚫을 수도 있다.

자신이 휘인보다 못하다는 생각을 한 적은 단 한 번도 없었다. 그럴 생각도 없었고, 그럴 필요도 없었다. 듣는 바론 그는 나이가 어렸다. 자신이 이미 현경을 이루고 더욱 깊은 경지로 들기 위하여 폐관수련에 들어간 것도 모자라 삼십 년이 흐른 그때야 그가 태어났다.

그런데 그가 자신보다 높은 경지에 들었다?

이건 그야말로 헛소리다.

'정면 돌파.'

상대의 의도는 정면 돌파가 명확하다.

그렇다면 대처 방법은 하나.

눈에는 눈, 이에는 이.
자신있다.
"아이야, 이렇게 하면 어떻겠느냐?"

제8장

용호상박(龍虎相搏)

"준비하도록."

공기에서 느껴지는 중압감. 그 어떤 때보다도 강하게 어깨를 짓누르고 있었다. 이건 일인이 낼 수 있는 기세가 아니었다. 적어도 수백, 아니, 수천은 되어야 이러한 중압감을 자아낼 수 있었다.

멀지 않은 곳이다.

멀지 않은 곳에서 그들이 온다.

휘인의 말이 아니더라도 이미 그들은 자신들의 병기를 꺼내놓고 있었다.

뇌운비는 두 주먹을, 독고령과 곽소천은 검을, 임홍은 그

위용만으로도 무시무시한 붕천대력쌍부를 꺼내 들었다.

기세만으로는 그들도 지지 않는다.

휘인이 가장 앞에 섰고 임홍이 왼편에, 그의 오른편엔 뇌운비가 서 있었다. 자연스럽게 독고령은 뇌운비의 뒤에 섰고 곽소천은 독고령의 왼편에 섰다. 그리고 청운은 맨 뒤를 지키고 있었다.

독고령의 눈에 초조함이 깃든다.

그 누구도 천라지망을 정면으로 맞서지 않았다.

초조하지 않다고 하면 그건 거짓말.

손끝이 미세하게 떨린다.

적당한 긴장은 좋았지만 이 정도는 지나쳤다. 사고를 정지시키니까.

그때 뇌운비가 그녀를 돌아봤다.

비웃는 듯한 눈매. 그건 정말 그가 그녀를 비웃는 게 아니라 그의 습관이었다. 하나 눈은 웃고 있는데 어째서인지 걱정이 서려 있는 느낌을 받았다. 뇌운비의 마음이 그녀에게 전해진 것일까?

독고령은 빙긋 웃었다.

'걱정하지 마. 나도 내 한 몸은 지켜.'

말은 오가지 않았다.

눈빛만으로도 충분했다.

"흥."

뇌운비가 코웃음을 치며 고개를 돌렸다.

'부끄러운 모양이야?'

독고령이 웃음을 참았다.

문득 보니, 손이 더 이상 떨리지 않는다.

'긴장을 풀어주려고 했구나.'

내심 그가 고마운 독고령이었다.

'어쨌거나, 이제부터는 힘들겠지.'

수천의 군웅들.

여섯 명으로 천라지망을 막아선다.

이건 무림의 역사에 남을 만한 일이었다.

드디어 육안으로 구분이 갈 정도로 가까워졌다. 무려 두 시진의 거리를 좁혔다. 아직도 까마득히 멀기는 했지만, 육안으로 구분이 간다.

천라지망은 그곳에서 멈췄다.

천라지망의 앞에는 실세들과 매화검수들이 대기했고, 그 앞에는 진효랑, 제갈손, 파천도, 강백, 그리고 전휘가 섰다.

아직까지 동서북 천라지망이 도착하려면 세 시진가량은 남았다. 이건 전적으로 전휘의 의견이었다. 애초에는 다른 천라지망이 거리를 좁혀오는 것을 기다려야 했는데, 전휘는 정면충돌을 원했다. 그들이 무림공적을 막아서지 못하면 인원수가 아무리 많아도 그 결과에는 차이가 없다는 생각에서였다.

당연히 파천도는 그의 의견에 반론을 펼치지 못했고, 반박의 여지도 없었다. 전휘가 휘인을 막아서지 못하면 그 어떤 전대 고수도 그를 막아낼 수가 없다.

파천도는 그 사실을 잘 알고 있었다.

이 일이 실패로 돌아가면 무림맹의 문책을 피힐 수 없시 뇌지만, 실패할 리가 없었다.

전휘.

그가 돌아가신 무림맹주의 자리를 대신할 절대고수였다.

파천도는 그를 보며 가슴이 부풀어 올랐다.

'그래, 이분이다. 무림의 악몽을 산산조각 내줄 수 있는 유일한 인물!'

내부의 공포가 싹 가신 듯했다.

"어떻게 할 생각이십니까?"

파천도가 조심스럽게 전휘에게 물었다.

파천도의 눈은 무림공적 일행에게 닿아 있었다. 이 거리에서 보일 듯 말 듯했다.

"확실히 드문 인재로군."

풍채가 당당하다.

수천의 군웅을 마주하면서도 매서운 안광이 여기까지 닿는다.

흔들림이 없다.

파천도가 다시 조심스럽게 말했다.

"확실히 보기 드문 청년입니다."

그렇게 말하는 그의 이마에 땀이 흥건했다.

자신이 그를 평가할 입장이나 되었던가? 연륜으로 보면 그렇다고 할 수 있지만, 무림에서 연륜보다는 무공이 더욱 높게 쳐졌다. 따지고 보면 자신이 이렇게 그에 대해서 평가하는 것이 우스웠다.

그리고 이런 열등감을 느껴야 하는 자신도 우스웠다.

"저 아이들이 누구인지 아느냐?"

구성원 하나하나가 어리고 특출났다.

이 모두가 하늘에서 내려왔나 땅에서 솟아났나, 궁금할 수밖에 없는 그였다.

파천도는 그제야 그들을 훑어보기 시작했다. 어째서인지 휘인을 바라보기도 조심스러워 그럴 겨를이 없었다. 눈을 피하기도 급급한데 정면으로 마주 보는 건 그에게 있어 부담으로 다가왔다.

천하의 파천도가.

검객에 비해 그 수가 적어 항상 일종의 열등감을 느끼는 도객이라면 누구나 숭상하고 그 호탕함에 반하는 젊은이도 많은 바로 그 파천도가, 한낱 이십대 젊은 무인의 눈을 정면으로 바라보지 못한다.

하지만 어쩔 수 없었다.

아직도 잊혀지지 않았다.

유유히 자신의 천라지망을 벗어나던 그가 뇌리에서 지워지지를 않는다.

그는 강자였다.

다시는 볼 수 없을 그런 강자.

순간 파천도가 기겁했다

두 남녀에게 눈이 닿은 것이다.

흐릿흐릿하지만 워낙에 특성이 강한 인물들이기에 알아볼 수 있었다.

"아는 이들인가?"

파천도가 고개를 끄덕였다.

"독고세가의 독고령과 혈궁의 소궁주 곽소천입니다. 흑매옥봉(黑梅玉鳳)과 섬혈룡(殲血龍)으로 당대 최고의 후기지수로 평가받는 인물들입니다. 어중간한 장로들도 그에게 함부로 못할 정도로 장래가 촉망되는 이들이기도 합니다."

그렇게 말하는 파천도의 음성에는 흐뭇함이 깃들여 있었다.

그들은 사파의 고수들이었다. 사룡이봉 중에서 이룡과 일봉이 사파의 인물들이었다. 게다가 사룡이봉에서 가장 강하기로는 무여휘가 알려졌지만, 실제로는 섬혈룡이라는 사실을 파천도는 알고 있었다. 그가 거의 무림에 모습을 드러내지 않고도 사룡이봉의 일석을 차지할 수 있는 데에는 그만한 이유가 있었다.

앞으로의 사파를 이끌어갈 쟁쟁한 후기지수들.

거기까지 생각이 미치자 파천도의 얼굴에 심각한 근심이 깃들였다.

'사파의 차기 실권자들?

둘러보니 뇌운비도 있었다. 휘인과 같이 다니는 것으로 유명한 인물이기도 한 동시에 사파에 엄청난 추종자를 지닌 그. 게다가 흑매옥봉과 섬혈룡?

이건 냄새가 났다.

'사파무림을 넘볼 셈인가?

파천도는 고개를 절레절레 흔들었다.

너무 앞서 갔다.

'그래도…….'

가능성이 없지 않았다.

'정말 세력을 구축하는 것이라면?

순간 온몸에 전율이 흘렀다. 그 전율!

독고령이라면 독고세가, 곽소천이라면 혈궁, 뇌운비라면 젊은 층의 사파 무인들……. 무엇보다도 휘인 그 자신과 임홍은 무시할 수 없는 전력이다. 이렇게 뭉치면 무황벌이라도 승패를 자신할 수 없었다. 아니, 절대고수의 부족으로 결국에는 패망하리라.

'아직 근거는 없다. 오로지 내 망상이다!'

파천도는 애써 머리에서 지웠지만 그 잔상은 쉽사리 사라지지 않았다.

"후기지수란 말이지?"

"그렇습니다."

"확실히 우리 때에 비해서는 환경이 좋아졌나 보군. 저렇게나 어린 나이에 높은 경지에 들다니."

무공의 발전이 평균적으로 후기지수들의 실력을 높였는가? 조금이나마 높아지기는 했다. 하지만 저들은 비약적으로 발전했다는 소리가 알맞다. 당대의 태기가 좋은지, 좋은 근골과 재질을 타고난 이들이 많았다. 그들 중 저자들은 으뜸에 속하는 편이었고.

"나이가 숫자에 불과하다는 말을 보여주는 이들이로구먼."

감탄은 거기에서 그쳤다.

"이제 어떻게 할 생각이십니까?"

파천도가 다시 조심스럽게 물었다.

전휘는 잠시 침묵을 지켰다.

묘한 기류가 흘렀다.

그 기류가 깨진 건 전휘의 입이 열렸을 때였다.

"직접 가야겠지."

"태상검께서 직접 가시겠습니까? 천라지망을 좁힐까요?"

전휘는 고개를 저었다.

"지휘권을 여기 효랑이에게 넘겨주고 너만 따라오너라. 그 이외는 도움은커녕 방해밖에 되지 않는다.”

“사백님, 저도……!”

강백이었다.

안색이 파리했지만 그의 의지만은 굳건했다.

“되었다. 네 몸도 생각해야지.”

무미건조한 음성이었다. 강백에 대한 질책에 의한 것이리라.

무엇보다도 그는 후기지수 둘을 제대로 막아서지 못했다. 게다가 적에게 치명상이라니!

물론 이해는 충분히 된다. 분명 그 요귀 같은 것은 얼굴과 기도, 목소리를 그대로 베껴낸다. 전휘 자신도 분간해 낼 수 없었다. 정체를 알 수 없는 요귀를 증명해 내는 건 그의 무공이다. 그의 경지! 실제의 나이는 알 수 없는 요귀.

‘그놈도 위험하다!’

휘인 한 놈에게 시선이 집중되어 있었는데, 생각해 보면 그 천변만화의 얼굴을 지닌 요귀가 훨씬 위험했다. 그의 모습은 무궁무진하게 변하며, 가까웠던 인물마저도 그들을 분간해 낼 수 없었다. 친구는 물론 가족들도 분명 속아 넘어갈 것이다.

그 어떤 사람으로도 변할 수 있다는 건 상당히 위험했다.

선한 쪽에서 많은 방면에 유용하게 쓰일 수도 있지만 마(魔)의 편에 선다면 그만큼이나 큰 타격을 줄 수 있는 능력도 없었다.

갑자기 세력의 수뇌부로 들어설 수도 있고 임무의 핵심 인물로 변할 수도 있었다. 그 누구도 그를 알아볼 수 없다.

적어도 자신만큼의 안목을 지니지 않는 한.

"후기지수들이 무림공적 일행에 합류했으니, 그들도 처벌을 받아야 하겠지?"

파천도가 묵묵히 고개를 끄덕였다.

자신이 아끼는 후기지수 셋 중 둘이나 저 일행에 포함되어 있다.

그렇지만 걱정하지 않았다.

그들의 배경은 무림맹에 꽤나 큰 영향력을 발휘할 수 있었다. 게다가 자신 역시 그들의 배후를 봐줄 생각이 있었다. 무림공적의 강요와 협박에 의한 합류라고 주장하면 별 문책이 없을 것이다.

"현재 받은 지시로는 무림공적 일행의 생포입니다. 물론 불가피할 시 살해도 묵인된다는 입장입니다."

파천도는 자신의 생각을 내비치지 않았다.

말하지 않아도 전휘는 그 미묘한 상황을 알 것이다.

"그렇군."

전휘는 한동안을 그렇게 무림공적 일행을 노려봤다.

그 순간은 길지 않았지만, 전휘 자신에게는 억겁의 시간으로 여겨졌다.

왜인지는 모른다.

하지만 왠지 숙명의 시간이 다가온 듯한 느낌이 들었다.

"가자꾸나."

파천도와 전휘는 그렇게 천라지망을 뒤로한 채 무림공적 일행에게 다가가고 있었다.

햇볕이 따갑다고도 여겨질 그런 오후였다.

"사부님, 걱정되세요?"

제갈손이 진효랑의 곁에 다가왔다.

진효랑은 안절부절못한 채 이리저리 왔다 갔다를 반복하고 있었다. 그 모습에 제갈손마저 긴장감이 더해지는 느낌을 받을 정도였으니, 말 다한 것이다.

"걱정은 무슨 걱정!"

진효랑이 언성을 높였다.

그 모습이 오히려 그가 얼마나 불안해하는지를 드러내었다.

"아이고, 냄새 난다! 저리 안 가느냐!"

괜히 물어봤다가 불똥만 튀었다.

물론 제갈손의 몸에서 나는 냄새가 한몫하기는 했지만. 씻고 옷도 갈아입었지만 피부를 파고든 냄새는 조금 희미해졌을 뿐 아직도 역력하게 풍겨나고 있었다.

인상을 찌푸릴 정도로.

"그래도 전대 고수이신데 겨우 이십대의 휘인에게 겪이지
는 않으시겠죠?"

제갈손은 지지 않고 물었다.

진효랑은 그의 물음에 쉽게 대답하지 못했다.

휘인에 대한 인상이 강해서일까?

휘인이 태상검을 겪을 리는 없었지만 왠지 모르게 긴장되
고 불안했다.

"재수없는 소리 하지 마라!"

진효랑은 제갈손에게 역정을 냈다.

"말이 씨가 된다고 하지 않더냐!"

제갈손은 풀이 죽은 듯 고개를 푹 숙였다.

그 모습에 측은지심(惻隱之心)이 느껴졌는지, 한풀 꺾인 음
성으로 진효랑이 다시 말했다.

"휴우, 미안하구나. 신경이 예민해져서……. 너도 걱정되
는 마음에서 한 말이겠지. 사백조님은 전대 고수, 아니, 전전
대 고수. 걱정이 되면 이상한 일이지만, 워낙에 휘인이라는
놈의 인상이 강렬해야지 말이야. 네 걱정 나도 알고 있단다.
하지만 사백조님이 휘인에게 겪일 리가 없다. 적어도 이십대
초반의 애송이한테는……."

이것은 제갈손을 위해 하는 말이 아닌 안심하기 위한 자기
암시와도 같았다.

솔직한 심정이었다.

휘인이라는 녀석은 정말 질리게 하는 데 재주가 있었다.

"항상 처음이라는 게 강한 흔적을 남긴단다. 만약 사백조님을 먼저 뵈었다면, 그리고 그분의 무위를 한 번쯤 견식한 일이 있었다면 오히려 휘인이 작아 보였겠지. 네 걱정은 당연한 게다. 그러나 의미없는 짓이다. 안심하고 기다리거라. 곧 사백조님이 놈을 질질 끌고 돌아올 테니까."

그러나 진효랑의 목소리엔 힘이 실려 있지 않았다.

전휘가 휘인보다 높은 경지에 도달한 것은 당연했다.

상식이었다.

그런데 확신이 서지를 않는다.

상식인데도 확신이 서지를 않는다?

이건 자신의 두뇌에 문제가 있거나 상대가 상식을 초월하는 인물이라는 뜻이었다.

누군가가 자신에게 경고를 하는 것 같았다.

휘인이 그 후자에 속한다고…….

애써 이성으로 그 느낌을 지워내려고 하지만, 그럴수록 그 느낌은 강렬해지기만 했다.

그래서 더욱 불안했다.

사백조인 전휘마저 휘인에게 폐인이 되어 돌아올 것 같아서.

만약 전휘가 돌아오지 못한다면?

천라지망은 특급 경계 태세로 들어가야 할 것이다. 온 무림이 들고일어나야 할 것이다. 절대고수들이 합공을 취해야 할 상황이 올지도 모른다.

'그럴 일은 없겠지.'

그렇게 위안을 삼으려는 진효랑이었다.

휘이잉!

그렇게 바람 한줄기가 스쳐 지나갔다.

시원한 바람이 스쳐 지나감에도 불구하고 진효랑의 이마에 서린 식은땀은 마를 줄을 몰랐다.

갑자기 임홍이 휘인 앞에 섰다. 누군가가 접근해 왔기 때문이다. 수하의 입장에 있는 임홍으로서는 주군을 보호하기 위해 그 앞에 서는 게 당연했다. 물론 주군에 따라 보호를 원하는 자도 있고 그렇지 않은 자도 있다.

휘인의 경우는 후자에 속했다.

"비켜."

휘인을 위한 행동이었지만 그는 전혀 고마워하는 기색이 없었다. 오히려 무례하다고 할 정도의 언사를 사용했다.

하지만 임홍은 알았다.

그게 오히려 자신을 위한 언사라는 것을.

"……!"

임홍이 움찔거렸다.

청운의 눈빛이 흔들렸다.

뇌운비가 몸을 부르르 떨었다.

곽소천이 눈을 크게 부릅떴다.

독고령은…… 엉덩방아를 찧었다.

머리가 희끗한 노인. 얼굴에 주름이 많았지만, 눈동자만은 어린아이처럼 맑아 보이는 노인. 그 노인이 걸어오고 있었다.

뚜벅뚜벅.

한걸음 한걸음.

걸을 때마다 그의 존재감은 더욱 강해진다. 하나의 태산이 걸어오는 듯한 느낌. 자신 앞에 해일이 불어닥치는 느낌. 폭풍이 다가오는 느낌. 천둥번개가 지나가는 느낌.

그 태산지기세(泰山之氣勢)를 눈 한 번 깜빡이지 않고 정면으로 맞받아치는 인물은 휘인뿐이었다.

동요도 일지 않은 눈빛으로 무심하게 노인과 시선을 교환할 뿐이었다. 그러니 오히려 놀라는 것은 그 노인이었다.

'둘?

노인에 의해 가려진 중년인이 있었다. 물론 덩치만으로 놓고 보면 중년인이 보이지 않을 리가 없었다. 하지만 노인의 존재감이 워낙에 커 눈을 돌릴 겨를이 없었다.

그때 청운이 입을 열었다.

"전전대 고수 태상검 전휘, 파천도(破天刀) 여지명."

파천도는 몰라도 전휘의 이름을 들었다고 해서 누구인지 알 사람은 거의 없었다. 그랬기에 전전대 고수라는 말을 붙였던 것이다. 전전대의 고수라면 분명 고(故) 무림맹주와 비슷한, 아니면 조금 더 배분이 높았다.

하나 임홍이나 뇌운비는 대충 그런가 보다 하고 넘겼지만, 곽소천과 독고령의 놀람은 이루 말할 수 없을 정도였다. 어렸을 때부터 항상 무림의 영웅들에 대한 이야기를 수도 없이 들어왔기에 전휘의 이름만은 잊지 못했다. 자신들이 태어나기 이십오 년 전에 폐관에 들었던 절세의 고수. 당시에 현경에 이르렀다는 소문이 자자했지만, 그 사실을 확인할 길은 없었다.

하지만 천하인들은 그렇게 말했다.

그가 폐관을 깨는 날에는 천하제일인의 자리가 바뀔 것이라고.

전휘는 그런 인물이었다.

전설과 함께 회자되는…….

약 십 장 거리에서 그 일행이 멈춰 섰다.

왜소한 노인과 임홍에게 지지 않는 덩치를 지닌 중년인.

중년인의 기세도 만만치 않았지만, 일행의 시선은 노인에게 닿아 있었다.

임홍과 뇌운비는 이미 중년인의 기도가 자신들에게 못 미친다는 것을 알고 있었다. 그랬기에 그를 무시할 수 있는 것이었고, 독고령과 곽소천은 눈앞의 노인이 너무도 거물이어서 눈 돌릴 겨를이 없었다.

하나의 벽을 마주한 느낌.

그게 일행의 생각이었다.

"보기 좋은 아이들이구먼. 허허."

사람 좋게 웃고 있었지만 오히려 압박감은 가중되어 가고 있었다.

그때 뇌운비의 서슬 퍼런 안광이 쏟아졌다. 일행 중 가장 날카로운 눈매를 지닌 뇌운비. 단연코 파천도는 그 안광에 몸을 움찔거렸다. 그 안광에 맞서기 위해서는 기를 끌어올려야 할 정도였다. 하지만 전휘는 달랐다. 전휘는 그를 무심한 눈으로 무시할 뿐이었다.

"노닥거리기 위해서 왔냐?"

파천도의 얼굴이 일그러졌다.

뇌운비의 말은 평대만도 못했다. 친한 친구들 사이에서나 쓸 수 있는 어투나 될까?

뇌운비의 성격은 남녀노소를 불문했지만, 강자 약자도 가리지 않았다. 뇌운비의 성격은 언제나 일관성을 지니고 있었다.

다만 휘인에게만은 예외였지만.

"허허, 참으로 입담이 정겨운 친구일세."

"내가 네 친구냐?"

정말 한마디도 지지 않으려는 뇌운비였다. 그 모습에 독고령의 안색이 시퍼렇게 변한 것은 당연했다.

"사해가 동도인데 같은 무림의 하늘을 지고 사는 무림인이라고 친구가 아닐까!"

말은 뇌운비에게 하고 있었지만 시선은 휘인에게 닿아 있었다.

뇌운비와 말을 나누고는 있었지만, 지금까지의 대화는 휘인을 시험하기 위한 것일 뿐이었다.

전휘는 꾸준히 살기를 섞어 휘인의 눈을 바라보았다. 끊임없는 도발. 무림인이라면 그 살기에 반응하는 것은 당연했다. 심지어는 까무러칠 정도의 살기마저 느낄지도 모른다. 하지만 휘인, 그는 달랐다.

살기를 느끼지 못하는 건지 아니면 무시할 수 있을 정도인지…….

전휘의 이마에 핏대가 섰다.

'확실히 각 개인이 뛰어나지만, 이놈은 상식을 벗어났다.'

자신이 제자를 기른다고 가정해 봤다.

지금의 깨달음으로 새파란 아이를 잡아놓고 말이다.

무골에 천재성을 갖춘 최상의 아이. 그 아이에게 영약을 먹여주고, 벌모세수도 해주고, 내상을 입으면 추궁과혈도 해주어서 애지중지 제자를 키운다고 가정해 보자. 자신이 이미 걸어온 길이기에 실패율과 각종 잡다한 무학은 거두절미하여 일러줄 수 있다. 정말 그가 무인으로 태어났다면 눈앞의 일행만큼의 경지에 이르렀을지도 모른다.

불가능하지만은 않다는 말이었다.

하지만 눈앞에서 자신의 살기를 모두 집어삼키는 이놈의 경지까지 이르기는 불가능할 것이다.

자신이 지금껏 살아온 세월을 무색하게 하는 놈.

혹시나 모른다.

반로환동의 고수일지.

그 사실이 자신의 머리를 지끈거리게 한다.

'내가 확인할 수 없는 인물이라니!'

상대가 반로환동인지, 아니면 그냥 싱그러운 청년인지 알 수 없었다. 자신이 상대를 보고 알 수 없다는 판단을 내려야 한다는 건 상대가 적어도 자신만큼의 경지에 이르렀다는 소리였다. 하지만 그게 또 믿겨지지가 않았다. 자신은 지금까지 백수를 넘어서 이백수에 다가서면서 펑펑 놀았던가? 하루라도 무학에 빠지지 않은 날이 있던가? 심지어는 무아지경에서 깨어나자 이 주가량이 지나 있던 때도 있었다.

그런 자신이다.

무학에 대한 열정은 막 입문하는 이들에게 지지 않는다.

자신은 놀고 먹고 잠만 잤냐는 말이다.

절대 아니다.

자신만큼 오랫동안 무공에 파고든 인물은 더 이상 무림에 없었고, 자신이 살아 있는 동안은 앞으로도 없을 것이다. 절대로 무학에 있어서만큼은 질 생각이 없었는데…….

이제는 확신할 수 없었다.

상대는 강하다.

동료들도 강하다.

이건 불공평했다.

'과연 신은 공평하지 않은가? 누군가에게는 공을 더 들었단 말인가?'

"……!"

폭풍지세(暴風之勢)라는 말이 무색해질 정도로 전휘의 기가 매섭게 몰아쳤다. 주위의 바람마저 움직이게 할 정도의 기세. 그 기의 소용돌이에 옷들이 펄럭이고 있었다.

전면전.

전휘의 강렬한 눈빛.

휘인이 한 걸음을 내디뎠다.

그와 함께 임홍이 앞으로 걸었지만 휘인의 손짓에 의해 저지되었다.

전휘는 휘인을 부르고 있었다.

뒤로 묶은 휘인의 머리카락은 조금씩 흔들리고 있었다. 반면에 노인의 짧은 머리카락은 한없이 일렁이고 있었다.

노인의 일방적인 기세가 또 다른 기세에 밀리기 시작한 것은 그때였다.

휘인의 눈에서 서슬 퍼런 안광이 쏘아졌다.

그 모습에 전휘는 자신도 모르게 검을 뽑아 들었다.

살기에 즉각적으로 반응하는 자신의 몸.

일행들보다 전휘가 더 놀란 눈치였다.

'기세만으로!'

휘인의 안광에는 진심으로 상대를 짓밟아 죽여 버리려는 마음이 담겨 있었다. 뼛속 깊이 사무치는 그의 기세는 쉽사리 떨쳐지지 않았다.

그때 휘인의 입이 열렸다.

"검을 들었다는 건 죽음을 각오했다는 의미다. 그대의 죽음은 나와는 무관한 일. 오로지 자기 자신이 불러들였음을 기억하라."

몸이 저절로 부르르 떨린다.

누가 전휘 앞에서 저런 오만방자한 말을 아무렇지 않게 내뱉을 수 있을까? 천하의 그 누가 휘인만큼이나 저 말을 어울리게 내뱉을 수 있을까.

휘인.

그는 더 이상 무명인이 아니었다.

그는 무림공적이었다.

가위에 눌리는 것보다 더 큰 악몽을 가져다줄 그런 무림공적.

전율.

몸에서 절로 전율이 흐른다.

자신의 상식 밖을 벗어나는 기세여서였을까?

아니면 상대의 혼을 빼놓는 대사와 안광이어서였을까?

전휘가 상대의 움직임에 늦게 반응했다.

분명 휘인은 손 하나 까딱이지 않았는데, 어떤 형태의 검이 자신을 향해 쇄도해 오고 있었다. 그 기세가 너무도 잠잠하여 자신이 아니었으면 그 누구도 눈치 채지 못했을 것이라고 그는 확신했다.

하지만 그 검을 읽었다고 자신을 칭찬할 때가 아니었다.

그 검은 자신의 목을 향해 찔러 들어오고 있었다.

서경!

전휘는 기겁하며 목을 기이하게 꺾었다.

자신의 애검이 반으로 동강났다! 비록 순간적으로 기를 모두 끌어 모으지 못해 검강을 온전히 형성하지 못했지만, 분명히 검강이 덧씌워져 있는 검이었다. 그 검을 깨끗하게 두 동강냈다?

상식을 벗어난 인물이라는 것은 알았지만 이 정도일 줄은 꿈엔들 알았으랴?

전휘의 부릅뜬 눈이 흔들렸다.

'없다!'

휘인이 없다.

분명 눈앞에 있었는데, 자신이 목을 다시 바로 하자 상대의 신형이 사라졌다.

전휘는 등 뒤에서 느껴지는 예기에 기겁하며 몸을 띄웠다.

띄우고 나서도 검강을 간신히 발현한 부서진 검으로 상대의 미간일점홍을 막아내야 했다. 그 엄청난 반발력에 전휘는 몸을 맡겨 공중에서 몇 바퀴를 돌아야 했다. 하지만 이내 무사히 바닥에 착지했다.

휘인의 무시무시한 기세가 그대로 부딪쳐 온다.

다행히도 휘인은 그대로 멈춰 서 있었다. 숨 가쁜 공방을 나눌 줄 알았는데, 한편으로 안심을 하면서도 긴장의 끈을 놓을 수 없었다. 죽을 고비를 벌써 두 번이나 넘겼다. 그것도 눈 깜빡할 사이에.

조금만이라도 목을 늦게 꺾었더라면, 휘인의 검이 조금만이라도 빠르게 쇄도해 들어왔다면, 미간일점홍에 담긴 힘이 가중되었더라면!

자신은 벌써 누워 있을 것이다.

전휘의 얼굴이 벌겋게 변했다.

이건 치욕이었다.

단 한 수에 죽을 뻔했고, 이어진 한 수에도 죽을 뻔했다.

자신이 너무 오만했던가?

연배로 따져서도, 배분으로 따져서도 누구한테도 밀리지 않을 것이란 자신감이 너무도 지나쳤던 것일까? 자신이 산 세월의 반의 반만큼도 못 산 새파란 애송이한테 지금 이게 무슨 꼴인가!

'그런데 맨 처음에 찔러 들어온 그 검은?'

이기어검이었을까?

하지만 검의 형체가 뚜렷하지 못했다. 무엇보다도 이어진 휘인의 연격은 설명이 되지 않았다. 그 간격의 차이가 거의 없었다고 볼 수 있었다. 그 검이 자신의 검을 동강 낸 시점에서 휘인이 자신의 배후로 돌아왔다는 것 자체에도 지금 까무러치기 직전인데, 순간 다시 검을 회수하여 미간일점홍을 시전한다?

그렇다면…….

'심검?

유형의 검을 생성한다는 절대의 경지. 그 누구도 감히 발을 디뎌보지 못한 경지였다. 비로소 인간이 검에서 자유로워질 수 있는 경지. 처음에는 유형의 검을 생성하다가, 더욱 깊은 경지에 이르게 되면 그 형상마저 사라지는 무형의 검을 만들어낼 수 있다는 지고의 경지!

전휘는 그 생각을 머릿속에서 지웠다.

그건 아니었다.

자신이 심검을 겪어본 일이 없어 확신할 수는 없었다. 하나 누가 심검을 겪어봤으랴! 이 세상에 어떤 은거기인이 이룩했으면 몰라도 지금까지 알려진 바로는 심검을 이룬 자는 단 하나도 없었다. 심검의 끝이 곧 무극이라 일컬어져 무림인의 가슴을 부풀리는 데 한몫을 하는 전설의 경지!

'심검일 리가 없다!'

이건 확신이었다.

하루 종일 깨달음만 얻는다고 해도, 이십여 년으로 그 모든 게 가능한가?

과연 자신이 한평생 겪어왔던 깨달음보다 더욱 많은 깨달음을 요구하는 경지를 이십여 년으로 메울 수 있을까?

불가능하다.

아니, 불가능하다고 믿고 싶었다.

하지만 확신하기 위해서는 또 한 번의 일합을 겨루어야 하리라!

"아직 네 입장을 잘 모르는 모양이군."

휘인의 나직한 음성이 울렸다.

그 목소리에 전휘는 기겁했다.

"요행으로 내 두 수를 막았다고 생각하나?"

당장에 죽이려는 마음이 있었다면 이미 그 두 수에 죽어났을 것이라는 말이나 다름없었다.

휘인의 입가에 미소는 없었지만, 왠지 그가 자신을 비웃는다는 생각이 들었다.

이런 치욕이 또 없었다.

누가 자신에게 이런 치욕을 안겨줄 수 있단 말인가!

이건 사투(死鬪)가 아닌 농락이다.

그는 일방적으로 자신을 농락하고 있었다.

부인하고 싶어도 부인하지 못했다. 그 사실이 자신을 더욱 참담하게 했다.

"……!"

파천도는 물론 무림공적 일행 역시 이번에는 놀랄 수밖에 없었다.

전휘가 검강을 검에 덧씌운 것도 모자라 나머지 부분까지 형상화했다. 그 내력 소모가 막심할 게 분명했다. 하지만 그의 안색은 편안했다. 오랜 세월을 살아온 그로서는 내공 역시 무적이었다.

"이제부터가 시작일세."

전휘의 눈이 차갑게 식었다.

상대에게 겁을 줄 생각은 이제 없었다. 당연히 그 폭풍지세도 가늘어졌고, 오로지 그의 눈빛만이 날카롭게 예기를 뿜었다.

믿어지지는 않았지만, 상대는 자신의 진정한 맞수였다.

한눈을 팔면 다음날 해를 못 보는 것은 물론, 오늘 해가 지는 것 역시 볼 수 없을 것이다. 그것참 애석한 일 아닌가? 언제는 이 긴 인생에 대해서 회의를 느꼈는데, 이제는 어떻게든 살아야겠다는 생각이 드니…….

하지만 역시 인위적인 죽음은 싫었다.

"대단하구나. 하지만 이제는 더 이상 쉽지 않으리!"

전휘의 의지가 그대로 묻어나는 음성이었다.

이쯤 되면 슬슬 걱정이 되었다. 특히 독고령의 경우는 안색이 파리했다. 비록 기습을 통해 효과적인 두 수를 보여주었다고는 하지만, 그래 봐야 상대에게 아무런 피해를 입히지 못했다. 이제는 상대가 제대로 정신을 차렸으니 선공은 아무런 효과를 못 거둘 터.

독고령은 안절부절못했다.

하지만 왠지 모르게 휘인의 등이 넓게 보였다.

세상을 등지고 있음에도 불구하고 외로워 보이지도, 고독해 보이지도 않았다.

진정한 무인의 등이 저러할까?

"아직도 네 처지를 모르는군."

저 말이 싸늘이라도 했으면 기분이 상했을 텐데, 오히려 무미건조하니 당연하게 받아들여진다. 한낱 애송이에게 저런 말을 듣는 자신의 입장이 이렇게나 원망스러울 수가 없었다. '저놈은 도대체 누구에게나 저래? 라는 생각이 들 정도로 안하무인. 무림맹주를 죽이지 않았더라도, 그는 분명 저 성격 때문에 무림공적으로 공표되었으리라 전휘는 확신했다.

"그 검으로 날 막을 수 있을 것 같나?"

기괴한 안광이 번뜩였다.

야차의 눈이 저러할까?

저승사자의 눈이 저러할까?

저 눈을 그대로 받자니 소름이 돋아 고개가 절로 돌려진다. 하지만 눈싸움은 기세 싸움인 동시에 자존심 싸움이다. 정말 자신의 반의 반도 안 산 애송이. 그런 애송이에게 자존심 싸움은 지고 싶지 않았다.

"시험해 보겠나?"

애써 한 말이라고는 건방진 상대의 말을 모두 수긍하며 객기를 부리는 말. 자신이 내뱉고서도 정말 한심했다. 말을 해도 그런 말밖에 안 나오나?

상대가 자신을 평가하는 입장을 취하는데 자신은 그 상황을 인정했다.

'왜?' 라고 생각해 보지만 그 답은 나오지 않았다.

그때였다.

스윽.

순간 어떤 예기가 훑고 지나갔다는 느낌이 들었다.

범인이라면 '내가 드디어 노망이 났나?' 라고 생각될 정도로 미세하여 아무것도 아닌 것으로 치부하기 딱 좋았다. 하지만 오감이 그 누구보다도 발달한 무림인, 게다가 전휘라면 절대 쉽게 넘어가지 않는다.

게다가 자신의 머리가 한 뭉텅이 잘려 나가지 않았는가.

희끗한 머리.

비록 숱은 적었지만, 그래도 남아 있는 머리였다. 더 늙어 보일 데가 어디 있을까 라고 해도 소중한 숱이었다. 평소에 애지중지한 숱을 잃었다는 상실감보다도 치욕스러움과 당혹스러움이 더 컸다.

느끼지도 못했고, 눈치 채지도 못했다.

'이게 휘인의 무공인가?'

그의 주 무공이 미간일점홍이라 들었다. 무공을 속였던가, 아니면 경지를 속였던가 둘 중 하나겠지.

그 어떤 것 하나도 아귀가 맞지 않았다.

하지만 그게 대수인가?

이 세상 자체가 그런 모순투성이인데…….

전휘는 지금의 상황을 받아들이기 힘들었지만 그래도 가히 싫지 않았다. 받아들이면 된다. 그는 그렇게 생각했다. 억지로 자신의 논리에 맞춰서 머리에 집어넣는 것보다는 있는 그대로를 받아들이고 수긍한다. 꼭 이해하려 들지 않아도 몸이 먼저 알게 된다. 어차피 대부분의 깨달음도 그렇지 않던가? 애초에 사람의 머리로 자연을 해부하는 것은 어불성설.

전휘는 미소를 지었다.

자신이 무엇을 기대했던가?

상대는 최고다.

자신보다 하찮은 존재가 아닌 동등한 인간임과 동시에 자신의 목숨을 농락할 수 있는 유일무이한 존재. 희대의 무림공적이자 이 세상에서 가장 위험한 인물.

'나의 복이라고 할 수도 있을까?'

끊어지지 않는 자신의 생명줄을 끝내줄 수 있는 인물.

그것이 복인지 아니면 불운인지 그가 가늠할 수 없었다. 어차피 그 일은 신의 일이었다.

"재밌군, 재밌어."

전휘는 빙긋이 웃으며 중얼거렸다. 폭풍지세가 따뜻한 햇볕에 녹듯 사라졌다. 그 대신 따뜻한 기운만이 주위를 감돌았다.

휘인도 진심으로 웃었다.

"이제야 할 맛이 나는군."

그 말을 전휘는 당연하게 받아들였다. 이 상황이 더 이상 어불성설이 아니었고, 받아들이기에 불가능한 것도 아니었다. 발상의 차이? 어쨌든 상대는 대단한 재주를 지니고 있었다. 무엇보다도 그의 얼굴이 진정한 그의 모습을 가린다. 싱그러운 청년의 냄새가 제대로 된 사고를 마비시킨다. 만약 휘인이 자신과 똑같은 노인의 모습으로 나타났다면 분명 처음부터 그를 깎아 내리지 않았으리라. 정말 그런 면에서 보면 휘인은 모든 것을 타고났다. 상대방의 방심을 사게 할 수도 있고, 상대방의 심리 상태도 제멋대로 주무를 수 있었다.

'정말 위험하기 짝이 없는 놈'이라 중얼거리면서 전휘는 실실댔다. 그냥 좋았다. 앞으로 다른 누군가에게서 이런 느낌을 받기란 힘들 것이다.

전휘의 모습을 보는 파천도는 제대로 몸을 가누기도 힘들었다. 심지어 그는 혹시 휘인이 정신을 타격하는 독특한 사술을 사용하는지 심히 고심해야 했다. 그렇지 않고서는 천하의 전휘가 저렇게 미쳤을 리가 없잖은가?

파천도는 침을 삼켰다.

"일단은 가볍게 검을 섞어볼까?"

전휘의 제안이었다.

휘인은 고개를 한 번 까딱일 뿐이었다.

그때 전휘가 검을 위에서 수직으로 내리그었다. 휘인과의 거리가 현재 십 장가량 난다는 것을 고려해 보면 어이가 없을 정도로 허무맹랑한 일검이었다. 하지만 그 생각은 곧 수정되었다.

전휘의 검에서 검강이 쭉 늘어나 십 장 밖의 휘인에게 가 닿았다. 전휘의 신묘한 수는 물론이거나와 휘인이 검으로 가볍게 쳐내는 오묘한 수는 턱뼈의 한계를 시험하고 있었다.

전휘의 검강은 채찍이라도 되는 양 비상식적으로 꺾이더니 다시 휘인의 신형을 향해 쇄도해 들어갔다. 그 담긴 힘이 얼마나 강맹한지 소리가 이십 장 밖의 일행에게도 또렷이 들렸다.

카캉!

쇠의 마찰음. 불똥을 튀기며 튕겨 나가는 검강은 다시 한 번 힘을 입어 휘인의 반대편을 베어나갔지만, 또다시 휘인이 튕겨냈다.

검강.

검강을 튕겨낸다는 것은 그 어떤 자도 쉽게 생각할 수 없는

경지였다. 검강의 예기는 만년한철에도 홈을 만들 정도로 날
카로웠다. 튕겨낼 수 있는 종류의 것이 아니라, 무조건 날카
롭게 베어 들어가는 게 검강이었다. 그런 검강을 튕겨내는 방
법은 두 가지.

상대방의 어렴풋한 속성을 읽고는 그 반대의 속성을 일으
켜서 반발력을 이용하여 튕겨내는 방법이 있다. 하지만 사람
의 속성이라는 게 시간이 흐르면 흐를수록, 경지가 높으면 높
을수록 흔적이 희미해지기 때문에 오히려 어줍잖은 실력으로
신묘한 수를 시도했다가는 검은 물론 손과 팔마저 동강이 난
다.

또 다른 방법으로, 상대방의 검강보다 더욱 강렬한 검강을
일으키는 방법이 있었다. 두 힘은 자연스레 충돌을 하게 되는
데, 반발력에 의해 강한 힘이 약한 힘을 밀어낸다. 그렇다고
는 하지만 거기서 튕겨내는 건 또 다른 원리이다. 힘의 열세
를 이용하여 살짝 비끼는 건 쉽지만 튕겨내려 하면 그 비껴가
는 속도와 힘을 이겨내야만 한다.

그야말로 필요 이상으로 힘을 쓰는 내력과 힘의 낭비라고
할 수 있었다. 하지만 휘인의 시종일관 무표정한 얼굴을 보건
대 그는 별로 힘을 들이는 것 같지 않았다. 전휘의 검강은 채
찍의 형태라 힘이 순간적으로 폭발하는 데도 가볍게 튕겨내
는 모습은 전율을 흐르게 했다.

전휘의 푸른 검강이 갑자기 벌겋게 변했다.

변화는 거기에서 끝이 아니었다. 채찍이 내려침과 동시에 하나의 꽃이 하늘하늘거리며 떨어지기 시작한다. 마치 깃털처럼 가볍게. 채찍은 점점 빠르게 휘인을 쳐나갔고, 휘인 역시 검을 빠르게 놀렸다.

펑!

붉은 매화꽃이 휘인의 검에 내려앉는 순간 폭발을 일으켰다. 채찍을 쳐내면서도 흔들리지 않던 그의 검이 미세하게 떨리는 것으로 봐선 절대 가벼운 폭발은 아니었다.

매화꽃이 무려 스무 송이. 하늘하늘 떨어져 피할 시간은 있었지만, 채찍은 그런 움직임을 허용치 않았다. 하늘에는 매화꽃이 자신의 길을 막아섰고 그 이외의 퇴로는 채찍이 철저하게 막았다. 계속 받아낸다고 해도 점점 꽃송이의 수는 늘어만 가고 채찍에 담겨진 힘도 배가되어 갔다.

이미 십 장 내의 모든 풀은 뽑혀 나갔고 땅은 움푹 패였다. 둘은 별다른 움직임을 보이지 않았는데도 그 여파가 십 장 밖에까지 도달한 것이다.

점점 불리해져 가는 상황임에도 불구하고 휘인의 얼굴에는 어떤 감정도 떠오르지 않았다.

순간 휘인의 눈에서 안광이 번뜩였다.

그와 함께 전휘는 장을 펼쳐 무형의 기운을 막아내려 했다.

"……흐읍."

자신의 장법으로도 모자라 왼손을 베어나가는 기운에 전

휘는 두 눈을 부릅떴다. 분명 극성으로 펼쳤다. 장에 어린 터질 듯한 붉은 기운이 그것을 증명했다. 그런데도 왼 손바닥의 일부가 갈라졌다.

피가 한 움큼 쏟아진다.

당연히 그의 검은 점점 느려졌고, 매화꽃 송이의 위력도 삼소되기 시작했다.

매화검에서 자신의 깨달음을 접목한 신매화이십사수(新梅花二十四手)가 그렇게 맥을 못 추었다. 매화의 아름다움에 너무 치중했을까? 아니면 애초에 잘못된 길을 걷고 있었던 것일까? 실용성이 떨어지는 무공이었던가? 아니면 상대가 잘못된 것이었을까?

전휘는 왼손으로 주먹을 꽉 쥐었다. 아무리 피가 많이 흘러도 상관없었다. 치료할 시간은 없었다. 그나마 자신이 할 수 있는 최소한의 지혈법이었다. 적어도 피가 굳지 않겠는가.

신매화이십사수는 여기서 끝이 아니었다.

전휘가 검을 고쳐 잡았다.

그러자 긴 채찍의 형태를 유지하던 검강이 검의 형태로 줄어들었다. 반으로 동강 난 검의 나머지 부분을 형성하는 검강은 역동적인 기의 흐름을 보였다.

개화(開花)!

칠 수로 나뉘어진 초식으로 화려하게 피는 매화를 보며 깨달음을 얻어 만들었다. 한 송이 한 송이가 개화하는 것을 보며 다듬은 초식.

일 수는 상대방의 머리를 내리찍으며 시작한다. 일 수는 개화의 시작을 알리는 것에 불과하다. 내리찍는 검을 막는 방법은 오로지 하나. 가로로 머리를 보호하는 방법뿐이다. 오로지 쾌(快)에 치중한 일초이다. 그 누구도 피할 틈을 찾을 수 없다. 피할 수 없으니, 열이면 열 상대는 그렇게 방어를 한다.

개화는 연격기이다.

이 수는 상대방이 가로로 검을 막으면 그 반발력에 힘을 보태어 몸을 띄운다. 그렇게 한 바퀴를 돌아 생기는 반발력으로 상대방의 빈 등을 공격한다.

일 수와 이 수가 이어지는 데에는 눈을 감빡할 시간보다도 덜 걸린다.

순간.

자신이 상대의 검을 막았다는 사실을 인식함과 동시에 등에 칼이 꽂힌다.

휘인은 일 수를 예상대로 막았다. 하지만 일 수를 막아낸 후 검을 등 뒤로 내지름으로써 이 수까지 수월하게 막아냈다.

마치 자신의 개화를 이미 알고 있는 듯한 신속한 방어였다.

말한 대로 개화는 연격기이다. 상대가 등 뒤에서 찔러오는 이 수를 막아내는 방법도 한 가지이다. 자신의 상상을 초월하는 신법을 익히고 있다면 몰라도, 그게 아니라면 분명히 휘인이 선택한 방법밖에 없었다.

삼 수는 각법이다. 이 수와 삼 수는 거의 동시에 펼쳐진다.

예기 서린 전휘의 발이 휘인의 머리를 향해 찔러 들어갔다.

이때 다시 한 번 휘인의 안광이 번뜩였다.

팔뚝으로 상대의 팔뚝을 걷어내고는 몸을 띄웠다. 그리고는 하늘을 걸었다 계단을 올라가는 것과 같이 천천히, 여유롭게.

천상제(天上梯).

전휘는 저자만큼이나 천상제를 자유롭게 펼치는 이를 본 적이 없다고 확신할 수 있었다. 마치 하늘이 자신의 땅인 양 걷는 자! 그 모습이 한 치도 흐트러짐이 없어 애초에 그가 하늘을 거니는 능력을 가지고 태어난 것만 같았다.

"하아!"

'공중전이라…….'

전휘는 미소를 지었다.

내력을 걱정해야 하겠지만, 어차피 내력보다는 목숨을 걱정할 처지였다. 그리고 이미 전휘는 목숨에 연연하지 않고 있었다. 목숨이 아까웠다면 감히 개화를 펼칠 생각도 하지 못했고, 상대의 검 하나하나에 긴장해야 했을 것이다.

'그건 재밌지 않아.'

전휘는 마치 어린아이처럼 좋아했다. 지금의 상황이 목숨을 담보로 하는 게 맞기는 했지만, 그것에 연연하지는 않았다. 어떤 일에 얽매인다는 건 그만큼이나 자신을 구속하는 게 되어버린다. 구속은 곧 자유롭지 못함을 말하고, 자유롭지 못함은 도를 얻는 데 해를 끼친다.

자신이 오래전에 깨달은 부분이었다.

그리고 너무도 오래전에 깨달아 잊어버리기도 한 부분이었다.

감회가 새롭다.

'개화는 물 건너갔고.'

전휘의 검에서 검강이 다시 쭉 늘어났다.

휘인을 향해 쇄도해 들어가는 채찍. 그 채찍은 둘로 나뉘어졌고, 결국에는 넷으로 나뉘어졌다. 각기 다른 방향으로, 다른 속도로, 다른 힘으로 내리찍어 오는 강기들.

그리고 다시 번뜩이는 휘인의 안광.

예기가 느껴진다 싶으면 전휘는 무조건 몸을 뒤로 꺾고 봤다. 채찍에 담긴 힘이 감소되었지만, 목숨을 위해서라면 그 정도는 감수할 수 있었다.

미풍과 함께 일렁이는 자신의 머리카락.

무엇인가가 훑고 지나갔다.

단지 눈으로도, 기감으로도 흐릿하게 느껴질 뿐.

분명 휘인은 사람의 넋을 빼놓는 데에는 탁월한 재주를 지녔다. 전휘는 이미 놀라는 데 지쳤다. 더 이상 놀랄 게 있다고 해도 놀랄 기력이 없었다. 전휘는 놀라는 대신 미소를 지었다.

그나마 그게 조금은 도움이 되니까.

전휘는 휘인을 쳐다봤다.

그는 자신의 반대편에서 자신을 응시하고 있었다.

하늘을 마치 평지와 같이 발판 삼아…….

전휘는 머리가 지끈지끈 아파오는 것을 느꼈다. 상대는 위험한 수를 일찌감치 차단한다. 그리고 만만한 수들은 일일이 파훼해 준다. '상대가 원하는 것이 무엇인가?' 라고 자문해 보지만 역시 자신이 대답할 수 있는 부분이 아니었다. 시간이 흐르면 흐를수록 머리는 아파오고, 이 상황을 타개할 방법은 떠오르지 않는다.

방법이 떠오르지 않을 때에 사람이 선택할 수 있는 건 단 하나이다.

전휘가 허공을 박차고 올랐다.

단숨에 휘인과의 거리를 좁힌 그는 검을 수십 번 휘둘렀다.

붉은 검강이 '펑펑' 소리를 내며 휘인의 검과 충돌하였다. 그리고 한 번 휘두를 때마다 매화 꽃송이가 하나씩 떨어졌다.

낙화(落花).

이 낙화는 흔히 말하는 그런 낙화가 아니었다. 하늘을 여유롭게 거닐며 이리저리 몸을 하늘거리는 낙화가 아닌 우박이 땅에 처박는 그런 낙화였다. 그리고 한 번 떨어지기 시작하면 멈출 줄 모르고, 그 수도 헤아릴 수 없다.

꽃 하나가 휘인의 검에 멈춰 섰다.

그 장면은 눈에 평생 담아두고 싶을 정도로 아름다웠다. 하늘 위에 서 있는 휘인, 그리고 검끝에 몸을 맡긴 매화 송이.

아름다움 뒤에는 독이 서려 있다고 하던가?

펑!

꽃이 터졌다.

그 여파가 무림공적 일행에게 느껴질 정도로 강력했다.

이내 일행들의 얼굴은 경악으로 물들었다. 물먹은 한지(韓紙)마냥 턱이 늘어졌다. 그리고 턱이 다시는 제자리를 찾지 않을 듯했다.

휘인이 검무(劍舞)를 추었다.

검으로 매화를 모았다. 붉은빛이 감도는 매화는 그의 검에 얌전히 몸을 내맡겼다. 물론 그 매화가 꼭 아름답지만은 않다는 사실을 그들은 잘 알고 있었다. 그때부터 그들은 눈을 부릅떠야만 했다. 휘인의 검무에 눈을 잠시도 떼었다가는 평생 자책할 것만 같았다.

아름다웠다.

검을 휘두르며 가볍게 매화를 떨쳐 냈다. 수십, 수백 송이의 매화가 떨어지는데도 여유롭게, 느긋하게, 천천히 그리고 힘있게. 그 모든 게 피부로 와 닿았다. 검무를 저렇게나 시원시원하고 아름답게 추는 자는 본 일이 없었다. 아니, 검무를 저렇게 실용적으로 써먹는 이를 본 일이 없었다. 애초에 검무는 몸을 가볍게 풀어주는 기본 운동에 지나지 않았다. 그런데

실전에 사용해 먹다니…….

때로는 하나씩, 때로는 열 개씩 떨쳐 내는 매화 송이들. 그 매화 송이들은 그대로 바닥에 떨어져 폭발을 일으켰다.

그 모습을 전휘는 망연자실하게 지켜보는 수밖에 없었다. 다시는 놀라지 않을 것이라고 다짐을 거듭했지만 역시나 이 세상의 일들은 마음먹은 대로 이루어지지 않는다. 비 맞은 한지마냥 축 늘어진 어깨가 다시는 들릴 기색이 보이지 않았다.

휘인은 이내 마지막 꽃송이까지 떨쳐 냈다.

"멋 부리기를 좋아하는군."

전휘는 피식 웃었다.

"적적하던 차에 괜찮은 소일거리더구나."

"화산의 매화가 미(美)만을 상징하던가?"

전휘의 미소가 짙어졌다.

"화산의 무학을 논하자는 건가?"

'감히 화산파의 전휘에게? 라는 말은 하지 않았지만 모두가 알아들었다. 전휘는 화산파의 무공을 백 년 넘게 파고들었다. 그런 전휘에게 매화를 논한다는 건 있을 수 없는 일이었다.

아무리 무시해도 이건 너무했다.

전휘가 다시 말을 이었다.

"화려함 속에 깃든 천변만화. 상대의 눈을 현란하게 한다. 눈을 속임과 동시에 각 수에 오묘한 이치가 서려 있어 가히

최고라 자부할 수 있는 게 화산파의 무공이다. 내가 놓친 게
있느냐?"

"그렇다더군."

휘인만큼이나 화산파와 인연이 많은 사람은 없었다. 그와
함께 화산파의 무공을 견식할 기회도 있었다. 화산파 근처의
객잔에서 하는 이야기라고는 저런 천하제일검법에 대해 논하
는 것밖에 없었다.

천변만화, 그리고 화려함.

이 두 단어를 들으면 딱 감이 온다. 그 무공의 큰 갈래가 어
떠할지 눈에 선하다.

무학을 깊게 팔수록 넓은 분야를 알게 되고, 굳이 배우지
않아도 그 원리를 어렴풋이 알 수 있다.

휘인도 화산파의 무공을 조금이나마 알았다.

그 뿌리가 어디에서부터 시작하는지 잘 알고 있었다.

"그런데 나의 검법을 문제 삼느냐?"

이건 자존심의 문제다.

휘인이 대단한 것은 사실이다.

부인할 수 없다. 자신보다 뛰어난 것도 사실이고, 깊은 무
학을 지녔다는 것 역시 사실이다. 그 어떤 것도 부인할 수 없
었다.

하지만 자신의 분야에서 상대가 더 높은 안목을 가지고 있
다는 사실은 절대로 수긍할 수 없었다. 자신이 무려 백여 년

을 파고든 분야이다. 그 누구에게도 뒤지지 않는다는 자신감이 지금의 전휘를 있게 했다.

"문제가 있다고 생각하나?"

"없다면 왜 걸고넘어지는 게냐?"

"문제가 없다면 왜 파훼당했다고 생각하시?"

"모든 무공에는 파훼법이 존재한다. 파훼법이 없는 절대무공은 존재하지 않지. 그걸 모르는 것은 아닐 테고……."

휘인이 어깨를 으쓱했다.

참으로 무책임한 태도라고 할 수 있었다.

"내 무공을 네가 문제 삼았다. 지금 와서 발을 빼는 이유는 무엇이냐?"

"그대의 무공치고는 너무 가벼운 듯해서. 이렇게 쉽게 파훼하는 방법이 있는데, 굳이 그 길을 택한 이유는 뭐지?"

"요점이 뭐냐!"

전휘의 얼굴이 새빨갛게 달아올랐다. 만약 그가 자신을 모욕하기 위해서 저런 화제를 꺼내었다면 그건 효과적으로 먹히고 있었다. 그 누구도 쉽게 파훼할 수 없는 무공이라 자신했는데, 파훼한 당사자가 저렇게 말하니 치욕도 이런 치욕이 없었다.

그래도 수십 년의 공부였다.

나름대로의 성과라 생각했는데…… 역시 헛된 공부였나보다.

"집착하는 게 있는 것 같은데……."

집착.

욕구는 활동의 원동력이다. 욕구 없이는 생산적인 활동을 할 수 없다. 적당한 욕구는 사람에게 있어서 필수적인 것이다. 집착. 집착은 조금 다른 종류의 욕구이다. 적당한 욕구를 집착이라고 하지는 않는다. 집착은 지나친 욕구이다. 무엇이든지 적당한 것을 넘어서 지나치게 되면 그건 이치에 어긋나게 된다.

무학에 있어서도 마찬가지.

집착은 더 이상의 진보를 허용치 않는다.

진보하지 않는다는 것은 현상 유지를 의미하는 게 아니다. 다른 사람들은 한 발짝씩 앞으로 전진한다. 그리고 자신은 그들에게 뒤처진다. 자신이 진보하지 못한다면, 유지보다 못한 퇴화를 하게 된다.

집착은 사람을 퇴화하게 만든다.

휘인은 그것을 지적하고 있는 것이다.

집착을 버리라고.

"나의 공부가 그렇게 우습더냐?"

화가 치민다.

상대가 자신의 백 년 공부를 무시하는데 화가 나지 않으면 그게 성인이지 사람인가? 비록 하늘을 담으려고 백여 년간 공부를 이어왔지만, 우화등선을 하지 못한 이상 감정을 지니게 마련이다. 실제로 우화등선한 선인들도 감정을 가지고 있다고 전해진다. 다만 그것을 남들보다 조절할 줄 안다는 것뿐. 어떤 사람이든 감정을 가지고 있다. 그리고 치부를 건드리면 그 감정은 발동된다. 아무리 깊숙이 숨어 있다고 해도, 누구에게나 있는 치부를 건드리면 회기 나지 않고서는 배기지 못한다.

무인으로서의 자존심. 한 문파의 어른으로서의 도리.

자신의 무공은 무시당해서는 안 된다.

"매화는 무공을 이르는 수단이지 목적이 아니다. 인정하나?"

굳이 매화를 형상화하려는 의도를 모르겠다는 뜻이었다.

"수단이라고? 매화를 닮으려는 게 화산파 무공의 목적이지, 단순히 그걸 수단이라고 치부할 수 있겠느냐?"

전휘의 음성이 수그러들었다.

"매화로 자연의 모든 것을 엿볼 수 있다고 생각하나?"

"일부만 봐도 전체를 알 수 있다고 했지."

휘인은 고개를 살짝 끄덕임으로써 긍정의 뜻을 비쳤다.

"하지만 대략적인 윤곽만을 어렴풋이 알게 되는 것이지, 그 이상의 의미는 없다. 일부를 보고 전체를 판단하는 게 옳다고 생각하나, 아니면 전체를 보고 일부를 판단하는 게 옳다고 생각하나?"

너무도 당연한 이치였다.

하지만 인간이 실천하지 못하는 명명백백(明明白白)한 이유가 있었다.

"전체를 보는 게 가능하단 말이냐?"

자연의 전체를 본다?

우주의 모두를 본다?

이건 인간이 추구하는 이상(理想)이었지, 실현될 수 있는 게 아니었다. 그게 가능했으면 왜 각 문파의 무공이 각 동물 혹은 식물의 특성에서 시작을 했을까.

"전체를 보고자 노력한 적이 있는가? 내가 생각하기에는 없는 듯한데……."

"그게 무슨 말이지?"

'그게 무슨 망발이냐!' 라고 소리 지르려는 것을 가까스로 참아 순화한 말이었다. 음성이 까칠할 수밖에 없었다.

휘인은 마치 '진보할 생각이 없지?' 라고 대놓고 물어보는 것이나 다름없었다. 자신은 매일 생각하고 고뇌한다. 어떻게 하면 더 높은 경지를 바라볼 수 있을까. 절대의 경지는 없을까. 이런 생각은 무인이라면 누구나 공통적으로 한다. 자신은 무인이다. 무인에게 저런 말은 그 어떤 모욕보다 심한 모욕이었다.

"매화는 전체의 일부. 그 일부로 네가 얻고자 하는 건 무엇이지? 나라면 그 매화가 과연 전체의 어느 부분에 속할까 생각한다. 조각. 조각을 맞추는 거지. 전체를 알 수 없으니까 조

각을 모아야 한다. 그것이 인간이 신에 다가가는 유일한 방법
이다.”

조각.

조각을 모두 모아야 하나의 작품이 완성된다.

무인은 예술가나 다름없다. 한평생 동안 한 작품을 완성하
기 위해서 투자한다. 그 누구도 자신이 어떤 작품을 만들어가
는지 확신할 수 없다. 그냥 막연한 추측으로 점점 작품의 완
성도를 높여간다. 작품을 완성하는 효율적인 방법은 조각. 조
각을 모으는 것이다. 자신이 원하는 작품의 조각이 무엇인지
를 파악해 낼 수만 있다면 조각을 하나둘씩 모아 결국엔 작품
을 완성하는 일도 불가능한 일만은 아니다. 적어도 희망이 보
이니 제풀에 꺾이는 일은 없으리라.

휘인의 음성에는 설득력이 깃들어 있었다. 거부할 수 없는
기운도 서려 있었다. 다른 사람이 얘기했으면 개소리로 치부
했을지도 모르는 무학. 하지만 자신을 농락하고 있는 휘인이
기에 이렇듯 진지하게 받아들여지는 것일지도 모른다.

“흐음.”

전휘는 그의 말을 곰곰이 생각했다. 자신이 알고 있던 이치
였다. 하지만 그동안 소홀히 하지 않았을까? 화산파의 상징
이라 하여 매화는 상당히 중요하게 여기고 있었다. 게다가 신
매화이십사수에 매달려 있던 자신으로 인해 화산파의 무공이
더 높게 쳐졌으면 하는 바람도 있었다.

'거기에서부터 잘못된 것일까?'

아무리 세월이 흘러도 무도(武道)에서 조금이라도 어긋난다면 그건 허송세월이라고 칭할 수 있었다. 제대로 된 길을 걷기 위해서는 다시 돌아와야 한다. 아니, 자신이 일단 배도(背道)했다는 사실을 깨닫고 다시 제대로 된 길로 돌아와야 했다. 배도가 길어질수록 흘려보내는 세월도 길어져 간다.

'그렇다면 이자는 항상 무도로만 걸어왔을까?'

제대로 된 스승이 없다면 어떤 길이 무도이고 배도인지 분간해 낼 척도가 없었다. 그런 스승이 있다고 해도, 스승의 그림자를 넘어서게 되면 또 거기에서부터는 전적으로 자신의 책임이었다.

무학은 그렇게 어려운 학문이다.

가르쳐 줘도 힘들고, 모두 습득해도 힘들다.

쉬운 것은 없다.

뼈를 깎는 노력만이 성공을 가져다준다. 고난만이 희열을 가져다주고 열정을 뜨겁게 해준다.

"집착을 버리라는 말인가?"

휘인은 고개를 살짝 끄덕여 보였다.

어딘지 모르게 휘인의 모습이 섬뜩해 보인다고 생각하는 전휘였다. 그의 무표정한 얼굴, 무심한 눈……. 변한 게 없었다. 그런데 이 섬뜩함은 어디에서 나온단 말인가.

전휘는 전의를 상실했다.

자신이 휘인보다 나은 점을 하나 찾을 수 없었다. 무공, 무학 면에서 두 손 두 발 다 들었다.

탁.

전휘는 바닥에 사뿐히 내려앉았다.

이 농락이나 다름없는 시투는 여기서 끝이 난다.

탁.

휘인 역시 바닥으로 내려왔다.

전휘는 따뜻한 미소를 지었다.

“고맙네.”

“……?”

무슨 뜻인지 전혀 모르겠다는 얼굴이었다.

“나를 깨우쳐 줘서 고맙네. 지금이라도 바른길을 걷게 해줘서 고맙네. 그냥 모든 것이 고맙네. 이렇게 만난 인연이 아니었다면…….”

전휘는 잠시 분홍빛으로 물들고 있는 하늘을 올려다보았다. 더 이상 해는 눈부시지 않았다. 오로지 눈을 즐겁게 해주는 일몰(日沒)만이 남아 있었다.

해는 그 힘이 폭발할 듯한 때가 있었고 지금처럼 힘을 점점 잃어가는 때가 있었다. 문득 지금의 일몰이 자신과 비슷하다는 생각이 들었다. 굳이 휘인을 해의 운동에 비교한다면, 아마 중천에 있는 해가 아닐까 하는 생각도 든다.

‘왜 이렇게 감상적이 되는 것일까?

이렇게 하늘을 보고 넋을 잃었던 때가 언제였던가.

그때 휘인의 싸늘한 음성이 들려왔다.

"고마워할 필요는 없을 텐데."

"그게 무슨 말인가? 무림공적만 아니었다면 화산파로 초대하고 싶을 정도로 고맙네."

그렇게 말하면서도 전휘는 몸서리를 쳤다.

휘인의 보랏빛 안광에 닿은 것이었다.

"깨우침이라고 했던가? 내가 나의 무학의 일부를 보여준 이유가 무엇인지 아는가?"

전휘는 잠시 움찔했다.

이 꺼림칙함.

그의 눈에 의혹이 서렸다.

'그러고 보니 휘인이 나에게 깨우침을 줄 만한 이유가 있던가?'

없었다.

순간 휘인의 섬뜩한 눈이 야차의 것을 닮기 시작했다.

흉흉한 살기가 뿜어져 나왔다.

공포.

온몸이 부르르 떨릴 정도의 공포를 자신이 살아생전 느끼게 되었다. 머리가 백지화된다는 것을 체험하게 되는 전휘였다.

휘인의 마력이다.

그의 마력.

음침한 음성이 들려왔다.

"그래도 자신이 잘못된 길을 걷고 있다는 걸 죽기 전에라도 알아야지."

파천도의 얼굴에는 절망이 깃들어 있었다. 눈동자가 풀려 있는 게, '과연 이자가 파천도인가?' 라는 생각이 들 정도였다. 호탕하면서 다혈질적인 성격으로 유명한 그가 망연자실한 얼굴을 하고 있다고 말하면 누가 믿겠는가.

천라지망의 구성원들은 그런 기이한 경험을 하고 있었다.

천라지망 구성원들의 육안으로는 무림공적 일행이 어렴풋이도 보이지 않았다. 실세들에게는 형체를 알아볼 수 있을 정도였지만, 무림공적과 전휘가 일으키는 먼지구름으로 인해 그들의 상황을 전혀 알 수 없었다.

오로지 홀로 돌아온 파천도의 얼굴 표정이 모든 것을 대변했다.

전휘가 당했다.

태상검이라 추앙받던 화산파의 유일무이한 전전대 고수.

파천도가 돌아오는 즉시 내린 명령은 한 가지였다.

―귀환(歸還).

무림맹의 지시는 무시했다.

남 천라지망은 각자의 문파로 돌아갔다. 그들은 심적으로 지쳐 있었다. 특히 전휘가 죽었다는 사실은 혼을 빼놓기에 충분했다. 비록 그가 잊혀진 고수였지만, 지금까지 그가 살아 있다는 사실 자체가 잊혀졌던 시간들을 채우기에 충분했다.

고수들은 세월이 흐를수록 쇠퇴하기보다는 더욱 강해진다. 그게 바로 내공의 고수라는 것이었다.

전휘는 은연중에 고(故) 무림맹주의 자리를 대신하는 인물이었다.

남 천라지망이 악적인 휘인을 상대로 이렇게 당당하게 설수 있는 유일한 이유였다.

전전대 고수에 대한 의지.

천라지망은 전의를 상실했다.

남 천라지망은 각 문파로 흩어졌다. 그들은 안정을 필요로 했다. 무림공적을 직접 겪지 않은 동서북 천라지망은 그들의 무분별한 행동을 욕했지만, 어쩔 수 없었다.

이후 무림맹은 동서북 천라지망에도 귀환 지시를 내렸다.

다시 한 번 실세들이 소집되었다.

휘인.

그리고 무림은 새로운 국면에 접어들었다.

제9장

괄목상대(刮目相對)

　괄목상대(刮目相對)란 눈을 비비고 다시 본다는 뜻으로 상대의 학식이나 재주가 생각보다 부쩍 진보한 것을 이르는 말이다. 무림공적 일행에게 이 말만큼이나 어울리면서도 어울리지 않는 말은 없는 듯했다.

　눈을 비비면 비빌수록 자신들의 눈이 맑아져서인지, 아니면 정말 무림공적 일행이 성장하고 있는지는 알 수 없었다. 하지만 확실한 것은 그들이 계속 자신들의 예상에서 벗어난다는 것이었다.

　분명 그들을 알았다고 생각했다.

　역대 최고의 규모로 천라지망을 구성할 정도로 그들을 높이 평가했다고 생각했다. 과대평가했으면 했지 과소평가를 하지는 않았다고 생각했다.

그런데 그들은 유유히 천라지망을 해체했다.

정면 충돌 이전에 이미 남 천라지망을 철저하게 산산조각 냈다. 물론 사상자는 전대 고수들뿐이었고 대부분의 천라지망 구성원들이 살아 있었지만, 육체에 이상이 없다고 해서 모두가 살아 있는 것은 아니었다. 정신, 의지, 전의가 상실된 자는 살아도 살아 있는 게 아니었다. 언제든지 상대에 의해서 생명의 불꽃이 꺼질 수 있는 상태.

무림공적은 수천 명에 달하는 남 천라지망을 그렇게 농락했다.

"무황벌주(武皇閥主)는 무림공적을 어떻게 생각하는가?"

지금까지의 판단이 잘못되었다는 것쯤은 모두가 잘 알고 있었다. 과연 무림공적은 어떤 인물인가? 이 부분을 짚고 넘어가야 했다. 분명히 하고 넘어가지 않으면 또 어떤 일이 벌어질지 아무도 감히 추측할 수 없었다.

파천도가 턱을 괴었다.

확실히 쉽게 판단을 내릴 수 없는 부분이었다.

반 각이 흘렀지만 좌중은 침착하게 그의 대답을 기다렸다. 무림공적을 가장 가까이에서 본 이가 바로 파천도였다. 전휘의 죽음을 직접 겪은 파천도는 분명 휘인을 떠올리는 일이 괴로우리라.

영원히 닫혀 있을 것만 같던 파천도의 입이 열렸다.

"다시없을 마두(魔頭)입니다. 제 생애에 그만큼이나 위험한 놈을 본 적이 없습니다. 어쩌면 무림은 최악의 마웅(魔雄)을 보고 있는 것일지도 모릅니다."

파천도의 묵직한 말에 다른 실세들도 고개를 끄덕여 보였다.

확실히 인정을 하는 듯한 모습이었다.

"아미타불."

동요를 일으키는 좌중을 진정시키는 신승의 모습은 편치 못했다. 그것도 그럴 것이 새외무림이 잠잠하다는 무영음각의 보고가 있었기 때문이다. 그 소식은 희소식임에도 불구하고 신승의 머리는 복잡했다. 혹시나 몰라 새외무림으로 보낸 소림사의 제자들이 모두 실종되었다. 그런데도 무영음각에게서는 새외무림이 아무런 움직임이 없다는 정보만이 입수되었다.

그 말은 무영단이 제 역할을 못하고 있다는 소리.

최악의 경우 무영음각이 당했을지도 모른다.

신승의 모든 이목은 새외무림에 쏠려 있었다. 새외무림과 경계가 닿아 있는 중원무림의 낌새도 이상했다. 그럼에도 불구하고 수사단을 파견하지 못하는 이유는 무림공적 일행에 대한 처리가 시급했기 때문이다. 일단은 발등에 붙은 불을 끄는 것이 우선 아니던가. 정말 어디 하나 안심할 곳이 없었다.

안에서는 무림공적이, 밖에서는 새외무림이 난리를 쳤다.

도악이라도 멀쩡했다면 새외무림을 정찰하는 단체를 꾸릴 텐데, 도악은 아직 제정신을 차리지 못하고 있었다. 아니, 정신은 들었으나 그녀는 은거를 선택했다. 아직은 무림맹 내에 있었지만 어떤 부탁도 일체 거절하고 있었다. 그녀의 상태는 현재 폐인이나 다름없었다.

무영음각이 당했을지도 모르는 지금 무림맹 외부의 인물을 끌어들여 한 단체를 형성하여 새외무림의 정찰을 보낼 수도 없었다. 무영음각은 개인의 무공도 뛰어났으며, 무영단 내에서 절대적인 신뢰를 받고 있었다. 그런 그가 당했다는 것은 상대의 세력이 절대 작지 않다는 것을 의미했다.

전대 고수라면 부탁해 볼만 했지만, 무림공적 하나로도 지금 벅찬 상황.

뾰족한 묘안이 떠오르지 않았다.

그때 파천도가 다시 입을 열었다.

"신승께서는 꽤나 근심이 많으신가 봅니다?"

신승이 애써 놀란 가슴을 진정하며 침착하게 되물었다.

"왜 그리 생각하나?"

"신승을 보좌한 지 오래되었습니다. 그 정도도 눈치 채지 못하겠습니까."

신승은 절로 끄덕여지는 머리를 애써 제지하고는 묘한 눈으로 파천도를 응시했다. '저 돌 머리가 심리를 읽어?'라는 말이 새어 나올 뻔했다. 신승이 아는 파천도는 단순하기 그지 없었다. 무식하지는 않았지만, 그 단순함이 무식함으로 보일 때가 한두 번이 아니었다.

그런 그가 자신의 의중을 읽었다는 것은 원숭이가 사람으로 진화했다는 것만큼이나 놀라운 일이었다.

신승은 애써 그 마음을 감췄다.

'어차피 밝힐 때가 되었지.'

"새외무림이 움직이고 있는 것 같네. 추측이지만 북해빙궁을 중심으로 새외무림이 통합되었다고 보네. 그들이 남하해 오고 있네."

추측이다.

가짜 무영음각이 건네주는 거짓 정보를 추리고 추려서 최악의 가설을 세웠을 경우를 떠올리자, 바로 이러한 결론이 났다. 너무도 허무맹랑한 가설이었지만, 이 가설을 완성하고 나서 느꼈던 전율은 이루 말할 수 없을 정도로 컸다.

눈과 귀가 차단되었을 경우에는 오로지 직감에 의존해야 했다. 게다가 따지고 보면 새외무림은 지금껏 너무도 조용했다. 마교는 최근 무림공적에게 혼쭐이 나 무림 도모가 물 건너갔지만, 새외무림은 그렇지 않았다. 비록 새외무림은 척박한 환경과 끊임없는 그들만의 패권 다툼이 있었다지만, 그들의 소식을 접한 지 꽤 오랜 시간이 흘렀다. 무소식이 희소식이라지만, 요번만큼은 해당되지 않았다. 게다가 그들이 통합되지 않았다고 해도 시기를 고려하건대 한 번쯤은 중원무림의 저력을 보여줄 때도 되었다.

"말도 안 됩니다! 새외무림의 통합이라니요! 각 세력이 물과 불의 속성을 닮아 융합이라고는 눈곱만큼도 모르는 놈들입니다. 지금 같은 어려운 때 외부에 눈을 돌릴 겨를은 없습니다. 일단 중원 안의 불을 꺼야 외부의 불을 끌 틈이 생기지 않겠습니까?"

화산파의 장로 진효랑의 주장에 대다수의 실세들이 일리 있다는 듯이 고개를 묵묵히 끄덕였다.

진효랑은 하루라도 빨리 무림공적을 척결했으면 하는 생각이 굴뚝같았다. 그 괴물 같지도 않은 녀석과 같은 하늘 아래에 살고 있다는 것만큼 큰 공포는 없었다. 언제, 어디서 나타나 자신을 괴롭힐지 모른다.

휘인이 그렇게 할 일이 없는 것은 아니라는 사실을 진효랑이 알 리가 없었다. 무조건 그와 얽히고 보면 좋은 일은 하나도 없었기에 은연중에 그런 생각이 각인되어 있었다.

신승의 미간이 곱게 접혔다.

"매화옥검께서는 무림공적을 생포 혹은 척결해 낼 방안이 있으십니까?"

언제 그렇게 열변을 토했냐는 듯 입을 꾹 다물고 있는 진효랑의 얼굴에 분함이 서리기 시작했다. 믿고 싶지는 않았지만, 무림공적 일행은 태상검 전휘를 죽였다. 생사 여부는 확실하지 않았지만, 어쨌든 실종시켰다.

자신이 어떻게 해볼 상대가 아니라는 것은 진즉에 알았지만, 전전대 고수이자 사백조님인 전휘가 그렇게 맥없이 당하리라고는 그 누구도 생각지 못했다.

그는 숫자로 이겨낼 수 없었다.

그때 파천도가 입을 열었다.

"대규모의 천라지망이 과연 필요한지 의문이 듭니다."

좌중의 시선을 한꺼번에 사는 발언이었다.

수천으로 부족하다면 수만으로 몰아붙여야 하는 게 인지상정이 아닌가. 파천도의 주장은 상식을 완전히 벗어났다.

무림공적에 의한 충격으로 파천도가 살짝 돈 것은 아닌지 좌중은 심각하게 고민했다. 그를 탓하지는 않았다. 만약 자신들이 전휘가 당하는 모습을 두 눈으로 직접 봤다면 아마 그 눈을 파냈을지도 모른다.

불신의 눈으로 바라보는 좌중들 가운데 신승만이 파천도를 진지한 눈으로 응시했다.

"어째서 그렇게 생각하나?"

"현 무림공적은 지난 무림공적들과는 그 사고방식이 다른 인간입니다. 다른 무림공적들은 중원무림의 힘이 미치지 않는 새외무림으로 죽어라 도망가는 데 목적을 둔 놈들이었습니다. 그렇지 않습니까?"

당연했다.

그 누가 수천, 수만의 무인을 홀로 상대해 내겠는가.

"계속해 보게."

"그런데 이 휘인이라는 자는 도망갈 의도가 전혀 없었습니다. 오히려 무림맹에서 도발하기를 기다리는 듯한 눈치가 아닙니까? 그가 전속력으로 이동한 때가 거의 없었다는 사실을 고려하면, 놀랍게도 그는 천라지망과 전면전의 의사를 보이고 있습니다."

'말도 안 돼', '과대망상이야' 라고 격분을 토해내는 자들이 있었다. 하지만 그들의 격분은 그 사실을 받아들이기 싫어하는 감정에서 우러나온다는 것을 파천도도, 신승도 잘 알고 있었다. 그냥 최후의 발악이다. 현실을 회피하기 위한 최후의 발악.

"그리고 그는 다수를 효과적으로 요리하는 방법을 너무도 잘 알고 있습니다. 진정한 공포를 싹트게 하여 정상적인 사고는 물론, 움직임까지 마비시킵니다. 이래서야 천라지망이 제 기능을 하겠습니까? 오히려 방해나 되지 않으면 다행입니다."

그때 잠자코 지켜보던 학선이 입을 열었다.

"공포도 겪어볼수록 익숙해집니다. 인간은 적응의 동물이 아니던가요? 이제 갓 형성된 천라지망입니다. 점점 나아질 게 분명하지 않습니까? 게다가 대규모 천라지망이 상대의 발목을 강하게 붙잡을 수 있습니다."

파천도는 피식 웃었다.

"학선께서 잠시 조신 모양입니다. 천라지망은 무림공적의 발목을 붙잡을 필요가 없습니다. 무림공적은 도망갈 생각조차 하지 않고 있습니다. 그 예로, 천라지망이 흩어진 지금 무림공적 일행들은 이렇다 할 이동을 보여주지 않고 있습니다. 애초에 대규모 천라지망은 무림공적의 도망에 방비하여 이동 경로의 차단을 위한 것이 아니었습니까? 도망가지 않겠다는 상대의 이동 경로를 차단할 필요가 있겠습니까?"

학선의 얼굴이 붉어졌다.

"그래도 만약! 무림공적 역시 궁지에 몰리면 도망을 선택하겠지요. 궁지에 몰린 상대를 그대로 도망가게 내버려 둘 수는 없지 않겠습니까? 천라지망은 무림공적을 생포 혹은 척결하는 데 필수적인 조건입니다."

파천도의 미소가 짙어졌다.

"무림공적이 궁지에 몰린다면 그는 어떤 선택을 하겠습니까? 쥐도 궁지에 몰리면 고양이를 뭅니다. 용을 궁지에 몰아 보십시오. 저는 그 결과를 생각하기도 싫습니다. 이미 당할 만큼 당했습니다. 안 그래도 실추되어 가는 무림맹의 권위가 천라지망의 해제로 바닥에 곤두박질치고 있습니다. 천라지망을 다시 구축하는 데 별다른 구색도 없지 않습니까. 차라리 무림공적을 생포 혹은 척결하는 데 천라지망은 필요없기에 해제했다는 소문이 그나마 무림맹의 권위 회복에 보탬이 되지 않을까요?"

"하지만!"

"아미타불."

신승이 제지에 들어갔다. 학선은 뛰어난 인물이다. 다만 지기 싫어한다는 게 유일한 단점이었다. 누군가에게 지고 있다는 느낌을 받으면 말도 안 되는 것들을 가져다가 붙여 오히려 불리한 입장을 자처한다.

신승의 눈빛에는 의심이 가득했다.

그 눈은 파천도에 닿아 있었다.

그리고 그 눈빛을 받은 파천도는 순간 움찔했으나 애써 평정심을 찾았다.

'눈치 챘나?'

하지만 이내 들려온 신승의 말을 듣고는 속으로 안도의 한숨을 쉬는 파천도였다.

"파천도가 이번 일로 머리가 상당히 명석해졌군. 허허, 역시 고난을 겪는 사람이 발전을 한다고 하던가?"

파천도는 자신의 의견을 발언하는 데에는 조금도 서슴지 않는 열혈도객이었지만, 딱히 설득력이 있거나 신빙성이 있지는 않았다. 그나마 진심으로 뜻을 밝히기에 호소력은 조금 있는 편이었다.

하지만 오늘 파천도의 발언들을 보자면 호소력은 물론 설득력, 신빙성 등을 모두 갖췄다. 흠잡을 데 없는 발언이었다.

그 점이 조금 이상하다 싶은 신승이었지만, 자신이 파천도의 그릇을 너무 작게 평가한 것으로 치부했다. 파천도는 생각보다 뛰어난 인물이었다. 무공에 걸맞은 두뇌를 지닌 빼어난 인물.

신승이 다시 말을 이었다.

"그래서 파천도는 어떻게 했으면 좋겠나?"

유난히 학선의 눈동자가 뜨겁다는 생각을 하는 파천도였다.

"무림공적을 생포 혹은 척결하기 위해서는 소수의 정예를 파견해야겠지요. 그리고 천라지망의 구성원들로 새로운 단체를 이뤄 새외무림의 일을 처리하는 게 급선무가 아닌가 싶습니다."

신승은 '호오' 하고 탄성을 자아냈지만, 일부 실세들은 수긍을 못하는 눈치였다. 단지 신승의 반응이 너무도 긍정적이어서 하고 싶은 말들을 꾹 눌러 참는 모습이었다.

그때 학선이 입을 열었다.

"파천도께서 새외무림의 일이 시급하다고 생각하시는 이유가 있으십니까?"

'오기인가?'

신승은 그렇게 생각했다. 아마 그 단순하기 짝이 없던 파천도에게 언변으로 뒤졌다는 사실이 마음에 들지 않았나 보다.

그렇게 생각하면서 파천도의 대답을 기다렸다.

자신 역시 어째서 파천도가 그리 생각하는지 의아했던 것이다. 자신은 전적으로 추측이었다. 이 일에 관련해 공작도 벌이고 있었고 이런저런 정보도 수집하고 있었으니, 어쩌면 너무 허무맹랑한 것도 아니었다.

하지만 파천도는 다르나.

그는 이제 갓 천라지망에서 귀환한 이였다.

그가 이런 복잡한 이해관계를 알고 있을 리가 없었다.

"신승께서 새외무림을 생각하고 계시다는 건 그만큼 일이 중하다는 것 아니겠습니까. 학선께서는 신승의 말씀을 믿지 못하시는 건가요?"

신승이 웃음을 참았다.

통쾌한 한 수였다.

학선의 얼굴은 정말 봐줄 만했다. 표정이 일그러지는 것을 보이지 않기 위해 덥지도 않은 날씨에 부채질을 하는 꼴이라니.

'파천도를 다시 봐야겠군.'

신승은 진심으로 감탄했다.

"파천도, 새외무림에 가주겠나? 여기 계신 전대 고수 분들과 함께. 일의 책임자를 찾을 수가 없었네. 이제 보니 눈앞에 두고도 몰랐구먼."

신승은 빙긋이 웃고 있었다.

하나 생각 외로 파천도의 표정은 신중해졌다. 당장에라도 자리를 박차고 일어나 '알겠습니다!' 라고 말할 줄 알았는데, 예상외였다. 무엇보다도 파천도는 그런 임무를 좋아했다. 상대를 깨부수는 역할. 단지 무림공적 일은 조금 예외였다.

"따로 생각해 두고 있던 일이 있나?"

"무림공적의 척살대(刺殺隊)에 포함되고 싶습니다."

따로 이름을 지어두지는 않았지만 굳이 척살대라는 단어를 쓰는 것과 붉게 달아오른 얼굴을 보면 그가 얼마나 무림공적에게 격분을 느끼는지 알 수 있었다.

"무림공적을 피하고 싶은 줄 알았는데?"

무림공적을 겪은 모든 이들의 반응은 한결같았다. 남 천라지망은 무림공적과 두 번 충돌한 이들. 그들은 다시 천라지망에 포함될 의사가 전혀 없었다.

"물론 마음 같아선 피하고 싶습니다."

"그런데?"

"그건 도망가는 것이나 다름없습니다. 두려움과 맞서 싸우는 것. 패배를 수긍하고 다시 이기려고 끝없이 노력하는 것. 이게 제가 추구하는 무도(武道)입니다. 도망가거나 두려움을 피하는 사람은 결코 무인이라고 칭할 수 없습니다."

파천도는 이런 사람이었다.

남자의 호탕함을 지닌 사내.

'변하지 않았군.'

파천도의 모습에 조금은 이질감을 느끼던 좌중이었다. 하지만 이제 보니 그의 모습은 그대로 남아 있었다. 그는 대장부(大丈夫)라는 호칭이 어울리는 무인이었다.

"허허, 그렇군. 자네는, 척살대라고 했던가? 어쨌든 그 일행에 포함시키겠네. 하지만 그래도 새외무림의 담당자가 필요하네."

잠자코 입을 다물고 있던 진효랑이 입을 열었다.

"파견대(派遣隊)의 규모는 어느 정도입니까?"

좌중의 시선이 신승에게 집중되었다.

새외무림.

지금에 와선 조금 생소한 이야기였다. 그들은 통합되려 하지 않는다. 모두의 힘이 비등비등하여 앞으로도 통합될 것 같지는 않았다. 하지만 신승의 뜻이다. 그가 하고자 한다면 그들은 수긍할 수밖에 없었다. 게다가 신승은 말을 허투루 하는 이가 아니었다.

소림사의 고승이다.

그의 말 하나하나에 신뢰가 느껴졌다. 오랜 수행을 이룬 고승들이 그러했다.

"천라지망의 힘을 그대로 쓰겠네."

"……!"

좌중이 눈을 부릅떴다.

천라지망을 이루는 구성원은 전부 정예이다. 각 문파의 정예. 정예 중의 정예까지는 아니더라도 상당한 전력이다. 그런 그들을 확실치도 않은 새외무림 때문에 멀리 파견한다? 반감 이 들었다.

신승이 종지부를 찍어주었다.

"파견한 무영음각이 실종되었네. 누군가가 그의 필체를 흉 내 내고 있네. 이 일은 대수롭게 넘어가서는 안 되네. 천천히 알아가기엔 너무도 위험하고. 무리수를 두려고 하네. 그들이 무림을 넘본다면 우리라고 가만히 있을 수야 없지."

무영음각의 실종은 큰일이다. 누군가가 무영단을 흡수했 다는 말이 될 수도 있고, 무림맹의 눈과 귀가 잘려 나갔다는 의미가 될 수도 있었다.

게다가 무영단의 이동을 알아차릴 수 있는 단체는 거의 없 었다. 무엇보다도 정보 단체는 은밀하게 움직이니 계속 무영 단을 주시했어도 힘든 일이었다.

며칠째 신승의 심기는 불편했다.

막연한 불안감.

신승은 자신의 불안감을 믿기로 했다. 적어도 이들을 보내 면 잠이라도 편히 잘 수 있을 것 같았다.

"지금의 천라지망을 그대로 이끌고 새외무림으로 올라가 게. 개방도 이 일을 전력으로 돕기를 바라네."

개방의 장로가 고개를 끄덕였다. 어차피 무림공적을 쫓는 데에는 많은 인원을 필요로 하지 않았다. 말 그대로 그는 도망이 목적이 아니었다. 그런 자에게는 새로운 대처 방안이 필요했다.

개방은 무영단과 달리 다수의 정보원들을 지녔다. 그들의 정보력이 닿지 않는 곳은 없었다. 다만 대부분이 거지들이라 얻을 수 있는 정보가 한정되어 있었다. 그 단점을 보완하기 위해 개방에서도 고수들로 이뤄진 정보단이 있었다.

"책임자는 학선이 좋겠지."

학선이 조금은 독선적이고 화가 나면 앞뒤 물불 못 가린다는 치명적인 단점이 있었지만, 전대 고수를 둘이나 대동하고 가니 그 단점도 조금은 덜어질 것이다. 그가 마음을 차갑게 식히기만 한다면 자신의 재능을 모두 발휘할 수 있으리라.

학선은 미소를 지으며 답했다.

"알겠습니다."

그때 참지 못하고 파천도가 입을 열었다.

"척살대는 어떤 이들을 위주로 결성됩니까?"

새외무림으로 천라지망의 전체가 올라간다면 이 자리의 실세들도 모두 같이 올라가는 셈이다. 이들이 소수의 정예가 아니었던가? 게다가 충원한다고 해봐야 여기저기에서 전대 고수들을 소집하는 정도로 그칠 줄 알았다. 하지만 신승의 눈을 보니 그게 아니었다.

"친우들을 모아야겠네."

"어떤 분들입니까?"

"평생을 유유자적하며 신선놀음하는 이들이지. 그들을 찾아서 모으려면 적어도 한 달은 걸리겠군."

"무림공적을 한 달간이나 방치할 생각이십니까?"

신승은 피식 웃었다.

"상대가 도망을 가는 것도 아닌데 걱정할 필요는 없겠지?"

파천도는 왠지 그런 그의 반응이 마음에 들지 않았다. 꺼림칙한 기분이 든다고 할까? 꼬집어서 표현하기는 힘들지만, 좋은 느낌은 아니었다.

"신승께서 직접 나설 생각이십니까?"

묘한 기류가 장내를 감돌았다.

모두의 시선이 신승에게 꽂혀 있었다.

"그래야겠지."

이후 신승은 척살대를 조성하러 떠났다. 파천도 역시 따라가려는 의사가 있었지만, 무황벌에서 들어온 긴급 소식에 그는 속히 귀환해야 했다. 동서남북 천라지망의 총괄 책임을 맡은 학선은 천라지망을 하나로 이끌어 북으로 올라갔다.

무림맹은 완전히 비었다.

오십 년가량 무림의 패권을 잡아온 무림맹이 하루아침에 흔들리고 있었다. 난세란 그런 것이었다. 방비를 한다고 해도 모든 것이 하루아침에 터져 버린다. 머릿속만으로 가정하던 최악의 상황이 눈앞에 나타난다. 인간의 힘으로 난세를 짓누를 수는 없다.

무림.

바야흐로 군웅할거(群雄割據)의 시대가 도래했다.

제10장

만인지상(萬人之上)

인간이라고 다 똑같은 인간이 아니다. 선천적으로 혹은 후천적으로 인간은 자신만의 색깔을 가지게 된다. 어떤 인간은 언뜻 바라만 봐도 사기꾼 냄새가 풀풀 나고, 어떤 인간은 딱 소인배의 꼴이다. 관리는 만인을 내려다보는 듯한 얼굴로 분간할 수 있었고, 점소이는 은연중에 드러나는 직업 정신으로 찾아낼 수 있었다.

자신의 생활이 곧 모습에서 드러난다.

그래서 성인들은 예로부터 마음가짐을 바로 하는 것을 강조했다.

관상도 비슷한 이치였다.

얼굴이 곧 그 사람이다. 과거의, 그리고 미래가 모두 얼굴에 담겨져 있다. 그의 기백이, 의지가, 신념이 모두 얼굴에 드러난다. 표정을 철저하게 숨기려고 해도 결국에는 이 모든 게 드러난다.

그럼 표정을 감추는 훈련을 전문적으로 받은 이들도 이런 경우에 속하느냐고 묻겠지만, 역시 그들도 해당된다.

인간은 변한다.

표정을 계속 바꾸려고 인위적으로 노력한다면 결국에는 그 사람도 근본적으로 바뀐다.

만약 쾌활하고 밝은 성격의 살수가 싸늘한 얼굴 표정을 유지하는 훈련을 받는다고 해보자. 참으로 힘들 것이다. 틈만 나면 웃고 항상 밝은 표정이었는데, 살수들에게는 그게 큰 흠이니 어떻게 해서든 고유의 표정을 바꿔야 한다.

사람의 마음은 결국 얼굴에 드러나게 되어 있다. 성격이 밝은 사람일수록 그 정도가 심하다. 결국에 표정을 완전히 바꾸려면 심성마저 바꾸어야 한다.

표정을 싸늘하게 굳히기 위해서는 그럴 만한 이유를 찾아야 한다. 자신의 과거의 치부를 굳이 떠올려야 했고, 세상의 온갖 추악한 것들을 떠올려야 한다. 얼마나 생생하게 떠올리느냐에 따라 표정은 빠르고 자연스럽게 굳는다.

계속해서 그런 기억들을 떠올린다고 가정해 보자. 결국에는 그 기억 속에 파묻히게 되고 최종적으로는 싸늘한 얼굴을 지니게 된다. 그와 동시에 근본적인 심성이 변한다. 얼굴이 변할 때까지 그런 기억들 속에서 파묻혔다고 생각해 보자. 그 기간도 기간이지만, 정도 때문에 결국에는 심성에 변화가 일 게 된다.

휘인.

그가 어떤 생각을 지녔는지는 알 수 없었다. 얼굴에 드러나 지 않았고, 굳이 숨기려고 하지도 않았지만 그렇다고 드러내 려 하지도 않았다.

언뜻언뜻 예기를 뿜어내는 얼굴과 조금은 인위적으로 굳 히고 있는 얼굴. 자신의 마음을 숨기려는 것인지 아니면 변화 시키려는 것인지 당사자가 아닌 한 알 수 없었다.

그에게서 드러나는 것은 단 한 가지였다.

은연중에 드러나는 기도. 무인으로서의 기도라기보다는 마치 황제 앞에 선 듯한 느낌을 주는 기도이다. 남을 발아래 로 굽어봐도 어색하지 않다. 오히려 그에게는 한없이 어울렸 다.

그를 처음 봤을 때는 이렇지 않았다.

그때는 오히려 모든 것을 포용해 줄 것만 같은 느낌이었다. 독고령의 생각은 그러했다. 따뜻함과는 거리가 있었다. 그냥 묵묵히 모든 것을 받아만 줄 것 같았다. 그는 그런 사람이었 다. 싫은 내색 하나 하지 않고 모든 것을 받아들여 주기만 한 다.

이제는 조금 다르다.

접근하기조차 꺼려진다.

아니, 자신은 왠지 접근해서는 안 된다는 느낌이 든다.

왠지 모르게 격차가 생겼다.

그와 자신이 밟는 땅이 같은 땅이 아니라는 느낌이 든다.

'그가 마음먹기에 따라 중원이 휘청거리기도 하고, 안정되기도 하는구나.'

개인의 영향력이라고 생각하기는 힘들다.

하지만 그게 현실이다.

자신이 만인지상이라고 생각했던 곽소천도, 뇌운비도 휘인과 함께 있을 때는 얌전한 양처럼 변했다. 그 누구에게도 굽히지 않는 둘이었다. 그런 둘을 기백만으로도 제압하는 자.

그는 이제 자신이 아는 휘인이 아니었다.

휘이잉!

바람이 한차례 지나간다.

폭발적인 여름의 해를 잠시간 잊게 해준다.

"천라지망이 물러났군."

휘인이 중얼거렸다.

확실히 중압감이 덜어졌다. 긴장이 아직 가시지 않았지만, 그래도 바람의 싱그러움이 느껴졌다.

"임시적인 상황이겠지."

뇌운비의 말에 휘인은 고개를 끄덕였다.

그때 하늘에서 전서구 한 마리가 날아왔다. 용케 휘인을 알아봤는지 그의 팔에 내려앉았다.

휘인은 전서를 꺼내고는 전서구를 하늘 높이 올려주었다.

─소수 정예 척결대 결성 중.

신승 외 그의 지인들.

약 한 달의 기한.

본인은 무황벌 귀환.

전서를 묵묵히 읽던 휘인이 입을 열었다.

"한 달의 기한이라⋯⋯. 그것도 나쁘지 않겠지."

"한 달이라니?"

뇌운비가 물었다.

"소수의 정예를 파견하기로 한 모양이다. 그 정예가 결성되는 데 걸리는 시간이 약 한 달이라는군."

뇌운비가 피식 웃었다.

"한 달이면 이 중원을 벗어나는 데 충분한 시간이잖아. 무림맹의 늙은이들이 머리를 쓴다는 게 겨우 이 정도냐?"

중원무림의 한중간이다. 중원 밖까지는 말을 타고 가도 몇 개월이나 걸리는 거리. 그들의 경공은 상상을 초월했다. 적어도 목숨을 걸고 시전한다면 한 달이면 충분하다. 중원의 끝자

락에만 가도 성공이다. 자신의 앞길을 막을 천라지망을 구축하는 데 적어도 며칠은 걸린다. 제대로 갖춰지지 않은 천라지망으론 자신들을 막을 수 없다.

"휘인, 생각해 둔 곳은 있나?"

휘인은 뇌운비의 말에 대답하는 대신 곽소천과 독고령을 쳐다봤다. 그의 눈과 마주친 곽소천은 순간 놀랐는지 몸을 살짝 떨었다.

"너흰 어떻게 할 생각이지?"

독고령은 몰라도 곽소천은 완전히 남남이다. 자신들과 아무런 관련이 없고, 실제로 왜 그가 이 자리에 있는지도 확실치 않았다. 독고령과 대충 관련이 있는 것 같지만, 그의 의도는 확실치 않았다. 곽소천 자신도 확실하게 갈피를 못 잡고 있는 게 분명했다.

휘인은 선택을 하라는 것이었다.

"여기서 돌아가는 게 좋지 않겠나?"

독고령은 쉽게 입을 열지 못했다.

곽소천이라고 다를 바는 없었다.

"어차피 무림공적 일행으로 낙인찍혔을 게요. 돌아가 봤자 기다리는 건 지명수배 아니겠소?"

그렇게 말하는 곽소천의 말에는 힘이 없었다. 그 자신도 알고 있었다. 무림맹에서 자신들을 내칠 이유가 없었다. 죄가 있어도 어떻게든 덮어주려고 노력할 그들이었다. 자신들의 배경은 무림맹에 그런 영향력을 발휘할 수 있었다.

휘인은 굳이 그 부분을 걸고넘어지지 않았다.

"다시 한 번 묻겠다. 따라온다고 해도 말리지 않고, 돌아간다고 해도 붙잡지 않는다. 선택해라. 대충이란 존재하지 않는다. 확신을 가지고 선택해라."

휘인은 근래에 들어 감정을 입 밖으로 내지 않았다. 아니, 감정을 과연 느끼기는 하는 것인지 모르겠다. 딱딱하기 그지없는 휘인의 말은 독고령의 가슴을 후벼 팠다.

'남아줬으면 좋겠다', '그래도 떠나겠다면 떠나라'와 같이 따뜻한 말은 그에게 존재하지 않았다. 남을 위하지 않는다. 남에게 마음을 열지 않는다.

새로운 휘인이었다.

두드려도 열리지 않을 문.

영원히 닫혀 있을 것만 같은 문.

독고령은 자신도 모르게 눈물이 고였다. 흔들리는 마음을 바로잡을 수 없었다. 왜 자신이 그를 떠올리며 안타까워해야 하는지, 슬퍼해야 하는지 알 수 없었다.

우수(憂愁)에 찬 눈이 휘인의 무심한 눈에 닿았다.

울음을 억지로 참고 있는 독고령의 모습이 휘인에게는 또렷이 보였다. 휘인은 그런 독고령을 외면했다. 그녀의 마음을 모르지 않는다. 그녀가 왜 혼란스러워하는지, 자신을 얼마나 염려하는지 알고 있었다. 연인과는 조금 다른 종류의 감정이다.

변한 자신의 모습에 그녀는 슬퍼하고 있었다.

독고령은 울음을 집어삼켰다.

어차피 자신은 짐이다.

이들에게 있어서 사신의 무공은 짐보다 나은 위치가 아니었다.

"가, 가겠어요."

결국에는 글썽이던 눈물이 볼을 타고 흘렀다.

그녀가 몸을 부르르 떨었다.

울분.

자신이 이런 선택을 할 수밖에 없는 데에 울분이 치밀었다.

하지만 더 이상 짐이 되고 싶지는 않았다. 남들에게 짐이 된다는 건 유쾌한 경험이 아니었다. 항상 미안한 감정을 품고 있어야 한다.

자신은 그렇게 강하지 못했다.

그런 마음을 이겨낼 수 없었다.

휘인은 조용히 그녀를 응시했다.

더 확실한 대답을 원하는 모양이었다.

'확신을 가지고 선택해라.'

독고령은 다시 목소리를 가다듬었다. 울먹이고 싶지는 않았다.

"돌아가겠어요."

아직도 휘인이 눈을 돌리지 않았다.

"이제는 가고 싶다고요!"

자신도 모르게 악이 받친다.

그제야 휘인의 시선이 곽소천에게 가 닿았다.

'한 번쯤 붙잡아주면 어디가 덧나나' 라고 생각하며 독고
령은 입술을 쭉 내밀었다. 정작 입 밖으로 내뱉으니까 가슴이
시원해졌다. 뭉친 응어리가 풀리는 듯했다. 자신의 의지는 말
로 내봐야 굳건해진다는 말이 떠올랐다. 휘인이 그 점을 고려
하여 자신에게 힘을 보태주려는 행동이 아니었을까?

싸늘함 마저 묻어나오는 얼굴에서 그런 기색은 전혀 읽어
낼 수 없었다.

곽소천은 잠시 머뭇거리다가 입을 열었다.

"같이 가고 싶소."

휘인의 눈동자가 조금도 흔들리지 않았다. 조금은 무섭다
고도 느껴지는 눈빛. 그 눈을 보며 곽소천은 자신의 뜻을 확
고히 했다.

"같이 가겠소."

그것으로 충분했다.

"후회하지 말도록."

곽소천은 알고 싶었다.

눈앞의 사내를 알고 싶어졌다. 처음에는 독고령이 그렇게
목숨을 걸고 찾아가는 뇌운비라는 사내를 알고 싶었고, 이제

는 천하의 뇌운비가 따르는 이 사내가 알고 싶어졌다. 자신을
짓누르는 이 사내를 알고 싶다.

그것으로 끝이었다.

휘인은 풀밭에 누웠다. 누군가가 인위적으로 예쁘게 만들
어놓은 것이라는 착각이 들 정도로 아름다운 풍경이 하늘에
놓여 있었다.

그때 임홍이 곽소천의 어깨를 탁탁 쳤다.

"네 심정, 내가 가장 잘 안다."

임홍.

그도 휘인의 신비함에 이끌려 여기까지 왔다. 작은 일에서
행복함을 찾으려던 임홍은 더 큰 자극을 원했고, 휘인은 그런
자극을 주었다.

"인생에 별게 있겠냐? 그냥 내키는 대로 사는 거지. 꼭 모
든 일에 이유가 있을 필요는 없지. 이유를 하나씩 따지고 살
다가는 그 삭막함에 미쳐 버릴걸? 굳이 이유를 알아내려 한다
면 그 방법은 한 가지. 집착하지 않고 참는 거야. 그럼 언젠가
는 알게 되겠지. 눈앞의 사내에게 왜 현혹이 되는지, 왜 이 궁
금증을 버리지 못하는지."

임홍의 호탕함이 곽소천에게도 전해졌다.

혈궁은 잠시 뒷전이었다. 혈궁에서 벌이는 수많은 일들은
머릿속에서 지워졌다. 복잡한 자신의 세력과 아버지는 잊는
다. 지금은 자신의 본능에 충실할 때. 왠지 그래도 될 것 같은

느낌이 들었다.

아니, 원래 자신은 이런 것을 원했다는 생각이 들었다.

곽소천이 피식 웃었다.

임홍도 덩달아 웃었다.

"그래, 그거야. 짐은 모두 떨쳐 버리고, 생각도 하지 말고 오로지 앞만 보고 걷는 거지. 이런 삶이라면 짧더라도 상관없어. 이 자유를 만끽할 수 있다면 내일 죽어도 여한이 없어. 그렇게 생각하지 않아?"

곽소천이 희미하게 고개를 끄덕였다.

"좋아, 너 마음에 든다. 크하하하하!"

귀가 울릴 정도로 크게 웃는 임홍의 모습에 뇌운비가 눈살을 찌푸렸다.

"곰탱이가 실성했군."

그래도 마냥 좋은지 임홍은 웃었다.

"어디 곰탱이한테 한번 혼나봐라!"

임홍은 웃으며 뇌운비를 껴안았다. 거기에서 그치면 문제가 없었는데, 그 무식한 힘으로 꽉 조이는 것이었다. 호리호리하다 못해 약간은 마른 뇌운비를 거구가 조이니 부러질 것만 같았다.

"악! 이 곰탱이가 눈에 뵈는 게 없지?"

"호오, 아직도 입이 살아 있군."

으드득!

뇌운비의 허리가 비정상적으로 꺾였다. 바라보는 것만으로도 그 고통이 느껴졌는데 뼈가 꺾이는 소리는 소름 끼치게 했다.

"으악! 안 놔? 이 곰탱이, 놓기만 해봐라, 가죽을 발라서 실 깃 싯밟을 테니!"

"그럼 안 놓으면 되겠네?"

"허어! 경고한다, 이 곰탱아! 당장 놔라! 그럼 목숨만은 살려주겠다!"

그 모습에 독고령은 웃음을 참지 못했다.

'변한 건 휘인뿐만이 아니네.'

뇌운비의 상처를 독고령이 모르지 않았다. 그 골이 얼마나 깊은지 모르지 않았다. 영원히 치유되지 않을 것만 같던 상처. 그 상처가 지금의 삐뚤어진 뇌운비를 낳았지만, 애초 그가 그리 모질지 않다는 사실을 독고령은 알고 있었다.

그의 마음을 가리고 있는 눈을 누군가가 녹여주어야만 했다. 그 사람이 자신이 되기를 바랐다. 그렇게 노력했는데…… 휘인은 이렇게 쉽게 그의 눈을 녹였다.

보기 좋았다.

이제 자신만 빠지면 되었다.

곽소천도, 뇌운비도, 임홍도 휘인의 곁에서 자리를 잡았다. 자신이 낄 틈은 없었다.

독고령은 미련없이 뒤돌아섰다.

그리고 걸었다.

뚝뚝.

망할 눈물은 멈추지 않았다. 그렇지만 그녀는 돌아보지도 않았고, 멈추지도 않았다. 마음을 강하게 먹었다.

그녀는 일행에서 그렇게 멀어졌다.

"그냥 보내도 상관없겠냐?"

임홍에 의해 대롱대롱 달려 있는 뇌운비는 멀어지는 독고령의 등에 눈을 주었다. 가늘게 떨리는 독고령의 뒷등을 보면 당장 이 곰탱이를 때려눕히고 달려가고 싶었다. 하지만 그렇게 하지 않았다.

"닥쳐, 이 곰탱아. 인간의 일은 상당히 복잡하고 오묘하단다."

임홍은 그런 뇌운비를 내려놓았다.

그의 어조가 이렇게나 흔들린 것은 처음이었다.

뇌운비는 휘인의 옆에 털썩 누웠다.

임홍은 그런 뇌운비 옆에 누웠다.

그 모습을 곽소천은 어이가 없다는 눈으로 쳐다봤다.

하지만 이내 임홍의 옆에 누웠다.

왠지 그래야만 할 것 같았다.

구름들이 천천히 하늘을 횡단하는 가운데 그들은 침묵을 지켰다. 아늑하다는 느낌이 무엇인지를 새삼 깨닫게 하는 시간이었다.

결국 해가 저물었다.

"오늘은 밤을 샐 필요 없겠지?"

임홍이 희망찬 어조로 말했다.

휘인이 미소를 지었다.

"객잔에서 자도 상관없겠지."

마을로 다시 들어서는 사람들의 이동이 있었으니 객잔도 다시 운영될 터였다. 범인들은 무림인들과는 또 다른 사회를 이루니, 그들은 분명 자신들의 얼굴을 모를 것이다. 하루쯤은 편히 묵을 수 있겠지.

"한 달 동안 무엇을 할 생각이냐?"

뇌운비의 질문이 곽소천과 임홍의 관심을 샀다.

"일단 만나봐야 할 사람이 하나 있다."

갑자기 무림공적에 대한 소문들이 끊겼다. 무림맹에서 그 부분에 대해서 더 이상 공식적인 발표를 하지 않았기 때문이다.

인간들의 상상력은 무궁무진하다.

그 덕에 무림공적에 대한 소문이 무성하게 자라 나갔다. 어떤 이들은 무림공적이 천라지망을 몰살시켰다는 말도 했고, 쥐도 새도 모르게 빠져나갔다는 말도 했다.

그런 수많은 의문을 무림맹은 무시했다.

그들에게 중원 내부의 시선에 신경 쓸 겨를은 없었다.

그 와중에 많은 이야기들이 돌았다.

신승이 무림맹을 떠났다는 소문도 나돌았고, 새외무림과 마교가 무림에 진출했다는 소문도 돌았다. 모두가 하나같이 신빙성이 없었지만, 그런 이야기들이 나돌 정도로 무림의 분위기는 흉흉했다.

왕삼은 십삼 년 동안 점소이 일을 해왔다. 이제는 정말 손님의 얼굴과 표정, 행색만 봐도 상대방의 부, 직업 등을 알 수 있었다. 어떨 때는 그 상대가 시킬 음식까지 맞추는 때도 있었다.

그런 왕삼도 이 일행에게서는 아무것도 알아낼 수 없었다.

준수한 외모의 일행이었다.

왕삼은 십삼 년 동안 많은 여성들을 봐왔지만, 눈앞의 여성만큼이나 아름다운 사람을 본 적이 없었다. 이제 갓 개화(開花)한 꽃을 연상케 하는 싱그러운 여자. 붉은 입술과 쾌활한 눈, 밝은 표정이 그녀의 아름다움을 증명했다.

"하이고, 세상의 협객 다 죽었네."

아름다운 그녀의 입에서 나온 말이라고는 상상도 못할 정도로 투박했다.

여기서 왕삼의 고민은 시작된다.

'겉만 멀쩡한가?'

그때 그녀의 미모에 가려진 청년이 입을 연다.

"후후, 나 같은 천하제일협객과 동행하니 가문의 영광이
지?"

"큭큭, 웃기고 있어. 너 때문에 숨을 못 쉬겠네."

그녀는 배꼽을 잡으며 웃음을 터뜨렸다. 그 모습에 왕삼이
눈살을 찌푸렸다. 자신이 원하던 여신상이 아니었다. 미의 여
신임에는 틀림없는데 행동은 고상치 못하다. 그래도 어딘가
우아하고 기품이 서려 있는 것을 보면 귀한 집 여식인 것은
분명했다.

왕삼은 다른 점소이들이 그들을 발견하기 전에 황급히 그
들 앞에 섰다.

"자리를 드릴까요?"

"전망 좋은 곳으로 부탁하네."

순간 왕삼의 눈이 가늘게 떠졌다. 억지로 목소리에 잔뜩 멋
을 부린 음성. 하지만 그의 표정 변화는 오래가지 않았다. 무
인들의 눈은 범인들에 비해 날카롭기 때문에 거듭 조심해야
했다.

"알겠습니다. 이층으로 모시겠습니다."

왕삼은 이층에서 바깥 풍경이 가장 잘 보이는 곳으로 그들
을 데려다 주었다. 보통은 자릿값을 더 받지만, 상대가 상대
인만큼 그 정도는 자신의 재량으로 넘어갈 수 있었다.

순간 왕삼은 움찔했다.

그러고 보니 이층에는 이들뿐만 아니라 또 다른 무림인들이 많이 있었는데, 유독 왕삼의 신경을 건드리는 부류가 있었다.

항상 이 시간대에 오는 무인들.

그들은 사천당가의 제자들이었다.

꼭 그런 이들이 있었다. 자기 잘난 맛에 사는 이들. 아직은 젊어 세상이 자신을 중심으로 돌아가는 듯, 남들이 자신들을 치켜세워 주니 정말 그런 줄만 안다. 자기 자신은 특별하니 남들은 아무렇게나 대해도 상관없다 한다.

이들은 그렇게 생각하는 놈들이었다.

셋이었는데, 이중 우두머리가 중간에 앉아 있는 뱁새눈이었다. 그 눈과 마주치면 몸서리를 칠 정도로 독하게 생긴 녀석이었다.

점소이 경력이 무려 십삼 년인 왕삼도 그의 얼굴을 제대로 보지 못했다.

왠지 느낌이 좋지 않았다.

그런 놈들의 특성상, 미인은 내버려 두지 않는다. 험한 꼴 본 여인이 한둘이 아니었다. 잠시 상대의 미모에 홀려 그 사실을 망각했다. 자리를 바꿔주려 했으나 이미 그들은 자리에 앉아 있었고, 당가의 놈들은 그녀에게서 눈을 떼지 못하고 있었다.

왕삼은 인상을 구겼다.

‘하아, 안됐군.’

사천성의 성도(成都)는 사천당가의 본거지였다. 당가 놈들이 무슨 일을 벌여도 이 성도에서만은 면책권이 있었다. 정말 그들이 익히는 독만큼이나 독랄한 놈들이었다.

“무슨 음식을 드시겠습니까?”

왕삼은 손가락으로 조심스럽게 자신의 뒤에 있는 당가 놈들을 가리켰다. 자신의 몸통으로 가리고 있었기 때문에 당가 놈들은 보지 못했으리라.

“간편한 걸로 주도록.”

‘온갖 똥폼은 다 잡는구나.’

왕삼은 눈을 지그시 감고 필요 이상으로 고개를 끄덕이며 ‘나 대협이오’ 라고 광고를 하는 사내를 보며 혀를 찼다. 물론 고개를 돌리고 있는 상태에서.

왕삼은 뱁새눈의 당가 녀석이 자리에서 일어나는 것을 보며 황급히 아래층으로 내려갔다. 괜히 불똥이 튀어 좋을 것이 없었다. 미녀는 남자가 보호해야 할 의무가 있지만, 똥도 피해야 할 의무가 있었다. 지금 같은 경우에는 일단 피하고 보는 게 급선무였다.

뱁새눈이 선남선녀 일행에게로 다가가고 있었지만, 그들은 남의 일처럼 시선 한 번 주지 않았다. 반대로 주변 무림인들의 시선은 모두 뱁새눈에게 꽂혀 있었다. 세상에서 가장 재밌는 게 사람 간의 충돌이 아니던가. 말싸움에서부터 시작하

여 몸싸움, 비무, 생사투. 종류도 가지가지이다. 특히나 그중
에서 일방적인 행패는 흥미롭다.

"자리도 없는데, 합석이나 합시다."

의사를 묻는 게 아니라 일방적인 통보이다.

뱁새눈이 서슴지 않고 앉는 것을 보면 꽤 자주 습관적으로
이런 행동을 했나 보다.

"좋소이다. 사해가 동도라고 하던데, 편히 앉으시오. 하하
하!"

사내의 말에 뱁새눈의 눈꼬리가 미묘하게 올라갔다.

대부분 선남선녀 일행에게 접근해 가면 상대의 반응은 '어
디서 행패야!' 라던가 '정중하게 거절하겠소' 와 같았다. 단
한 번도 이렇게 환영해 준 이는 없었다.

'눈치가 빠른 녀석이군.'

뱁새눈은 미소를 지었다.

반면에 절세 미녀는 고개를 절레절레 흔들었다. 도대체 이
사내가 무슨 뜻을 가지고 있는지 감히 추측할 수가 없었다.

'그래, 네 맘대로 해라.'

그녀는 혀를 쏙 내밀었다.

그 모습에 완전히 넋을 놓은 이가 있었으니······.

'앙탈쟁이! 내 취향이야!'

뱁새눈이 노골적으로 추파를 던졌다. 선천적으로 외모가
못난 것이 그의 잘못은 아니었지만, 어쨌든 그 모습은 구토를

치밀게 했다.

그녀는 그 모습을 무시했다.

"통성명이나 합시다."

어색한 분위기를 깨보려고 뱁새눈이 먼저 말을 꺼냈다.

"내 이름은 당진혁이오."

"진천악이라하오."

그의 이름은 진천악이었다. 그리고 절세미인은 바로 주화
린이었다.

진천악의 소망에 따라 그들은 성도에 왔다. 진천악은 애초
에 무림행이 목적이었고, 화린은 머리를 식혀야만 했다. 진천
악이 그 역할을 하고 있었으니, 화린 역시 그를 따라 여기까
지 왔다.

"진 형이었구려. 어디에서 오셨소이까?"

"광안에서 내려왔소이다. 당 형이라 했소? 그 유명한 사천
당가의 분이시구려. 호오, 이 진가 눈이 오늘 호강을 하오. 하
하하."

진천악의 말에 당진혁은 기분이 좋아졌다.

자신을 유명한 분이라고 치켜세움과 동시에 자신을 봄으
로써 눈이 호강한다고 했다. 분명히 칭찬이었다. 물론 진천악
은 그런 의도로 말한 것이 아니었다. 유명한 것은 분명히 사
천당가였고, 눈이 호강했다는 말은 별 이유가 없었다. 아니,
진천악이 그런 표현을 사용한 데에는 이 당가 놈에게 흥미가

일었기 때문이라고 할 수 있었다.

"진 형은 이 시대에 보기 드문 호남아구려. 술을 대접하고 싶은데, 어떻소?"

누가 공짜 술을 마다하겠는가.

"좋소이다! 허허허."

다시는 없을 얼간이 둘을 보는 화린의 표정은 말로 형용하기 힘들 정도로 미묘하게 일그러졌다. 이 상황을 좋아하는 건지, 싫어하는 건지 표현하기 힘들었다. 물론 이 세상의 중심이 자신이라고 생각하는 당진혁은 그 표정 변화를 긍정적으로 받아들였다.

"소저의 이름을 물어도 되겠소?"

안 그래도 작은 뱁새눈을 느끼하게 뜨고는 일부러 내리깐 목소리로 묻는 당진혁을 보며 화린은 욕지기가 치밀어 올랐다.

하지만 연신 싱글벙글인 진천악을 보고는 참았다.

그는 이 상황을 즐기고 있는 듯했다.

그의 의도가 무엇인지는 몰라도, 이 일에 자신이 손을 대고 싶지는 않았다.

"화린이라 하오."

조금은 싸늘한 듯한 음성에 당진혁의 뱁새눈이 가늘게 떠졌다. 하지만 이내 기분을 풀었다. 그녀의 얼굴만 봐도 모든 노기가 가라앉았다.

"그대의 미모가 들판의 꽃보다 아름답소."

나름대로 점수를 따려고 한 말이겠지만, 상대는 화린이었다.

화린은 어색한 미소를 지으며 고개를 살짝 숙여 보일 뿐이었다.

당장에 '어머, 고마워요' 라고 말하며 얼굴을 붉힐 것이라 생각했던 당진혁은 내심 섭섭했다. 하지만 그런 모습마저 그녀가 부끄러워하고 있기 때문으로 치부했다. 정말 그는 세상의 모든 일을 자신에게 좋은 쪽으로 해석하는 천부적인 재능이 있었다.

그때 왕삼이 술을 가져왔다.

당진혁이 주문을 하지 않아도, 그의 입에서 '술' 자만 나오면 당장 이 술을 대령해야 했다.

백년홍(百年紅)은 이 객잔에서 주문할 수 있는 최고급 술이었다. 불그스름한 이 술은 마시면 마실수록 그 흥취가 더해져, 많은 이들이 선호한다. 단지 그 가격이 부담스러워 자주는 못 마시는 술이었다.

사천에서 사천당가만큼이나 큰 재력을 지닌 곳이 없었으니 당진혁은 이런 백년홍쯤은 간단하게 살 수 있었다. 백년홍의 맛도 맛이지만, 그가 이런 술을 사는 목적은 따로 있었다. 여성들은 대부분 자신의 이런 호탕한 씀씀이에 감동하여 절로 안겨왔다.

이 백년홍은 여성의 마지막 보루(堡壘)를 무너뜨리는 마약

과도 같은 것이었다.

눈앞의 여인이라고 다를 것 같지는 않았다.

당진혁은 회심에 찬 미소를 지으며 백년홍을 들었다. 꼭 들어도 백년홍이라는 글자가 잘 보이게 들었다.

"백년홍이라 불리는 술이오. 백 년간의 기다림을 한 번의 붉은 불꽃으로 태운다는 의미로 붙여진 이름. 그 이름에 걸맞은 맛을 지닌 녀석이오. 한잔하시겠소?"

마치 대협이 선처를 베푼다는 듯이 묻는 태도에 화린은 코웃음을 칠 뻔했다.

화린이 제일 싫어하는 부류가 바로 당진혁 같은 인물들이었다. 우물 안 개구리들은 아무리 밖에서 개안을 시켜주려 해도 불가능했다. 그들의 잘못이 아니라 환경적인 요소임을 앎과 동시에 그들의 뻔뻔함은 정말 싫었다.

"술을 안 해서……."

당진혁은 눈을 부릅떴다.

그래 봐야 뱁새눈이 살짝 더 떠진 것뿐이었지만, 그래도 그 차이가 확연했다.

그때 진천악이 입을 열었다.

"호오, 이게 그 백년홍이오? 역시 당 형은 대단하오. 이렇게 비싼 술을 아무렇지도 않게 사다니. 실로 이 진가가 탄복했소!"

화린이 눈에 쌍심지를 키며 진천악을 노려보았다.

진천악은 그녀의 눈초리에는 아랑곳하지 않고 백년홍을 따라 입 안에 벌컥벌컥 들이켜고 있었다. 백년홍은 천천히 맛을 음미하며 마시는 술인데, 진천악은 그것도 모르고 물을 마시듯 확 들이켰다.

당진혁이 그때 제자를 타이르는 스승의 목소리로 말했다.

"진 형, 이 백년홍은 그렇게 드시면 맛이 덜하오. 자아, 일단 백년홍의 향을 맡아야 하오. 이 향기가 미각을 돋워주는 역할을 하오. 그런 다음 백년홍의 색깔을 쪼개어 보며, 혀로 살짝 찍어보오. 혀끝으로 단내와 톡 쏘는 느낌을 잠시 즐기다가, 조금씩 조금씩 차를 마시듯 해야 하오. 이런 식으로 마셔야 비로소 진정한 백년홍의 맛을 안다고 할 수 있소."

"오오!"

감탄을 토하며 당진혁을 대단한 듯이 우러러보던 진천악이 연신 고개를 끄덕였다.

"당 형은 모르는 게 없구려. 허어, 사천당가에 이런 인중지룡(人中之龍)이 숨어 있었다니. 아직도 당 형이 무림에 소문이 나지 않은 것을 보면 인간의 욕망에 해탈한 것 같소? 그렇지 않고서야 당 형 같은 인물이……."

참으로 아쉽다는 듯이 토로하는 진천악의 모습을 흡족히 바라보는 당진혁이었다. 이런 대접을 받아야 마땅하건만, 지금껏 그 누구도 자신을 이렇게 치켜세워 준 적이 없었다.

특히 거짓으로라도 이런 식으로 자신의 체면을 세워줘야

할 부모도 그를 창피하게 여겼다. 그런 당진혁인데, 누군가가 자신을 알아주니 기분이 상당히 좋았다. 상대가 부탁을 하면 그 어떤 것도 들어주고 싶을 정도로.

진천악은 당진혁이 알려준 그대로 백년홍을 천천히 음미했다.

"호오, 역시 이 술이 유명한 데에는 그만한 이유가 있었구려."

그때 갑자기 진천악이 당진혁의 두 손을 꽉 붙잡았다.

"이 촌놈을 이렇게 가르쳐 주어 참으로 고맙소. 당 형이 아니었다면 평생 우아한 것을 모르는 우둔한 놈으로 남을 뻔했소."

초롱초롱거리는 진천악의 모습에 자신도 모르게 압도되어 고개를 끄덕이고 있는 당진혁이었다.

"무, 무슨 말을 그렇게 하오. 당연히 해야 할 일을……."

"역시 대협은 다르오. 이런 미녀를 앞에 두고도 우아함과 기품도 잃지 않으면서 겸양을 떠시고. 허허, 정말 대협은 나 같은 촌놈과 달라도 한참 다르오."

당진혁의 눈꼬리가 치켜 올라갔다.

"무슨 말이오?"

갑자기 미녀가 왜 나오는가. 역시 상대는 순진한 척을 하며 자신을 떠보는 것인가? 괜히 과민반응을 보이는 당진혁이었다. 도둑이 제 발 저리는 것과 비슷한 이치였다.

"사실 당 형이 이쪽으로 다가왔을 때에는 우리 화 매에게 치근덕거리려고 왔는 줄 알았소. 지금까지 그런 수모를 여러 번 겪었기에 당연히 의심하고 봐야 했소. 히지만 미안하오. 이렇게 멋진 당 형을 순간이나마 파렴치한으로 봐서."

당진혁은 식은땀을 흘리면서 고개를 끄덕였다.

이건 상대의 심리전인가? 아니면 정말 그렇게 믿고 있는 것인가? 머리가 복잡하게 돌아가는 가운데, 이 일을 어떻게 해야 할지 갈피를 잡지 못했다.

그때 왕삼이 식사를 내왔다.

왕삼은 복잡한 심경에 빠져 있었다. 선남선녀를 자신의 손으로 이 당가 놈에게 바쳤다. 그는 양심상 그들에게 비싼 요리를 내주었다. 비록 자신이 한 달간 꼬박 모은 돈이 한 끼에 날아갔지만, 앞으로 이들이 당할 일을 생각하면 전혀 아깝지 않았다.

왕삼은 음식을 내려놓고는 황급히 아래층으로 내려갔다.

당진혁과 눈을 마주치고 싶은 생각은 조금도 없었다.

"당 형, 같이 들겠소? 아아, 미안하오. 당 형 같은 대협은 이런 음식을 먹지 않겠구려."

진천악은 당진혁의 탁자를 바라보며 한 말이었다. 당가 일행의 상은 그야말로 상다리가 부러질 정도로 많이 차려져 있었다. 저 음식들을 다 먹다가는 정말 배가 터져 죽을지도 모른다고 진천악은 생각했다.

"그럼 당 형, 일단 식사를 하고 보오."

이건 자신을 쫓아내는 말이었다. 자신이 분명 합석을 요구하지 않았던가. 그러고 보니 자신이 왜 이 일행에게 접근했던가. 이 절세미인과 조금 엮어져 보려고 했던 게 아니었던가.

하지만 당진혁은 자리에서 일어났다.

"진 형, 만나서 반가웠소."

"아니, 이 진가야말로 영광이었소. 당가의 대협을 눈으로 직접 보았으니 무슨 말이 더 필요하겠소."

진천악의 태도 때문이었다. 마치 대협을 바라보는 듯한 진천악의 눈. 그 시선 때문에 괜히 어깨가 무거워지고 발걸음이 조심스러워진다. 천하의 악질 당진혁이 그런 시선을 염두에 두겠느냐고 묻는 사람이 있겠지만, 그는 썩 내키지 않았다.

처음으로 대협 대접을 받아봤다.

만약 이를 무시하고 이 미녀에게 치근덕거리면 순간은 좋을지 몰라도 결국 자신은 단 한 번도 대협 취급을 받아보지 못한 셈이 된다. 이 경험은 두고두고 남을 것이다.

당진혁은 힘없이 자신의 일행에게로 다가갔다.

아깝기는 하다.

그래도 세상에 여자는 많다고 하지 않던가.

"웃겨."

화린은 애써 웃음을 참는 모습이었다.

"협객의 풍모를 보고 웃기다니! 멋있다고 하는 거지."

"큭큭. 길거리에 광대로 나서도 먹고살겠는데?"

"어허, 협객을 그런 식으로 놀리다니."

결국 화린은 탁자에 엎어졌다. 정말 못 말리는 녀석이었다.

웃다가 문득 떠오르는 한 사람.

'휘인.'

도대체 지워지지가 않는다.

진천악을 보면 휘인이 떠오른다. 휘인에 대한 앙심(怏心)을 모두 제친 호감(好感)만. 휘인에 대한 호감은 자신에게 있어서 독이었다. 철천지원수에 대한 호감이라니. 이건 죽어서도 용서받지 못할 죄였다. 그런데도 머리에서 지워지지가 않는다. 지워야 한다는 것을 알면서도 어떻게 주체할 수가 없었다.

'휘인이 진천악의 성품을 가졌으면 어떻게 되었을까?

진천악은 온화하면서도 문제들을 순화해 가는 독특한 재주가 있었다. 처음 만났을 때를 제외하면 그는 손을 쓰지 않았다. 되도록이면 안 쓰는 쪽으로 일을 풀어 나가려고 했다. 능력이 있으면서도 감춘다. 그리고 그 상태만으로도 일을 해결한다.

휘인에게는 없는 성품이었다.

'자신에게 검을 겨눈다? 그럼 죽고 싶다는 말이다.'

그게 휘인의 철학이다.

자신의 할아버지가 한 말이 떠오른다.

"이자는 활검(活劍)을 구사할 수 있음에도 불구하고 살검(殺劍)을 휘두르는구나."

진천악은 굳이 표현을 하자면 활검을 선택한 자이고 휘인은 살검을 선택한 자였다. 활검과 살검 중에서 옳고 그른 것을 따지기는 참으로 애매하다. 생각 같아서는 당연히 활검이 옳고 살검이 그른 것 같지만, 그 속에 내재되어 있는 미묘한 상황들을 따지고 보면 꼭 그런 것 같지도 않았다.

꼭 사람을 살려야 하는가.

꼭 사람을 죽여야 하는가.

상황에 따라 다르고, 그 사람에 따라 다르다. 그리고 그 선택이 옳고 그른지는 그 누구도 판단해 줄 수 없다.

진천악이 옳은지, 휘인이 옳은지 자신은 판단할 수 없었다. 아니, 판단하기 싫었다.

'그는 철천지원수. 철천지원수. 철천지원수.'

하지만 분명한 것은 그는 자신의 적이고, 이 호감을 지워내야 한다는 것.

그녀는 철천지원수를 되뇌며 앙심을 키웠다.

키우면 다시 눈이 녹듯 사라지는 앙심.

하지만 그래도 자신은 키워야 한다.

밑 깨진 독에 물 붓기라 해도.

"천악, 협객이라면 저들을 혼내주는 게 상식 아니야?"

휘인과 진천악의 차이를 알고 싶었다. 단순히 행동의 차이기 아닌 가치관의 차이를 알고 싶었다.

진천악은 잠시 생각에 빠진 듯 미동도 하지 않았다.

"글쎄."

애매한 답만이 나왔다.

그 정도로는 충분하지 않았다.

"왜 굳이 힘들게 말로 하니? 주먹을 내버려 두고."

그렇게 말하는 화린의 입에 미소가 걸려 있었다.

휘인이었다면 그랬을 것이라 생각하니 저절로 웃음이 나왔다.

물론 그녀는 이내 정색을 찾고자 부단히 노력했다.

'멍청이.'

그녀가 자책하는 가운데 진천악이 입을 열었다.

"무조건 옳지 않은 일을 한다고 해서 배척하는 게 옳은 것일까?"

참으로 오랜만에 진지한 모습을 찾는 진천악의 모습에 화린도 표정을 굳혔다.

"악은 당연히 배척할 대상이지."

화린의 뜻은 굳건했다.

악(惡).

화린에게 있어서 악은 존재해서는 안 될 것이었다.

"필요악이라는 말이 있잖아."

"필요악이란 말은 악을 배척할 만한 세력이 아직 나오지 않아서 현존하는 말이지."

"정의의 사도라도 필요하단 말이야?"

화린이 피식 웃었다.

"그래, 정의의 사도. 이 세상의 모든 악을 몰아낼 수 있는 그런."

"화린도 은근히 순진하구나. 순수하기도 하고. 후후."

왠지 모르게 그 말을 진천악에게서 들으니 기분 나빠지는 화린이었다.

"그럼 악이 좋다는 말이니?"

조금은 악이 받쳐 있는 음성이었다.

"좋고 싫다는 개인적인 입장에서의 잣대이지. 선이 좋고 악이 싫은 사람도 있고, 악이 좋고 선이 싫은 사람도 있어. 지극히 주관적이기 때문에 객관적으로는 판단하기 힘들지."

"너 꼭 그놈처럼 말한다."

화린은 휘인을 떠올렸다.

그는 상식적인 가치관이 아닌 중립적인 가치관을 지니고 있었다. 아마 사회에서 길러진 사람이 아닌 산에서 먹고 자란 이이기 때문이리라.

“누구?”

진천악의 눈에 이채가 서렸다.

화린은 입을 막았다.

“아니야, 있어.”

그 모습에 진천악의 눈에 왠지 힘이 없어졌다. 하지만 이내 초롱초롱함을 되찾았다.

“악과 선은 공존해야 한다고 생각해. 애초에 사람에게는 그 두 가지 속성이 내포되어 있으니까. 악으로 똘똘 뭉친 사람이 없듯이 선으로 똘똘 뭉친 사람도 없어. 만약 그런 사람들이 나타나기 시작한다면, 언젠가는 악뿐인 세상이나 선뿐인 세상이 오겠지.”

장난기가 서려 있었지만, 가볍게 흘려들을 말이 아니었다.

“그래서?”

“악이라고 해서 배척할 필요는 없어. 단지 공존할 방법을 모색해 나가야지. 악 속에서 선을 찾아야 하고 선 속에서 악을 찾아야 하지.”

“말도 안 돼.”

너무도 모순적인 이론이었다. 아무리 그의 말이 옳다고 해도 평생 이해하지 못할 듯했다.

“그냥 간편하게 생각해. 내가 만약 저놈을 때려눕혔으면 어떻게 되었을까?”

그 생각을 하자 화린은 웃음을 참아야만 했다.

"아마 '두고 봐!'라고 말을 하며 쓸쓸하게 퇴장하는 악인을 한 명 봤겠지."

"그래. 그게 지금의 상황보다 나을까? 그가 나에게 얻어맞았다고 해서, '아, 이건 잘못된 거야. 앞으로는 하지 말아야지'라고 생각할 것 같아?"

화린은 고개를 저었다.

만약 그 정도로 정신을 차릴 놈이 있었으면 이 세상에 악은 없었으리라.

"그럼 저렇게 착각하게 만드는 게 더 낫다고 말하는 거야?"

"아니, 그래도 한 번을 참았잖아? 나름대로 그는 지금의 상황을 만족하고 있어. 본능을 참는 것도 그리 나쁘지 않다는 사실을 인지하고 있겠지. 그것으로 충분한 거야. 하루아침에 사람이 달라지게 하는 능력이 없다면, 내가 할 수 있는 최대가 이만큼이야. 욕심낼 필요는 없지."

화린이 감탄을 토했다.

"언제는 천하제일협객이 될 거라면서."

"될 건데?"

"이런 식으로 협행을 계속해 나가면 그걸 누가 알아줄까? 저 당가 놈도 너를 그냥 '순진한 놈'으로밖에 생각 안 할걸? 천하제일협객 대신 천하제일순덩이라면 모를까, 네 꿈은 어림 반 푼 어치도 없다."

진천악은 그런 화린의 공격에도 아랑곳하지 않았다. 그냥 느끼한 미소만 지어 보일 뿐이었다.

"그래도 네가 알아주잖아?"

"바보. 그게 좋아?"

진천악의 미소가 짙어졌다.

화린은 그런 그를 보며 답답하다는 생각이 들었다. 어쩌다 협행을 해도 이런 협행을 선택했는지.

그러고 보면 맨 처음에 그를 만났을 때는 이런 협행을 하지도 않았다. 무엇이 그를 변하게 했을까? 그동안 자신과 쭉 있었는데, 그가 조금은 달라졌다. 꿈에 너무 매달리지 않고 있다고나 할까? 목적이 바뀐 것일까?

'정말 알 수 없는 녀석이야.'

파악할 수 없는 인물은 하나로 족했다.

그런데 둘로 늘어나다니.

화린은 머리를 쥐어 쌌다.

'참으로 인연이란 게 기구하구나.'

"이제는 어딜 가고 싶어?"

화린이 물었다.

"글쎄, 북으로 무작정 가보고 싶은데?"

"북? 거긴 시끄럽잖아."

학선이 천라지망을 이끌고 북으로 올라갔다는 소문이 돌고 있었다. 새외무림이 시끄럽다는 것은 이미 모두가 알고 있었다. 화린 같은 경우에는 무림맹에서 직접 연락을 받았기에 거의 모든 것을 알고 있다고 할 수 있었다.

"그러니까 가자는 거지. 남자라면 그런 험지를 탐험해야 할 의무가 있어."

"그런 말이 어디 있어."

화린이 말도 안 된다는 듯 눈을 가늘게 떴다.

"게다가 나 같은 협객은 어려움을 보고도 지나치지 않지. 북이야말로 이 몸을 필요로 하는 곳이야. 후후."

"네가 없어도 이 세상은 잘만 돌아간단다. 아니, 어쩌면 네가 무림에 나왔기 때문에 이렇게 세상이 흔들리는 것인지도 몰라."

"너무한데?"

진천악은 화린의 놀리는 듯한 얼굴을 보며 울상을 지었다. 그런 진천악의 모습을 보며 화린은 웃음을 터뜨렸다.

"큭큭, 현실이야."

"예비 천하제일협객을 이런 식으로 대하면 곤란해. 내가 나중에 천하제일협객이 되면 너부터 어떻게 하고 볼 테다. 후회하지 마!"

어린아이가 오기를 부려도 저것보다는 나으리라는 생각이 들었다.

"오호. 그럼 조심해야겠네."

"그럼!"

상대가 알아주자 또 우쭐해하는 진천악의 모습에 배꼽을 부여잡아야 했다.

"호호호. 그런데 이걸 어쩌지?"

"응?"

"네가 전하제일협객이 될 리가 없으니까 걱정할 필요가 없잖아."

"이익! 너 정말 못됐다."

진천악이 자리에서 박차고 일어났다.

그리고는 성큼성큼 객잔 밖으로 나섰다.

화린은 웃으며 그런 그를 따라갔다.

아……! 청춘이로다.

제11장

암중세력(暗中勢力)

양지에서 활동하는 세력이 있으면 음지에서 활동하는 세력도 있다. 양지는 양지 나름대로의 장점이 있고, 음지는 음지 나름대로의 장점이 있다.

양지의 특성은 만천하에 명성을 떨칠 수 있다는 점을 꼽을 수 있겠고, 음지는 은밀한 움직임이 가능하다는 점을 찾을 수 있었다.

'양지의 세력이 무섭냐, 음지의 세력이 무섭냐' 라는 물음에 무림인들은 열이면 열 음지의 세력이 더 무섭다고 할 것이다.

미지(未知)에 대한 두려움은 인간의 본능이었다.

이미 드러나 있는 세력에 대해서는 그렇게 두려워하지 않아도 된다. 적어도 상대가 어떤 곳인지 아는 것과 모르는 것의 차이는 상당히 컸다. 똑같은 힘을 가지고 있는 세력이라도 그들이 끼칠 수 있는 피해의 크기는 천차만별이었다.

그 내표적인 예로 살수 집단이었던 살막(殺幕)을 들 수 있었다. 오 년 전 왕성한 활동을 하던 살수 단체로 대문파의 장로 급들도 하루아침에 죽어나갔다. 그 살벌한 경계망을 유유히 빠져나가며 그야말로 무림을 경악에 빠지게 했다.

살막은 강력한 특급 살수들뿐만 아니라 추측할 수 없는 세력의 규모로 유명했다. 그들의 본거지, 특급 살수들의 정체 등 그 어떤 것도 밝혀지지 않았다.

살막이라는 이름도 하나의 살수가 실수 혹은 의도적으로 패(牌)를 하나 떨어뜨려 알 수가 있었다. 평범한 묵철로 아무렇게나 새겨진 살막. 그리하여 그들은 살막이라 불려졌다.

살막으로 인해 무림은 한 번 벌컥 뒤집혀졌다.

지금껏 대문파를 상대로 청부를 받아들인 살수 단체는 없었다. 마음만 먹으면 언제든지 처리할 수 있는 미약한 세력이라고 생각하던 살수 단체는 더 이상 그렇게 약하지 않았다.

대대적인 살수 단체의 척결이 이루어졌다.

그때야말로 살수들의 움직임이 가장 활발했다. 쥐도 궁지에 몰리면 고양이를 문다고, 살수 단체들도 가만히 않아서 당할 리가 없었다. 살수 단체란 단체는 모두 밤에 은밀히 대문파를 향해 발톱을 세웠다. 어차피 죽는 마당이기에 대문파는 이전처럼 위협적인 대상이 아니었다.

그렇게 시간이 흐를수록 살수 단체는 하나둘씩 뿌리가 뽑혀 나갔다. 살수 단체는 각 개인의 무력이 뛰어난 게 아니었다. 살수의 조건에 무력은 부수적인 것에 불과했다. 은잠술에 관련된 무공과 인내심, 그리고 판단력이 가장 중요했다.

그러니 일단 그들의 본거지가 발견되면 일방적으로 죽음을 맞이할 수밖에 없었다.

최후에는 살막만이 남았다.

애초에 살수 단체는 크지 않았다. 음지에서의 환경은 너무도 취약했다. 이런저런 상황 때문에 살수 단체는 기껏 해봐야 중소문파의 세력 정도밖에 유지하지 못했다. 대문파들이 마음먹은 이상 그들은 오래 버틸 수가 없었다.

하지만 살막만은 좀처럼 본거지를 찾을 수 없었다. 살수 단체라는 게 접촉하는 고유의 은밀한 방법이 있고 청부자와 대상이 있게 마련인데, 이상하게도 살막에 대해서는 그중 어떤 것도 알아낼 수 없었다.

살막에 접촉했다는 이를 수소문해 봤지만 찾을 수 없었고, 죽은 대문파 장로들의 은원 관계를 고려하여 조사를 벌였지만 소득이 없었다.

살막의 흔적을 조금도 찾을 수 없었다.

하지만 꼬리가 길면 결국에는 잡히는 법. 살막의 살수가 살

행을 하는 동안 전대 고수에 의해 목격당했다. 전대 고수는
그를 그 자리에서 생포하는 것보다 미행하여 살막을 뿌리째
뽑기로 마음먹었다.

그리고 그는 놀라운 사실을 알게 되었다.

살막은 단체가 아니었다.

일인으로 지금까지의 모든 청부를 수행한 것이다. 청부를
나타내는 증거들이 여기저기에서 발견되었다. 혹시나 분타
가 아닐까 싶어 조사를 벌였지만 놀랍게도 그곳이 곧 본타였
고, 살막은 단체가 아닌 것으로 밝혀졌다.

대문파의 고위 무인들을 잠 못 이루게 하던 세력. 시간이
흐르면 흐를수록 자신들의 공포를 극대화한 살막은 살수 단
체가 아닌 그냥 하나의 살수에 불과했다.

대문파가 뜻을 같이할 필요도 없었다. 생포된 살막의 살수
는 무공도 보잘것없었다. 단지 그의 신법이 경지에 이르렀을
뿐이었다.

대문파들은 그제야 자신들이 얼마나 겁을 먹었는지 깨닫
게 되었다.

보이지 않는 세력은 이렇게나 큰 피해를 끼칠 수 있었다.
심리적으로 끼치는 타격이 상상을 넘어선다.

이때 이후로 정보 단체의 육성이 시급하게 다루어졌다.

암중세력(暗中勢力)을 벌건 대낮으로 끌어올리겠다는 의도
가 역력했다.

하룻강아지에 겁을 먹는 호랑이 꼴이 나지 않으려면 어쩔
수 없었다.

휘인이 그를 만난 것은 청운을 만난 이후, 임홍을 만나기
이전이었다.

천양(千揚).

그녀를 천양에서 만났다.

그녀는 독특한 인물이었다.

그녀는 존재함과 동시에 존재하지 않는 것만 같았다.

움직이고 있었는데도 기척이 느껴지지 않았고, 자신을 바
라보고 있어도 시선이 느껴지지 않았다. 눈에는 독특한 종류
의 기가 담겨져 있었는데, 시선을 느끼는 게 바로 그 기를 감
지하기 때문이었다. 누군가가 자신을 쳐다보고 있다면 반드
시 그것을 알아차리게 마련인데 그녀의 시선은 알아차릴 수
없었다.

독특하면서도 위험했다.

그녀가 시야에서 보이지 않는다면, 바로 뒤에 있어도 알아
차릴 수 없었다. 어떤 수로 걷는지 걸음 소리도 들리지 않았
고, 어떤 행동을 해도 소리가 나지 않았다.

습관인지 의도하는 것인지는 몰라도 그만큼 위험한 여성
도 없었다.

'살수.'

그녀는 살수였다. 아니, 실상 떠올리고 보면 살수보다는 도둑이라는 느낌이 강했다. 그녀의 능력상 살수가 어울렸지만 하는 짓은 도둑과 별반 다르지 않았다.

어쨌든 그녀는 갑자기 사라질 수도 있었고, 나타날 수도 있었다. 천장에서도, 벽에서도 감쪽같이 모습을 감출 수 있었다. 허허벌판도 그녀에게는 숨기 좋은 곳이었다.

다른 이들에게는 없는 재주를 지닌 여성이었다.

그녀를 만난 것도 참으로 기묘했다.

공간에 묘한 일그러짐이 있다고 느껴진 곳이 있었는데, 거기에 그녀가 있었다. 자신이 다가가자 갑자기 모습을 드러냈다. 휘인이 생전 태어나서 그렇게 기겁해 본 적이 없었다.

어쩌면 뒤로 엉덩방아를 찧었을지도 모른다.

또 한 번의 대도행으로 피로가 누적된 강희(康熙)는 문득 한 사내가 떠올랐다. 항상 대도행을 끝내면 그 사내가 떠올랐다.

첫 대도행 때의 일.

처음으로 대도행이 실패로 돌아갔다.

물건까지 손에 얻어 성공을 확신하면서 그 짜릿함을 만끽하려 그것을 만지작거렸는데, 결국에는 실패로 돌아갔다. 그때의 일을 떠올리면 지금도 웃음이 나왔다.

"······."

몸을 휘청거리는 휘인을 묵묵히 바라보는 여성.

그녀는 검은 복면을 쓰고 있었다. 원래 그런 복면을 즐겨 쓰는지는 몰라도, 어쩐지 상당히 어울렸다. 복면이 어울리는 여성이라……. 어감이 이상했지만, 분명히 그러했다. 복면은 그녀를 위한 장식 같았다.

"……."

휘인도 이내 마음을 다스리고는 그녀를 묵묵히 바라봤다.

어떤 대화가 오갈 법도 했지만 휘인은 말을 먼저 꺼내는 종류의 인물이 아니었고, 상대 역시 휘인과 비슷한 종류의 인물 같았다.

묘한 정적이 흘렀다.

그 정적은 쉽게 깨지지 않았다.

어느 한쪽이 입을 열어야 깨지는데, 둘은 그럴 생각이 전혀 없는 듯했다.

'흐음. 어떻게 하지?'

휘인이 고개를 살짝 꺾었다.

이내 그냥 무시하기로 했다.

휘인은 그녀를 비켜 가던 길을 갔다. 뒤에서 기척이 느껴지지 않는 것을 보면 상대 역시 자신과 마음이 통한 모양이었다.

그렇게 휘인은 일각을 걸었다.

일각이 되어서야 이질감을 느끼기 시작했다. 분명히 주위에 아무런 기척이 느껴지지 않는데, 왠지 등에 누군가가 있는 것만 같은 느낌.

휘인은 고개를 돌렸다.

순간 휘인의 몸이 휘청였다.

하루에 그가 두 번씩이나 놀라는 일은 흔치 않았다.

그의 뒤에는 그녀가 있었다. 복면이 어울리는 여성.

'뭐지?' 라는 눈빛으로 휘인이 쏘아봤지만, 그녀는 입을 열지 않았다. 휘인은 그런 그녀에게서 흥미를 느꼈다. 그녀는 기척을 내지 않는다. 특수한 무공을 익혔는지 그녀는 자신을 지우는 데 성공했다. 특유의 기도도 느껴지지 않았고, 사람의 냄새도 맡아지지 않았다. 그녀의 옷은 또 어떤 재질로 만들어졌는지 천의 냄새도 맡아지지 않았다.

정말 독특한 여성이었다.

그녀를 눈으로 확인하지만 않는다면 정말 거슬릴 것도 없기에 휘인은 그냥 걸었다. 상대가 왜 자신을 따라오는지 묻지도 않았고, 뒤를 돌아보지도 않았다. 정말 휘인은 그녀가 없는 듯이 행동했다. 실제로 느껴지지도 않으니 별로 힘든 일이 아니었다.

그렇게 천양의 상가에 도착할 즘에 이르자 휘인은 그녀의 기척을 읽어낼 수 있었다. 처음에는 익숙지 않은 경험이어서 나름대로 당황했는데, 결국 사람인지라 그만의 기척이 있었다.

굳이 그녀에게 속성을 부여하자면 무(無)라고 할 수 있었다. 아무것도 느껴지지 않는다.

이 무(無)라는 게 존재하지 않는 것 같았지만, 조금만 신경을 기울이면 존재한다는 것을 알 수 있었다. 아무도 없을 때에는 자연의 기운이 느껴진다. 산속이라면 그 산 특유의, 강가라면 강 특유의, 바다라면 바다 특유의 기운이 느껴진다. 눈을 감고 있어도 느낄 수 있다.

무는 그 모든 게 느껴지지 않는다는 것을 의미했다.

자연의 기 속에 그 무가 깃들어 있다. 그녀에게서는 그런 기척이 느껴졌다.

정말 감쪽같은 여성이었다.

그녀가 왜 자신에게 흥미를 느끼는지는 잘 모르겠으나, 이제 휘인은 떨쳐 내야 했다. 막상 한 번 느껴지기 시작하니까 이제는 확연하게 느낄 수 있었다. 그녀는 더 이상 존재하지 않는 게 아니었다. 그 미세한 이질감이 이제는 확연하게 느껴진다.

정말 여간 거슬리는 게 아니었다.

그런 생각이 든 휘인은 그 자리에서 멈췄다.

조금은 희미한 그녀의 눈동자가 눈에 들어온다.

그 어색한 정적을 참지 못하고 휘인이 입을 열었다.

"왜 나를 쫓아오지?"

"……."

그녀는 대답하지 않았다.

그녀가 대답하지 않으리라는 것쯤은 이미 알고 있었다.

그냥 막연한 느낌이었다.

"말을 못하나?"

"……."

참으로 답답했다.

보이기는 하지만 느껴지지는 않는 그런 여성에게 이야기를 하는 기분이란, 마치 자신이 벽을 대고 혼잣말을 하는 것과 비슷했다.

한마디로 미친 짓이었다.

그때 그녀가 사라졌다.

귀신이 곡할 노릇이었다.

눈을 한 번 깜빡였을 때 그녀가 사라졌다.

주위를 둘러봐도 기척이 잡히지 않았다. 신경을 곤두세워도 느껴질까 말까 한 그녀의 기척을 잡기란 여간 힘든 게 아니었다. 그녀가 곁에서 조금 오랫동안 자리를 지켜줬으면 몰라도, 겨우 일각에 그녀의 기척을 온전히 알기란 불가능이었다.

휘인은 정말로 자신이 정신이 나간 게 아닌가 심각하게 생각을 해봐야 했다.

"……."

휘인은 잠을 자지 않는다. 객잔에서 쉬는 것은 대부분 하루의 피로를 운기조식으로 풀기 위해서였다. 해가 떴을 때는 활동을 하고 저물었을 때는 쉬는 게 자연의 이치였다. 그 이치에 순응하는 삶을 살아야 무인으로서의 육체가 상하지 않는다.

운기조식 도중 순간 무아지경(無我之境)에서 깼다.

눈을 뜨지는 않았으나 자신이 무아지경에서 깬 이유를 생각하고 있었다.

보통은 누군가가 주위에 다가왔을 때 이런 경험을 하게 된다.

휘인은 천천히 운기를 끝냈다.

보다 빠르게 몸을 가눌 수는 있었지만, 상대에게 적의가 느껴지지 않았다. 그래서 그는 무리하지 않고 운기를 온전히 끝냈다.

눈을 뜨니 아니나 다를까, 복면인이 앞에 있었다.

아무리 봐도 귀신같은 여성이었다.

이 세상에서 자신을 지울 수 있는 무인이 과연 얼마나 있을까.

휘인은 진심으로 감탄했다.

"목적이 뭐지?"

대답을 바라지는 않았다.

적어도 어떤 식의 반응을 원했다.

놀랍게도 그녀는 입을 열었다.

"낮에는 묵언(默言) 수련을 합니다. 활동적인 양기가 몸에 스며들면 안 되기 때문에 그때 입을 여는 것은 물론, 되도록 이면 활동도 삼갑니다. 그래야만 온전히 기척을 지울 수 있답니다."

'활동을 했잖아!' 라고 물을 수도 있었지만, 그건 휘인의 관심사가 아니었다.

"나에게 용건이 있나?"

휘인은 직설적인 성격이었다. 누군가가 뜸 들이는 것을 그는 가장 싫어했다. 휘인에게 있어서 시간만큼이나 귀중한 것은 없었다.

"혹시 할아버지가 이곳 분이세요?"

휘인은 그때서부터 그가 살아생전 들었던 그 어떤 이야기보다 황당무계한 이야기를 들어야 했다.

그 이야기의 시작은 이러했다.

그녀는 어떤 독특한 노인에게 거두어들여져 기척을 지우기 위한 피나는 수련을 받았다고 한다. 그야말로 상식 밖의 수련을 거듭하여 그녀는 인간의 냄새를 모두 지워내는 데 성공하게 된다.

대부분의 원한 관계가 성립되는 전형적인 방법 중 하나로, 그녀의 사부 격인 노인이 오 년 전 죽음을 맞이하게 되고, 제자는 복수를 꿈꾸게 된다.

어째서인지 익숙한 내용의 사연이었다.

거기까지 이야기가 이루어진 후에서야 자신과 그녀의 연관성이 드러나게 된다.

그녀의 사부가 자신과 닮았다는 것이다.

회춘(回春)한 사부란 착각이 들었을 정도로 똑 닮았다는 말에 휘인은 잠시 정신을 놓아야 했다. 자신이 견뎌내기에는 너무도 황당무계했다.

아니, 오늘 하루 중 그 어떤 것도 정상적인 게 없었던 것 같았다.

'할아버지?

휘인에게 혈육이란 없었다. 참으로 대답하기 애매한 질문이었다. 분명히 자신에게 할아버지란 존재가 있기는 했을 텐데 과연 살아 있는지, 아니면 죽었는지 휘인은 아는 게 하나 없었다. 그는 고아였다. 혈육에 대한 기억은 일 푼만치도 없었다.

"지금 장난하는 건가?"

휘인은 당연히 그렇게 의심했다.

중원인이 이 땅에 얼마나 많이 살던가. 그런데 우연히 만난 여성의 사부가 우연찮게도 자신의 할아버지였다? 이건 사기의 냄새가 짙게 났다. 상식적으로 그 누구도 믿을 수 없는 상황이었다.

"지금 장난이라고 했어요? 제가 지금 사부를 걸고 장난을 칠 것 같나요?"

도리어 성을 내는 그녀의 모습을 보면 정말 머리가 혼란스러워지는 것 같았다.

믿을 수도 없었고, 안 믿기도 힘들었다.

"복면을 벗어라. 얼굴도 보이지 않는 이의 말을 믿을 수는 없다."

그녀는 한 치의 망설임 없이 복면을 벗었다.

"아, 피부에 양기가 스미면 안 되기 때문에 항상 복면을 쓰고 다닌답니다. 자, 이제 제 얼굴을 봤으니 믿으시겠어요?"

복면을 벗은 그녀의 얼굴은 준수했다. 너무 빼어나지도 않았고, 부족하지도 않았다. 조금 파리한 얼굴은 아마 햇빛을 못 받아서인 듯싶었다. 한 가지 특징이 있다면, 그녀의 눈이 밝은 갈색이었다. 햇빛을 받지 않아도 그 색이 두드러지게 드러났다.

휘인은 그녀의 눈이 흔들리지 않는다는 사실을 알아차렸다.

자신의 사부를 거들먹거리는 것을 보면 분명히 거짓말을 하는 것은 아니었다.

그렇게 생각하자 정말 혼란스러웠다.

"다시 말해봐라."

휘인은 재차 확인해야 했다.

이런 상황은 휘인이 단 한 번도 고려해 본 적이 없었다.

"혹시 할아버지가 이곳 분이 아닌가요?"

"아니다."

"정말요?"

휘인은 잠시 머뭇거렸다.

'정말 이곳 분이 아닐까?'

휘인이 알지 못하는 부분이었다.

이곳 사람일 확률은 정말 적었다. 이 중원의 마을 전체 가운데 하나일 가능성뿐이었다. 마른하늘에 벼락을 맞을 확률보다는 높았지만, 그래도 일상생활에서는 불가능이라고 여겨질 정도로 가능성이 없었다.

"저한테 거짓말하는 건가요?"

이번에는 오히려 그녀가 자신을 다그친다.

휘인은 어이가 없었다.

"모른다."

"예?"

"이곳 분인지 아닌지 모른다고."

"어떻게 할아버지 고향도 모르시나요?"

상황이 이렇게 역전되자 휘인은 정말 할 말을 찾지 못했다. 대답해 줘야 하는지 말아야 하는지도 판단이 안 섰다.

"그렇게 닮았나?"

그녀는 자신이 놀랄 정도로 크고 힘차게 고개를 끄덕였다.

"예. 정말 똑같이 생겼어요."

"하아……."

휘인은 이 상황을 어떻게 받아들여야 할지 몰랐다.

'아, 그렇군' 이라고 말하기도 그랬고, '그냥 닮은 사람이겠지’ 라고 말하기도 곤란했다.

“그래서 어쩌라는 거지?”

결국에 그가 선택한 말은 이것이었다.

상대가 자신에게 원하는 게 무엇인지 아는 게 가장 중요했다.

다음에 이어진 그녀의 말은 휘인의 정신을 쏙 빼놓기에 충분했다.

“어떻게 혈육이라는 사람이 그렇게 무책임할 수 있죠?”

닮았다는 것을 시인했는데, 그녀는 자신을 혈육으로 완전히 확신했다. 그리고 자기 혼자서 성을 내는 모습이라니. 휘인은 가출한 어이를 찾고자 했지만, 돌아올 기색이 전혀 없었다.

“혈육이 아니라니까!”

휘인은 드물게 언성을 높였다.

이런 당황스러운 상황은 그를 궁지로 몰아세웠다.

“닮았는데, 왜 혈육이 아니에요!”

오히려 더 크게 목소리를 높이는 그녀.

휘인은 눈을 감고 평정심을 되찾았다.

“닮았다고 모두가 혈육인가? 얼굴만 비슷비슷한 인물들이 얼마나 많던가.”

다행히도 그녀는 수긍한다는 듯이 고개를 끄덕였다.

그러면서 하는 말이,

“아, 그럼 제 사부님과 댁의 할아버지가 쌍둥이라는 말인가요?"

"……."

대책이 없었다.

휘인은 눈에 힘을 주고는 말했다.

"네 사부와 나는 아무런 혈육 관계에 있지 않다. 그러니까, 나를 내버려 둬라."

그녀가 자신의 말을 믿을 것이라고는 생각하지 않았다.

하지만 그녀는 놀랍게도 고개를 끄덕였다.

"그렇게 진작 말했으면 얼마나 좋아요. 그럼 시간을 빼앗아서 미안해요. 그럼 이만!"

홀연히 사라지는 그녀.

휘인은 이 상황도 나름대로 받아들이기 힘들었다.

해가 떴을 때 그는 깨달았다.

자신의 검이 없어졌다.

강희(康熙)는 천하제일대도(天下第一大盜)를 꿈꾸는 풍운아(風雲兒)였다. 우연히 살막의 귀은신법(鬼隱身法)을 얻어 그것 하나만 익힌 그녀였다. 내력이니 무공이니 하는 것은 그녀에게 없었다. 귀은신법 최종장의 오묘한 이치를 아직 깨닫지 못했지만, 지금으로도 충분했다. 근래에 깨달음을 얻어 기척을 온전히 지우는 데 성공한 것이다.

그리고 그 대도의 첫걸음으로 한 남자를 목표로 삼았다.

그 남자는 순진하기 짝이 없었다.

어디서 그런 느낌을 받았는지는 몰라도, 그가 자신을 보고 아무런 말도 하지 않는 짓과 그의 미숙한 행동들을 떠올려 보건대 꽤 괜찮은 목표였다.

무엇보다도 그의 검은 그녀의 눈을 현혹했다.

대도(大盜)의 자질 중 하나인 안목(眼目)은 상당히 중요했다. 그리고 그녀는 안목을 높이기 위하여 온갖 공부를 다 하였고, 만년한철과 천년한철, 백년한철을 구분하는 경지에 이르렀다.

휘인의 검은 분명히 만년한철로 만들어졌다.

그 가공법이 심히 의심스러워 상당히 투박하게 보였지만, 그녀의 눈 밖을 벗어날 수는 없었다.

그녀는 바로 자신의 생각을 행동으로 옮기지 않았다.

일단 상대를 알아둬야 했다.

강희는 대놓고 그를 따라다녔다.

만약 그가 자신을 해코지하려 해도 몸을 숨길 자신이 있었다. 일각. 일각 동안이나 그를 탐색했다. 그가 우연히 뒤를 돌아본 것 이외에는 별다른 특이점이 없었다. 그는 별 볼일이 없는 무인이었다.

그녀는 밤에 행동을 개시하기로 했다.

그가 들어가는 객잔을 기억해 두고는 밤에 다시 찾아갔다.

검을 풀어놓고 운기조식을 하고 있는 모습을 보자 괜히 힘이
빠지는 강희였다. 만년한철로 만들어진 검은 부르는 게 값인
데, 그런 값진 것을 훔치는 데 드는 노력이 겨우 이것이라니.

그녀는 심술이 났다.

좋은 일이 분명한데, 그녀는 묘한 환상에 빠져 있었다.

첫 대도행(?)은 줄을 타듯 아슬아슬해야 하고 목숨이 위태
위태해야 한다. 그리고 자신은 성공할 듯 실패할 듯하면서 결
국에는 무사히 물건을 빼돌린다.

그런 전개를 기대하던 그녀였다.

그런데 겨우 이거라니.

강희는 장난을 조금 쳐보기로 했다.

꽤 무뚝뚝한 사내가 흔들리는 모습을 보고 싶었다.

상대가 두 눈을 똑바로 뜨고 도둑맞는 모습을 보고 싶었다.

그게 조금은 더 위태위태하지 않은가.

급조한 상황 전개였지만, 상대는 자신의 모든 거짓말을 그
대로 받아들였다.

웃음을 참는 게 힘들 정도였다.

상대를 설득해 나갈 때마다 자신은 대도가 아닌 사기꾼으
로 이직(移職)을 해야 한다는 생각이 들었다. 처음으로 해보
는 일이건만 천부적인 재능이 있는 것만 같았다.

상대가 당황하는 동안 자신은 그의 검을 조심스럽게 챙겼
고, 틈을 타 퇴장했다.

그리고 무사히 자신의 안가(安家)로 돌아왔다.

그 일을 생각하면 지금도 웃음이 났다.

의외로 순진한 상대.

어쨌든 첫 대도행은 대만족이었다.

이 정도의 물건이라면 꼭 대도행을 계속할 필요도 없었다.

"보기 좋게 당했군."

휘인은 어째서인지 몰라도 화는 나지 않았다. 그냥 조금 의외랄까? 어쨌든 복잡하던 머리가 정리된 것은 확실했다. 갑작스럽게 자신의 할아버지를 아는 여성이 나타날 리는 없었다. 역시 세상은 지극히 현실적이었다.

"……!"

뒤를 돌아보는 강희의 얼굴에는 두려움이 서려 있었다. 이 안가는 자신만이 아는 곳이었다. 남들이 쉽게 찾을 수 없는 곳이었다. 그러니까 안가지 괜히 안가이겠는가? 비록 짧은 지식으로 급조하여 만든 곳이지만, 그래도 애정이 서려 있는 곳이었다.

누군가가 자신의 혼적을 찾는다면 이곳을 찾는 것이 불가능하지만은 않을 테지만, 자신은 혼적을 남기지 않는다. 고로 이곳을 찾는 것은 불가능했다.

그런데 꼭 그렇지만은 않은 것이었다.

눈앞의 사내가 이렇게 찾아왔으니까…….

강희의 몸이 부들부들 떨렸다.

당연히 첫 도행이었으니 긴장감도 이만저만이 아니었다. 일을 막상 성공한 듯한 방금 전까지만 해도 짜릿함이 가시지 않았다. 그녀는 아직 이쪽 방면의 전문가가 아니었다. 비록 귀은신법으로 감정을 온전히 다스릴 수는 있었지만, 그래도 지금은 그것을 기억하지 않았다. 성공에 대한 기쁨을 만끽하고 싶었지, 일을 끝낸 지금까지도 그것에 매달리고 싶지는 않았다.

도둑이 제 발 저리는 것도 모자라 이제는 잡혔다.

그녀는 정신이 아득해졌다.

자신의 귀은신법도 머릿속에서 지워졌다.

휘인은 한숨을 쉬었다.

상대에게 화도 안 나는 이 상황. 겁먹은 그녀의 모습을 보니 힘마저 빠진다. 좋은 의도를 가지고 있지는 않았지만, 그녀를 보니 의욕이 상실된다.

휘인은 손을 뻗었다.

"……?"

순간 그의 행동을 이해하지 못한 강희였다.

둘은 멀뚱히 서로를 쳐다보기만 했다.

"검. 잡혔으니까 돌려는 줘야지?"

강희는 황급히 검을 돌려주었다.

만년한철 검이라는 사실도 망각한 채.

자리를 벗어나던 휘인은 그녀를 돌아보며 한마디를 남겼다.

"오늘은 재수가 없었을 뿐, 그 누구도 네 대도행을 막을 순 없을 것이다."

휘인은 확신했다.

자신이 그녀를 찾아올 수 있는 데에는 오로지 검이 자신을 불렀기 때문이었다. 검과 한평생을 살아온 휘인이 그 기운을 감지 못할 리가 없었다. 자신의 검은 혼(魂)이 깃들어 있었다.

또한 그녀의 기척을 읽는 데 무려 일각이나 걸린다. 그것도 시야로 확인하고 나서야 누군가가 존재한다는 사실을 인식하고서도 일각이 꼬박 걸렸다. 바로 코앞에 있는데도 느껴지지 않는 여성.

대도나 살수만큼이나 어울리는 직업이 없었다.

사실 따지고 보면 그녀의 독특한 무공은 대도의 것이 아닌 살수의 것이었다. 대도는 빠른 경공만을 필요로 했다. 걸리기 전에 발등에 불이 붙은 듯 도망가는 게 급선무. 하지만 살수는 그게 아니었다. 무조건 기척을 지우는 데 집중을 한다. 그런 면에서 분명히 그녀의 무공은 살수의 것이었다. 그래서 휘인은 그녀가 살수일지도 모른다는 생각이 들었다.

멀어져 가는 휘인을 보며 강희가 용기를 얻어 입을 열었다.

"천하제일대도를 그냥 놓아준 건 실수예요!"

강희는 피식 웃었다. 대도행을 끝내면 항상 그때의 일을 이렇게 끝까지 떠올려야 한다. 그렇지 않으면 푹 쉴 수가 없었다.

강희는 자신의 주위를 둘러봤다.

그를 만난 지 한 육 개월이 지났던가? 자신은 어느새 많은 재물들을 모아놓았다. 대문파고 뭐고 돈이 될 법한 곳들은 모두 뚫고 들어가 가장 비싼 것들을 긁어 모았다. 천하제일대도의 길은 정말 멀지 않았다. 단지 아직 세인들은 자신의 정체를 몰랐는데, 그건 대문파들이 꼴에 명예 유지랍시고 함구(緘口)했기 때문이다.

어쨌든 그 결과로, 온갖 신물들이 자신의 안가를 가득 메웠다.

그때였다.

"확실히 후회가 되는군."

어딘가 익숙한 목소리.

강희가 눈을 부릅뜨며 뒤를 돌아봤다.

회상에서와 똑같은 얼굴, 복장을 하고 있는 자.

그자가 등 뒤에 있었다.

『무림공적』 5권에 계속

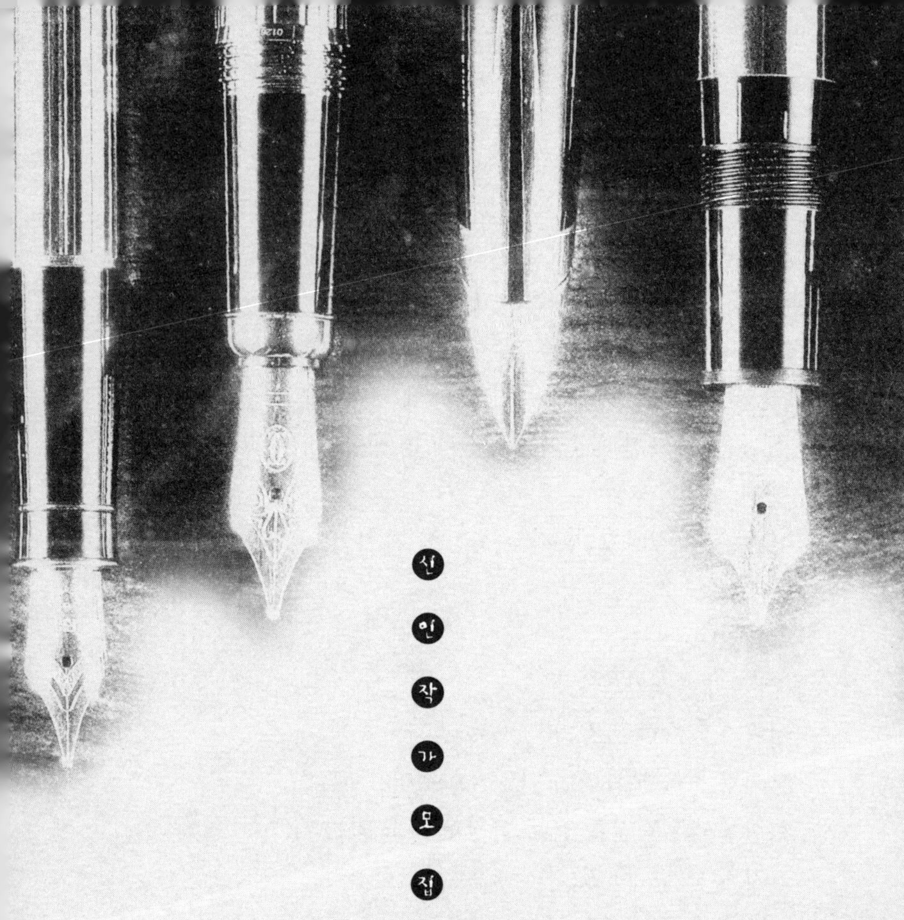

못할게 뭐 있어?!
다세포소녀
뒹굴면서 사는 고딩들의
Fun뻔하고
Sex시한 로맨스
〈정사〉〈스캔들〉
이재용 감독
2006년8월
문제적 고딩들이 온다!
김옥빈 박진우 이견 유건 강별 이민혁 이용주 남호정 박혜원 이은성 이원종 임예진 박용식 이재용 김수미

초등학생이 반드시 읽어야 할 좋은 책 49권

각 학년별로 초등학생이 반드시 읽어야할 좋은 책을
선정하여 통합논술의 기본이 되는 '올바른 독서법'을
일깨워 줍니다.

교과서와 함께하는
초등학교 통합논술

초등1학년 | 값 12,000원 / 초등2학년 | 값 9,500원 / 초등3학년 | 값 11,000원 / 초등4학년 | 값 9,500원 / 초등5학년 | 값 9,500원 / 초등6학년 | 값 11,000원

♣ 혼자 할 수 있어요.

엄마가 책 읽는 방법을 가르쳐 주어도 좋아요.
독서지도하는 선생님이 가르쳐 주어도 좋답니다.
"초등 교과서와 함께하는 **통합논술 시리즈**"는
아이 스스로 독서할 수 있도록 꾸며진 책이에요.
엄마와 선생님은 요령만 가르쳐 주시면 된답니다.

♣ 교과서의 중요한 내용이 총정리되어 있어요.

각 학년별로 중요한 교과 내용이 함께 수록되어 있어요.
초등학생은 교과서 내용을 충실하게 공부해야 합니다.
아울러 그와 병행한 독서가 대단히 중요하지요.
"초등 교과서와 함께하는 **통합논술 시리즈**"는
두 가지 방법 모두 알려준답니다.

♣ 이 책은 훌륭하신 선생님들이 함께 쓰신 책이랍니다.

동화작가 선생님들이 쓰셨어요. 소설가 선생님도 쓰셨답니다.
국어 논술독서지도 선생님들도 함께 쓰셨지요.
"초등 교과서와 함께하는 **통합논술 시리즈**"는
엄마의 마음으로 모든 선생님들이 함께 꾸민 책이랍니다.

입소문을 통해 아는 분은 다 알고 계십니다!
올 한해 공인중개사 최고의 화제작!

1~2권 합본 | 이용훈 지음 | 값 18,000원
3~4권 합본 | 이용훈 지음 | 값 18,000원
5~6권 합본 | 이용훈 지음 | 값 18,000원
용어 해설 | 이용훈 지음 | 값 18,000원

수험생 기본 필독서
만화 공인중개사

제목 : 만화공인중개사 쓰신 분에게 감사드립니다.

학원을 두달 다녔어요. 근데 과연 그 숫자 와우기 그렇게 몇 문제나 나올까 생각을 했어요.

아니라는 생각이 드네요. 학원강의를 뒤로 하고 서점을 갔어요. 내 머리에 가장 이해될 수 있는

책이 없나 하구요. 거기서 만화를 발견했어요. 무조건 세번 봤어요. 3개월 걸렸어요. 문제집을

보라고 했는데 그건 시행을 못했어요. 근데 합격을 했네요.

어떻게 감사의 말을 해야 될지…

도서관에서 만화책 들고 다니까 사람들이 바웃더라구요. 만화책으로 공인중개사를 공부한

다고 미친사람 처럼 보더라구요. 근데 그거 다 감수하고 했던 내가 자랑스럽습니다.

어떻게 감사의 말을 해야 할지 정말 감사합니다.

부디 행복하세요. 제 나이 41살에 좋은 스승을 만난 거 같습니다.

엎드려 감사드립니다.

−본사 홈페이지에 독자분이 올린 메일 中 에서 발췌−

DASEPO girl

'다세포 소녀'는 '무쓸모 고등학교'를 배경으로
'뽀샤시한' 순정만화 주인공 같은 외모의
남녀 고교생들이 펼치는 엽기적이고 황당한 내용과
성(性)에 관한 발칙한 상상력을 보여주면서
네티즌들로부터 폭발적인 반응을 얻고 있다.
"제 또래들과 함께 나누고 싶은 성,
사회 문제 등을 짚어보고 싶었다"는 작가의 변에서
볼수 있듯 만화 속 이야기의 절반가량은
주변에서 전해 들은 '실화'를 참고했다.
작품에서 보여지는 비꼬는 패러디와
냉소적인 유머에서 삶에 대한 진지한 성찰이
엿보이는 것은 그때문이 아닐까!
300만 네티즌을 열광시킨
상식을 뒤엎는 엉뚱한 만화 세계!!
다가오는 2006년 7월
무더위를 한방에 날려 줄 발칙한 상상력!

다세포 소녀
인터넷 원작
만화 출판!!

도서출판 청어람